お茶と探偵⑮

プラム・ティーは偽りの乾杯

ローラ・チャイルズ　東野さやか 訳

Steeped in Evil

by Laura Childs

コージーブックス

STEEPED IN EVIL
by
Laura Childs

This edition published by arrangement with
The Berkley Publishing Group,
a imprint of Penguin Publishing Group,
a division of Penguin Random House LLC
through Tuttle-Mori Agency,Inc.,Tokyo

挿画／後藤貴志

プラム・ティーは偽りの乾杯

謝辞

サム、トム、アマンダ、トロイ、ボブ、ジェニー、ダン、それにくわえてバークレー・プライムクライムでデザイン、広報、コピーライティング、書店営業、ギフト販売を担当しているすばらしきみなさまに心からの感謝を。また、インディゴ・ティーショップの面々が繰り広げる冒険を楽しみ、シリーズ執筆の支えとなってくださるすべてのお茶愛好家、ティーショップのオーナー、書店関係者、図書館員、書評家、雑誌のライター、ウェブサイト、ラジオ局、ブロガーのみなさまにも深く感謝いたします。本当にありがとう！

そしてそして、大切な読者のみなさまにお約束。セオドシア、ドレイトン、ヘイリー、アール・グレイをはじめ、チャールストンのすてきな面々が登場するミステリをこれからもたくさん書きつづけます。

主要登場人物

セオドシア・ブラウニング……………………インディゴ・ティーショップのオーナー
ドレイトン・コナリー……………………同店のティー・ブレンダー
ヘイリー・パーカー……………………同店のシェフ兼パティシエ
アール・グレイ……………………セオドシアの愛犬
ジョーダン・ナイト……………………ナイトホール・ワイナリーの共同経営者。ソフトウェア会社の最高経営責任者
パンドラ・ナイト……………………ジョーダンの妻
ドルー・ナイト……………………ジョーダンの息子
ターニャ・ウッドソン……………………ドルーの恋人。モデル
トム・グレイディ……………………ナイトホール・ワイナリーの支配人
ダニー・ヘッジズ……………………ゴルフ場のオーナー
ジョージェット・クロフト……………………オーク・ヒル・ワイナリーのオーナー
カール・ヴァン・ドゥーセン……………………パーティの契約スタッフ
アレックス・バーゴイン……………………ナイトホール・ワイナリーの共同経営者
タナカ……………………日本の代理店
ハーヴェイ・フラッグ……………………記者
アンドルー・ターナー……………………画廊オーナー
マックス・スコフィールド……………………美術館の広報部長。セオドシアの恋人
アレン・アンソン……………………保安官

1

セオドシアは自分がワイン通とは思っていない。やっぱり、本当にくわしいと言えるのはお茶だ。香り豊かなダージリン、麦芽の風味のアッサム、それに最近のお気に入り、オリジナルブレンドのオーキッドプラム・ティーには心も味蕾《みらい》もくすぐられる。とは言うものの、超がつくほど高級なナイトホール・ワイナリーでの豪華な試飲パーティに招待される機会がどれほどあるだろう。

数えるほどもない。というか、セオドシアにとっては今夜がはじめてだった。サウス・カロライナ州チャールストンから車でほど近い距離にある、手入れの行き届いた緑豊かなワイナリーへの招待状は、彼女の右腕にしてインディゴ・ティーショップが誇るお茶の専門家であるドレイトン・コナリーのもとに届いたものだ。セオドシアにとってラッキーなことに、ドレイトンはナイトホール・ワイナリーの華麗なる経営者、ジョーダン・ナイトと、きわめて親しい間柄だった。

「ほら、ごらん」ドレイトンはセオドシアの肘をつかみ、枝を大きく広げたオークの木の下に用意された巨大なテーブルのほうへと導いた。年齢は六十をいくつか過ぎているものの、

鼻筋はすっととおっているし、灰色の髪はふさふさで、あいかわらずかっこいい。「ジョーダンは苦労の末、まったく異なる四種のワインを生み出したそうだ」ワインのボトルがきらきら輝く目印のごとく差し招き、気のきくウェイターたちが、いつでもグラスにお注ぎしますよという風情でひかえている。

「たいしたものだわ」セオドシアも同じ言葉を繰り返した。「たいしたものだと思うだろう？」

四種類というのが、絶賛に値するほどすごいことかどうかはわからないが、ドレイトンは感心しきっているようだ。九月の夕暮れ時、ワイナリー一帯はオーストリアの美しいおとぎ話の一場面のようにライトアップされてまばゆく光り、夢のような光景とはまさにこういうことを言うのだろう。プランテーションオークやペカンの木は銀色に輝く電飾にびっしり覆われ、フリーフォーム・プールにはキャンドルがただよい、弦楽四重奏団が軽快な音楽を奏で、白いネクタイに白い燕尾《えんび》服姿のハンサムなマジシャンがハトを出したり消したりし、あるいはたくみなトランプの手品でお客を楽しませている。

ドレイトンが白ワインの入ったクリスタルのフルートグラスをセオドシアに手渡した。

「ホワイト・シャドウというワインだ。リースリングと言ってもいいくらいだがね」

少し口に含んだところ、とてもおいしかった。ほのかにリンゴと柑橘《かんきつ》類の香りがして、すっきりとさわやかだ。上等な烏龍《ウーロン》茶と似ていなくもない。「最高だわ」

「前に話したと思うが」とドレイトン。「ここワドマロウ・アイランドでブドウを育てるなんて無謀にもほどがあると多くの人が思ったものだが、ジョーダンはそれは間違いであると、きっぱり証明してみせたのだよ」

この土地ではお茶が見事に育つんだもの、ブドウがだめなはずないわ、とセオドシアは心のなかでつぶやいた。とは言っても、砂質の土壌じゃなきゃだめなのよね。砂が多くて軟岩質の土壌がブドウにいちばん向いているんじゃなかったかしら？

ふたりはテイスティング用テーブルを離れ、きょろきょろとあたりに目をやりながら、暖かくてにぎやかな夕暮れを堪能し、ハイソな人々の観察に精を出した。

「今夜はチャールストンの一流どころが大挙して押しかけてるみたいね」

きれいに陽に灼けた肌にシフォンのドレスをまとった女性が、ユリやライラックの香りをただよわせながら行き交い、シアサッカー地のスーツを着こんだ男性もワイン、人によってはバーボンをちびちび飲みながら美しい敷地をそぞろ歩いている。言うまでもなく、チャールストンの住民は気さくな性分だから、誰も彼もが音だけのキスや世間話を交わすのに熱心で、まわりから見られていることなど気づいていないふりをしている。

「さすがはセレブだな」ドレイトンがつぶやいた。「カメラマンが近くに来たときにそなえて、しっかりめかしこんでいる」そういう彼も、青と白のシアサッカー地のスーツという、いかにも南部人らしい服装とトレードマークの赤い蝶ネクタイでばっちり決めている。

セオドシア自身にそんなつもりは毛頭ないが、彼女もまたりっぱなセレブの一員だった。ラファエロのような画家が絵に描きたくなるほどたっぷりした鳶《とび》色の髪、イングランド人の血を引くなめらかな肌、きらきら輝く青い目をしたその姿は、一世紀前の時代からひょっこりやってきたかのようだ。性格は大胆だが機転がきき、三十過ぎとは思えぬほど夢にあふれ、それでいて現実的な面も持ち合わせている。欠点と言えるのは、感情が顔に出やすいところと、いわゆる〝天使が踏みこむのを恐れるような場所〟に飛びこんでしまうところだろう。

「ジョーダン！」ナイトホール・ワイナリーのオーナー、ジョーダン・ナイトがあいさつに近づいてくると、ドレイトンは大声で呼びかけた。「盛況でなによりだ」

「足を運んでくれてありがとう」ナイトはドレイトン、セオドシア、それぞれと握手した。年齢は四十代なかば、ぼさぼさのごま塩頭、水色の目、うっすらピンク色の肌をしている。すでにジャケットを脱いでネクタイをゆるめており、その物腰からは緊張しつつも昂奮しているのがうかがえた。

「いましがた、〈レディ・グッドウッド・イン〉のオーナーにうちのワインを売りこんだところでね」ナイトはさもうれしそうな声を出した。彼にはもうひとつ、ウィゼン・ソフトウエアの最高経営責任者という、より現実的な顔がある。ナイトホール・ワイナリーはこのところ情熱をそそいでいる事業だ。

「やったじゃないか」ドレイトンは友人の背中を叩いた。

「ずいぶん好調なんですね」セオドシアはナイトに言った。自分も店を経営しているから、昨今の厳しい景気のなか、会社を繁盛させるどころか、軌道に乗せるだけでも大変なのはわかっている。それも新参者となれば、なおさらだ。

「ようやくいきおいがついてきたところですよ」ナイトは答えた。「いまのところ、五つの州で三十の小売店に卸しています。それにくわえ、息子が日本の代理店と大きな契約を結ぶべく交渉中でして」ナイトは心ここにあらずという様子で、あたりを見まわした。「息子のドルーと面識はありましたでしょうか」

ドレイトンは、あるというようにうなずき、セオドシアはいいえと首を振った。

「彼にもぜひ、ひとことあいさつしておきたいな」ドレイトンは言った。「今夜は来ているのかね？」

「そのへんにいると思います」ナイトはごった返す人混みに素早く目を向けた。「裏方の仕事を一手に引き受けているはずなので」そう言うと、今度はいらいらと腕時計に目を落とした。

「落ち着きたまえ」ドレイトンが言った。「今夜はきみの晴れ舞台じゃないか。楽しまなくてはだめだ」

ナイトは顔をしかめた。「プレゼンテーションのことを考えるといささか不安なもので」

「具体的にはなにをなさるの？」セオドシアは愛想よく尋ねた。

「あと五分もすると、当ワイナリーで生産した新しいカベルネ・リザーブの特別試飲会をひらくんです」ナイトはおざなりにほほえんだ。「新しいワインの名前は〈ナイト・ミュージック〉になる予定です」

「覚えやすいわね」セオドシアは言った。

「このワインには期待を寄せているんですよ。われわれのすべてがかかってますからね」

「今夜はチャールストンの食とワインの評論家も何人か来ているようだな」ドレイトンが言った。

ナイトはうなずいた。「当ワイナリーを口コミで広め、記事にしてくれ、絶賛してくれそうな人を片っ端から招待しました。この五年間、四種類のマスカダインブドウを生産するべく、血のにじむような努力を重ね、ようやくワイナリーの命運を懸けた大舞台にまで漕ぎ着けたのですから」

「幸運を祈ってます」そそくさと立ち去るナイトに、セオドシアは声をかけた。

セオドシアとドレイトンはのろのろと人混みをかき分け、ジョーダンが去ったほうに向かった。大きな寄棟《よせむね》造りの納屋のすぐ外に臨時ステージが設営され、ふたりの作業員が大きなオーク樽を転がしている。そのかたわらでは白いスーツ姿の日本人がふたり、直立不動の姿勢で作業の様子を熱心に見守っていた。

セオドシアはドレイトンを軽く押した。「あのふたりが、ジョーダンがさっき話していた日本の代理店の人たちね、きっと」

ドレイトンはうなずいた。「《フィナンシャル・タイムズ》で最近読んだが、日本人は突然、ワインに熱をあげはじめたそうだ。それも、かなり値の張るものが好まれているらしい」

「酒はもう過去の遺物なのね」セオドシアは言った。

「なにごとも流転するのだよ」ドレイトンは醒めた口調で言った。

「でも、お茶は例外でしょ。ますます人気を博しているみたいだもの」

「実に喜ばしいかぎりだ」

「すみません……セオドシアさんですよね？」すぐそばで声がした。

笑顔で振り返ると、人を射貫くような緑色の目ともじゃもじゃしたブロンドの巻き毛のハンサムな男性と目が合った。サーファーとまじめな弁護士を足して二で割ったような感じとでも言えばいいのだろうか。にこにことほほえみ返すその顔に、セオドシアは知っている人だとぴんときた。名前はアンドルーだけど、名字が出てこない。アンドルー、ええと……。

「アンドルー・ターナーです」男性が助け船を出し、会釈した。「二週間ほど前、ぼくの画廊でお会いしました」

「ええ」セオドシアは言った。「マックスに連れられて、おたくのオープニングにうかがったときに。たしか、あのときは力強い現代風の油彩画がいろいろ展示されていたわ」

「そしてあなたは安物の白ワインとチェリートマトの詰め物を召しあがっていた」ターナーは言った。「駆け出しの画廊のオーナーに出せるものと言ったら、その程度ですから」

「ワインのことは覚えてないけど、展示されていたなかでいまも記憶に残っている絵があるわ。赤、紫、金色がふんだんに使われていて、繊細なのに、それでいてすごく本能に訴えてくる絵だった。画家の名前は……ジェイムズなんとか、だったと思うけど」

「リチャード・ジェイムズですね。いい目をしておいでだ。しかも、運のいいことに、その絵はまだ売れてないんですよ。ご興味があるのでは？」

「少し考える時間をちょうだい」セオドシアはそう言うと、あわててターナーをドレイトンに紹介した。三人の会話が途切れたところへ、オードブルのトレイを持ったウェイターが通りかかり、クラブケーキと海老のベーコン巻をどうぞと勧めた。

「芸術散歩の期間に、またおいでになりませんか」ターナーが誘った。「今度の水曜から始まるんですが」

セオドシアが答えようとすると、ドレイトンが急いでふたりを黙らせた。ジョーダン・ナイトがステージに立ち、かたわらには年季の入った大きなオークの樽が置かれている。これからなにかしゃべるらしい。

人々は一斉に静かになり、話を聞こうとステージ前に殺到した。

「本日はみなさま、お越しいただきありがとうございます。たいへん光栄に思います」ナイトは胸に手を置き、心から感謝していることをしめした。「わたしどもは、ここサウス・カロライナ州でブドウを栽培すべく、長年にわたってたいへんな努力を重ねてまいりました」

ぱらぱらと拍手が起こった。

「本日、当ワイナリーにおける最新のビンテージワイン、名づけて〈ナイト・ミュージック〉をこれからご賞味いただくわけですが、これは支配人のトム・グレイディを始め、多くの献身的な作業員の努力なくしては実現しなかったでしょう」ジョーダンはわきに立つ赤毛の女性に手を差しのべた。「そして、もちろん、すばらしい家族にも感謝しないわけにはいきません。わが妻、美しきパンドラ・ナイトと息子のドルー・ナイトです」彼は笑みを浮かべ、ドルーはどこかと人だかりに目をこらした。しかし見当たらず、こうつけくわえた。

「息子はただいまどこかに雲隠れしているようです」

客がさもおかしそうに笑った。

ジョーダンのスピーチがつづくなか、ふたりの作業員が大きなワイン樽の樽開きに取りかかった。上に蛇口をつけようとすったもんだしているが、うまくいかないようだ。

「もちろん」とジョーダンは冗談めかすように言った。「当ワイナリーにも問題がないとは申しませんよ――ほら、ごらんのとおり」

作業員のひとりが樽を傾けた。もうひとりの作業員はいらいらした様子でバールであれこれやっていたが、突然、木でできた円形の上部がはずれた。重たいふたは宙に浮くと、よろよろしたフリスビーのように回転したのち、ステージに落下して大きな音をたてた。と同時に、樽全体が危なっかしいほどぐらぐらしはじめた。

「おい、なにをやってる！」ジョーダンは叫んだ。「慎重に頼むぞ。上等なワインを試飲していただくんだからな」

しかし、大きな樽はワインの重みで完全にバランスを失い、作業員の手には負えなくなっていた。ふたりはもとに戻そうと悪戦苦闘していたが、しだいに踏ん張りがきかなくなった。樽がゆっくり横に傾くにつれて、どろどろした赤い液体がこぼれてステージを濡らし、集まった人たちのほうにも飛沫《しぶき》が飛んだ。客は驚いて甲高い叫び声をあげ、一斉に飛びのいた。

ジョーダン・ナイトが最悪の事態を回避すべく藁《わら》をもつかむ思いで樽に駆け寄った。腰をかがめ、大きな樽の下に肩を押しこもうとする。残念ながら遅きに失し、すでに引力にはさからえない状態になっていた。樽はさらに傾き、今わの際《きわ》のうめきをあげながら沈む旅客船のように、ゆっくり倒れていった。

そのままますさまじい音をたてて横倒しになり、赤ワインが血の川のようにほとばしり出た。人々がぎょっとして息をのむなか、ジョーダン・ナイトが酔っぱらいのようによろけた。崩れるように膝をつき、顔を大きくゆがませる。次の瞬間、その口から苦悩に満ちた悲鳴があがり、音楽のみならず、観衆のうめき声までをもかき消した。

セオドシアはむくむくと湧きあがった好奇心に突き動かされ、状況を把握しようと人混みをかき分けた。

ステージに男性の遺体が横たわっている！

遺体は鼻と膝をくっつけるように丸まり、両腕で胸をきつく抱きしめていた。セオドシアの見るかぎり、赤ワインの樽に浸かっていた肌はほとんど紫色だった。

セオドシアの頭の奥のほうで、〝誰なの？〟と〝どういうこと？〟という疑問がマンガの吹き出しのごとく、いのいちばんに湧いて出た。それから、目をジョーダン・ナイトにさっと向けた。こぼれたワインに膝をつき、ズボンを紫色にぐっしょり染め、とめどなく流れる涙をぬぐおうともせず、両腕を頭のまわりで振りまわしている。

ジョーダン・ナイトの生気のない顔を見てセオドシアは確信した。行方がわからなかった息子が見つかったことを。

2

日曜の朝は、昨夜まのあたりにしたむごたらしさとは比較にならないほどすばらしかった。というのも、よく晴れたこの日、ボーイフレンドのマックス・スコフィールドとともに、歴史地区に建つセオドシアの自宅の裏庭で、おいしいブランチを時間をかけて楽しんでいたからだ。愛犬のアール・グレイはのんびり歩きまわっては、いまも満開の花が咲き誇る庭のそこかしこでふんふんとにおいを嗅いでいる。小さな池では魚が泳ぎ、毛深くて黄色い蜂がかぐわしい花から甘い蔓《つる》植物へと飛びまわっていた。

カニのエッグベネディクトとアスパラガスのポーチドエッグのせを食べながら、セオドシアはマックスに昨夜の惨劇をすべて話して聞かせた。横倒しになった木の樽。いきおいよく流れる大量のワイン。転がり出たドルー・ナイトの遺体。観衆から恐怖の悲鳴があがる。点滅する回転灯。けたたましく響きわたるサイレン。駆けつける地元の保安官。

マックスはわざとらしく体を震わせた。「ワイン樽から死体が出てきただって？　エドガー・アラン・ポーの小説みたいな、気味の悪さだな。『アモンティラードの樽』とかさ。いや、この場合は〝樽のなかの死体〟とでも言うべきか」マックスは長身で筋肉質、黒髪にうっすら日焼けした肌をしており、ちょっと変わったユーモアのセンスの持ち主だ。もっとも、いまの発言にはユーモアよりも恐怖のほうが色濃くにじみ出ているけれど。

「ポーを持ち出すなんて奇遇ね。だって、エドガー・アラン・ポーはかつて、ここチャールストンに住んでいたんだもの。しかも、ひらめきを求めて、風が吹きすさぶサリヴァンズ・アイランドの浜辺を歩いていたんですって」セオドシアはにこにことマックスにほほえみかけ、皿を手に取った。「キュウリとクリームチーズのサンドイッチをもうひとついかが?」

「遠慮しておくよ」マックスは片手をあげて言った。昨夜の大惨事の説明が少し生々しすぎて、げんなりしたようだ。

「食欲がなくなった?」セオドシアは訊いた。

マックスはこくりとうなずいた。彼にとってセオドシアは大いなる謎だった。頭はいいし、陽気だし、一緒にいてとても楽しい人だが、なぜか残酷でちょっとおぞましいものに惹かれる面も持ち合わせている。

「だったら、お茶をもう一杯飲む?」セオドシアは中国の白地に青い柄のティーポットに手をのばし、芯芽の多い雲南紅茶を両方のカップに注ぎ足した。マックスがいらないと答えるとは考えもしなかった。なにしろ、知り合いは、お茶ならいくらだって飲むという人ばかりだ。

「いただくよ」マックスは答えた。

「ゆうべのことで、ひとつおもしろいことがあってね」

「おもしろいこと?」

「ドルー・ナイトはワイン樽のなかで溺死したと、みんな思いこんでるんだけど」

マックスは片方の眉をあげた。「実際はちがうのかい?」どうやら興味をそそられたようだ。

「ドルーは先に頭を撃たれ、そのあと樽に詰めこまれたんですって」セオドシアはお茶を口に運び、ひと息ついた。「つまり、撃たれた時点で死んでたらしいの」

「そんな裏話をどこで聞きつけたんだい?」

「たしか……保安官がしゃべってるのが聞こえたんだと思う。アンソンっていう保安官が。でなければ、部下の誰かかも」

マックスはひとつ息をつき、椅子の背にもたれた。ギブズ美術館で広報部長をつとめる彼としては、美術館が後援する今度の芸術散歩に向けてプランを練っていたいところだった。すぐれた芸術品を展示したり、すべてのギャラリーに歩調を合わせてもらったりと、わずか三日でたくさんの仕事をこなさなくてはならないのだ。

セオドシアはチェリーのスコーンが入ったバスケットを手にし、マックスに差し出した。

「スコーンをもうひとつ食べない?」ティーショップを経営しているおかげで、客をもてなし、気まぐれな要求に応えるのはお手のものだ。要するにおかわりを——場合によっては、そのまたおかわりまで勧めるのがうまい。

マックスは低くうめいた。「セオ、ありがたいけど、土曜の夜にタキシードが着られなくなったら困るんだ」

セオドシアはにこやかにほほえんだ。「わたしの目にはなんの問題もなく見えるわよ」そう言って、彼をしげしげとながめまわした。「芸術散歩のことで頭を悩ませているんでしょ。それ以外にもなにか?」

「いや、気がかりなのは……段取りなんだ。来週は予定が目白押しでね。芸術散歩、うちの美術館の支援者を集めたディナー、それに芸術散歩の舞踏会」

「きっと、すべてとどこおりなくいくわよ」セオドシアは楽天的で勤勉、すぐれた企画力の持ち主だ。つまり、手がけたお茶会、ケータリング、イベントはどれも、よく練られた軍事作戦並みにてきぱきとおこなわれている。そして、ほかの経営者も自分のように細部にまで気を遣うものと思いこんでいるのだ。

マックスが完璧な三角形に切ったティーサンドイッチをひとつつまんだ。

「アンドルー・ターナーもスポンサーのひとりなんだが、まだ一緒に行く相手が見つからないという話は聞いたかい?」そこでサンドイッチをひとくち食べた。「かなり困ってるみたいだった」

「そうだわ、わたしも話そうと思ってたの……昨夜、彼と偶然、会ったのよ。ワインの試飲パーティで」彼女はそこでため息をついた。「ワイン殺人事件として永遠に語り継がれそうな夜になっちゃったけど」

「せいぜい、あと十二時間程度の問題さ。その頃にはべつの事件が起こって、マスコミはみんなそっちに殺到するに決まってる」

「たしかに」セオドシアがそう言ったとき、ポケットに入れていた携帯電話が着信を知らせるメロディを奏でた。「ニュースが一日二十四時間、一年三百六十五日絶え間なく流れているおかげで、自然に忘れられちゃうわね」そこで携帯電話を取り出した。「もしもし、セオですが」

ドレイトンのぶっきらぼうな声がした。「うちに来てもらわないといけない」

セオドシアは顔をしかめた。ドレイトンったら、いつもそうやって謎めかすんだから。

「どういうこと？」

「いま、わが家の裏庭でジョーダン・ナイトと話をしていてね」

「まあ」落ち着いた声でそう言ったものの、頭のなかでは警告の鐘がやかましく鳴り響いていた。

ドレイトンの話はつづいた。「緊急にきみの協力が必要になったのだよ」

マックスのほうをちらりと見やると、《ポスト&クーリア》紙のスポーツ面を読んでいる。大丈夫、こっちがなんの話をしているか気づいてないわ。それからいくらか押し殺した声で言った。「わたしの協力ですって？」

「そうとも、きみの協力だ」ドレイトンは切羽詰まった声で訴えた。

「それで……どうかしたの？」少し時間を稼がなくては。考える時間が必要だ。

「そんなにわけのわからないことを言っているつもりはないのだがな」ドレイトンは大きく

ため息を洩らした。「なぜ来てもらいたいかと言えば、きみがこの手の問題にうってつけだからだよ」

「どういうこと？」ここでもセオドシアは時間稼ぎをこころみたが、ドレイトンはその手に乗らなかった。

「なんの話かわかっているだろうに」ドレイトンの声は有無を言わさぬ響きを帯びていた。

わかってるわよ、もう。セオドシアは心のなかで言い返した。殺人事件を解決するのが得意だと言いたいんでしょ。友だちのジョーダン・ナイトの力になってほしいってことよね。

籐の椅子にもたれ、ワンピースのスカートのしわをのばして考えた。ごめん……無理よ。きょうはだめ。せっかくの日曜日、大事な人がブランチにやって来て、のんびり楽しく過ごしているんだもの。一緒に日曜の新聞を読み、ぽかぽかした天気を満喫しているところなのよ。ううん、いつだろうとだめなものはだめ。このあいだ、とんでもない殺人事件に巻きこまれて大変な目に遭ったから、もう二度とああいうことには首を突っこまないとマックスに固く約束したんだもの。

セオドシアは電話を持ったまま、マックスにほほえみかけ、お茶をひとくち飲んだ。マックスは顔をあげると、新聞の娯楽ページに手をのばし、おだやかにほほえみ返した。

「それで」ドレイトンの声が尖りはじめた。「来てもらえるのかね？」

セオドシアは昨夜目にした、気味が悪いほど紫色に染まった死体を思い出した。心底ぞっとする光景に、ジョーダン・ナイトの顔が耐えがたい苦悶《くもん》の表情に変わったのだった。彼女はごくりと唾をのみこんだ。

「五分ちょうだい、ドレイトン。五分だけ待って」

ドレイトンが住んでいるのはセオドシアの自宅から数ブロックのところ、同じチャールストンの歴史地区の中心部にあり、かつては南北戦争時代の著名な医師が所有していた、築百六十年になる家だった。セオドシアの家が典型的なクイーン・アン様式の一戸建てであるのに対し、ドレイトンの自宅は正面が煉瓦造りで、風情ある濃青色の鎧戸《よろいど》と切妻屋根の平屋建てだ。側面には網戸のついたポーチがあり、でこぼこした玉石敷きの通路が緑豊かな裏庭へとつづいていた。

セオドシアはいちおう、玄関のドアをノックし、数秒ほど待って、裏にまわった。ドレイトンとジョーダン・ナイトは黒い錬鉄のテーブルにつき、ぼそぼそと話をし、お茶をちびちび飲んでいた。灰色の石を敷きつめ、ブーゲンビリアが植わった鉢を並べたパティオはかなり地味な感じだが、裏庭のそれ以外の部分はまるでジャングルだった。高い竹藪《たけやぶ》、びっしり生えた緑色の苔、くねくねした形の大きな太湖石が、ドレイトンが集めた盆栽の数々を完璧に引き立てている。風に吹かれた形になるよう曲げた木、美しく剪定《せんてい》したビャクシンやオーク、おまけに盆栽でつくった小さな森まであった。

ドレイトンはセオドシアに気づくとほほえんだ。「よかったら、キッチンのカウンターにアッサム・ティーを淹れたポットがある。使った茶葉はカンドリ茶園のオーガニックのものだ」

「アルコールの入ったものがよければ、ドレイトンのところにはブランデーもありますよ」ジョーダン・ナイトが声をかけた。

セオドシアはキッチンに入ってお茶を一杯注ぐと、あたりを見まわした。ドレイトンの家は何度来てもため息が洩れてしまう。いかにも独身らしくこざっぱりしていながら、フランスやイギリスのアンティークが見事なまでに揃っている。通信販売で買うような安物はひとつとしてなく、どれも正真正銘の本物ばかりだ。ヘップルホワイト様式の戸棚にスターリングシルバーの細口瓶らしきものが二個鎮座しているのが見え、セオドシアはそちらにちらりと目を向けてから、外に出てふたりのもとに戻った。「なにかあったんですか？」と訊きながら、テーブルについた。そ知らぬ顔をよそおって。

ジョーダン・ナイトがつらそうな表情で見つめてきた。目のまわりは黒く落ちくぼみ、こわばった顔には深いしわが刻まれ、おまけに服を着たまま眠ったようなありさまだった。

「アンソン保安官は、まだひとりの容疑者も見つけていないんです」

セオドシアは脚を組んで咳払いすると、心から同情している声を出そうとした。「まだ捜査は始まったばかりですから」

「まともに捜査しているのか、あやしいものだ」ドレイトンがそうとう憤慨した口調で言った。

「してるに決まってるでしょ。ただ、こういうことは……」セオドシアはふさわしい言葉を探った。「こういうことは時間がかかるのよ」言ったとたん、それはふさわしい言葉でもなんでもなく、むなしく響くだけだと気がついた。まったく、薄っぺらいにもほどがある。

ジョーダン・ナイトはテーブルにのしかかるようにして両肘をつき、セオドシアのほうに身を乗り出した。「あなたの調査の腕は超一流だとドレイトンからうかがいました」

「たまたま真相にたどり着いたことが、過去に何度かありましたけど」セオドシアはあたりさわりのないよう受け流した。「運がよかっただけです」

「運ではなく実力だとも」ドレイトンが言った。「だから、来てほしいと頼んだのだよ。足を運んでくれて本当に感謝している」

ジョーダン・ナイトは苦しそうに顔をゆがめ、セオドシアに向き直った。「あなたには人並みはずれた才能があるとドレイトンから聞き、力を貸していただけたらと思いまして。素人探偵として、ちょっとばかり魔法をかけてもらいたいんです」

セオドシアは首を横に振った。「魔法なんかじゃありません」

「魔法でなければ」ドレイトンが片手をあげた。「特技、器量、天賦の才、どう呼ぼうとかまわん。とにかく、きみが人から話を聞き、情報を引き出し、謎を解き明かす達人である事実に変わりはない。人柄や内面を見抜くのが実にうまい。そういうわけで、ナイトホール・ワイナリーを再訪し、調べてもらえると大変にありがたい。せめて……何人かから話を聞いてもらえないだろうか。なにか手がかりがつかめるかもしれない」

「アンソン保安官が気を悪くするんじゃありませんか？」セオドシアはジョーダン・ナイト

をまっすぐに見つめた。昨夜、アレン・アンソン保安官と三人の部下は到着するなり、ただちに現場を掌握した。セオドシアの見るかぎり、四人ともかなり有能だった。

「誰も気を悪くしたりせんよ」ドレイトンがかわりに答えた。「というのもきみは独自に……まあ、言うなれば、慎重な調査をおこなうわけだからね」

「警察ではそういうのを非公式の調査と言うのよ」

「呼び方はどうでもいい」ドレイトンはジョーダンに目をやり、同情するようにうなずいた。「彼にはどうしてもきみの協力が必要なのだよ」

ジョーダンはセオドシアをおずおずと見つめた。「どうか来てもらえませんか。わたしどものワイナリーに。従業員から話を聞き、いくらかなりとも謎を解き明かしていただきたいのです」

「そして容疑者を見つけるのだ」ドレイトンがつけくわえる。

「すぐには無理よ」セオドシアは言った。「そういうふうにはいかないの」

ジョーダンは片手をあげ、ぱっとひらいた。「でしたら……どういうふうになさるんです？教えてください」

「まず、あなたに山ほど質問をしなくてはなりません。そのうちのいくつかは、不愉快なものになるでしょう。答えにくい質問ということです」

「たとえば？」ジョーダンは言った。

「まずは簡単な質問をいくつかしますね。たとえば、息子さんを最後に見かけたのはいつかというような。場所は昨夜のパーティ会場ですか?」

ジョーダンはいきおいよくうなずいた。「ええ、そうだと思います」

「思う、ではだめです。ちゃんと断言していただかなくては」

「ええ、見かけたのはたしかですよ」ジョーダンは眉根を寄せ、深く考えこむように視線を横にそらした。「たしかだと思います」

「そのときのことを思い出してください。よけいなことはいっさい考えずに」

「言われてみれば、昼すぎだったかもしれません」

「いいでしょう。では——ドルーさんに敵がいたかご存じですか?」

ジョーダンはふっと息を吐いた。「ありえません。ドルーはよくできた息子です。誰からも好かれていました」

そうじゃないのはあきらかなのに、とセオドシアは声に出さずに言い返した。頭を撃ち、死体をワイン樽に詰めこむほど憎んでいた人がいるのだ。

「恋人はいましたか?」

「いました」ジョーダンはゆっくりと答えた。「ターニャ・ウッドソンという名前の、かわいらしいお嬢さんで、ファッション業界で働いています。実は、かなり有名なモデルさんなんですよ」

「彼女は今回の件にどう関わっているのだね?」ドレイトンが訊いた。

ジョーダンは落ち着かない様子で体を動かした。「いっさい関わっていない」

「それはたしかですか？」セオドシアは訊いた。「ふたりは一緒に住んでいたのでしょうか」

「そういうことになりますね」ジョーダンは答えた。「ワイナリーにあるゲストハウスに寝泊まりしていましたから」

「ターニャさんはドルーさんの死をどう受けとめていらっしゃるのでしょう？」

「立ち直るには時間がかかりそうです。それを言うなら、われわれ全員が同じ気持ちですが。今回のことは悪夢そのものですから」

「会社の経営状態について教えてください」あからさまに不快感をしめしているジョーダンを無視してセオドシアは質問をつづけた。「業績は好調ですか？」

相手は苦り切った顔をした。「ソフトウェア会社のウィゼンはウィズゴー3・0の発売を目前にひかえていましてね」彼はそこで片手をあげ、力なく前後に振った。「いまのところ、それなりにやれている」

「では、ワイナリーのほうは？」セオドシアは訊いた。

「まだ利益が出るところまではいってません」ジョーダンは落ち着いた声で答えた。

「ドルーさんが殺されたことで、利益を得るのは誰でしょう？」

ジョーダンは顔をしかめた。「いま、なんと？」

「ドルーさんが殺されたことで、利益を得るのは誰でしょう？」セオドシアは質問を繰り返した。「金銭面でも、それ以外の面でも」

「どうしてまた……そんな者はいませんよ」

「たしかですか？」

「間違いありません」ジョーダンは渋い顔でドレイトンに目を向けた。「熱心すぎるスパーリングパートナーとリングにあがらされた気分だよ」そう言うと、親指でセオドシアをしめした。「ジャブやらアッパーカットを立てつづけに繰り出してくる」

「ご不快に思われているのでしたら……」セオドシアは言いかけた。

「いや、いい」ジョーダンは言った。「どうか、先をつづけてください」

「たしか、昨夜のイベントはドルーさんが采配を振るっていたとおっしゃいましたが」

「そうです。バーテンダー、ケータリング業者、ミュージシャンを手配するなど、あれこれやっていましたよ」

「ワイナリーで常時働いているスタッフは何人ですか？」

「六人です。みんなよく働いてくれています」

「では、昨夜は大勢の部外者が働いていたわけですね。よく知らない人たちが」

「いちいち身元をチェックする必要があるとは思いませんでしたので」

「しかも、招待客も大勢いた」ドレイトンが口をはさんだ。

「百人かそこらはいたでしょう」セオドシアは言った。「招待客リストを一部、いただけますか？」

そのとき、タイルを貼ったキッチンの床をピンヒールがけたたましく叩く音が聞こえ、やがてピンクのスカートスーツとつば広の白い帽子の女性がパティオに姿を現わした。

「パンドラ」ドレイトンがあわてて立ちあがった。「さあ、こちらへ」彼はセオドシアを振り向いた。「セオ、パンドラ・ナイトとは初対面だったかな？　たしか、紹介しなかったと思うのだが」

「はじめまして」セオドシアは手を差し出した。「ドルーさんのこと、心からお悔やみ申しあげます。あのような恐ろしいことになって……」

「ご親切にどうも」パンドラは応じた。「でも、ようやくお会いできてよかったわ。ドレイトンからお噂はいろいろとうかがっています。こうしてジョーダンと会ってくださり、本当にありがとうございました」彼女は一同の顔をながめやった。「それで、少しは進展したのでしょうね」

「努力はしているのだがね」ドレイトンが言った。「できるかぎりの努力を」

「とにかく」パンドラは寂しそうに笑った。「外で待っていようとは思ったのよ。そのほうがジョーダンも気兼ねなく話せるでしょうし」

「あれからずっと考えているんだ」ジョーダンが言った。「自分の胸に問いかけ、誰がドルーを殺したのか突きとめようと必死なんだよ」

「さきほどのわたしの質問に答えてくだされば、わかるかもしれませんよ」セオドシアは言った。

「どんな質問でしたか？」ジョーダンは訊いた。

「ドルーさんの死によって利益を得るのは誰でしょう、とお訊きしました」

「わたしがお答えするわ」パンドラのきつい声が割りこんだ。「ジョージェット・クロフトよ」あまりに語気荒く答えたものだから、帽子のふちが顔の前ではためいた。

「それは何者なのだね?」ドレイトンが訊いた。

「ライバル関係にあるワイナリーのオーナーだ」ジョーダンが説明した。「オーク・ヒル・ワイナリーの」

「ナイトホール・ワイナリーが生産を開始してからというもの」とパンドラがあとを引き取った。「ジョージェットはなりふりかまわず、チャールストンじゅうの関係先に働きかけてたの。うちが接触するのを阻止しようとして」

「すみません」セオドシアは言った。「その、ジョージェット・クロフトという女性がドルーさんを殺したかもしれないと、本気でお考えですか?」セオドシアにはありそうにない話に思えた。

「そもそも、その女性は昨夜のイベントに来ていたのかね?」ドレイトンも考えすぎだという意見のようだ。

ナイト夫妻は気詰まりなほど長いこと、顔を見合わせていた。やがて夫のほうが首を振り、口をひらいた。「いや、来ていなかったと思う」

「来ていたかもしれないじゃない」パンドラはむきになって言った。「いなかったとは言い切れないでしょ。なにしろかなりの人出だったのよ。招待客の多くが誰かを同伴していたし、招待状を持たずに押しかけてきた方も何人かいたにちがいないわ」

「今回のことにジョージェットが関わっているとはとても思えないな」ジョーダンが言った。

「たしかに強気な女性だが、人殺しなどするわけがない」

「そんなことない」とパンドラ。「ジョージェット・クロフトはとんでもなく性悪よ。しかも、自分のワイナリーを有名にしようと必死なの。うちが競争を挑んだものだから、頭に血がのぼっているにちがいないわ」

「あとひとつ、うかがいたいことがあります」セオドシアはたしかな情報をいくらかでも得られればと思いながら言った。「ナイトホール・ワイナリーの形態はどのようになっているのでしょう。株式会社？　それとも合資会社ですか？」

「ええ、合資会社です」ジョーダンが答えた。

「株を持っているのは？」

「当然のことながら、わたし」ジョーダンが答えた。「それにパンドラ、ドルー、それから個人投資家が一名おります」

「その個人投資家というのは……どなたでしょう？」

「アレックス・バーゴインです。よく知られた酒の卸売業者の」

「持ち株数は四人とも同じですか？」

「というわけではありません。ドルーとバーゴインがそれぞれ二十パーセント、パンドラとわたしがそれぞれ三十パーセントを保有しています」

「ドルーさんの分の株はどうなるのでしょう。あらかじめ取り決めしてあるのですか？　持ち株売買契約のようなものが？」

「わたしが買い取る権利を持ってる」パンドラが答えた。

「そうですか」セオドシアはしばらく考えこんだ。「ほかにご家族に恨みを抱いている人物に心あたりはありませんか？」

パンドラは首を横に振った。

ジョーダン・ナイトはなにやら考えこむ表情になった。「記者がいます。というか、食の情報を専門とするフリーライターで、《シューティング・スター》という俗悪なゴシップ紙に記事を書いてる男です。なにかにつけて、わたしどものワインをこきおろしてばかりで」

「たしかに」とパンドラ。「あの人ならやりかねないわ」

「わかりました」セオドシアは言った。「教えていただいたことをとっかかりに考えてみます」


ドレイトンがジョーダンとパンドラを車のところまで見送りに行っているあいだ、セオドシアは庭に残り、夫妻から聞き出した情報を検討していた。ドレイトン自慢の盆栽コレクションに目をこらすと、小さな木のなかには、曲げた枝に銅線がかけられたままのものがあるのに気がついた――訓練中の盆栽だ。

戻ってきたドレイトンは、セオドシアに弱々しくほほえんだ。「うまいことといったじゃないか」

　セオドシアはまだ考えにふけっていた。「そうかしら？」そのつぶやきは、ドレイトンに向けたものであると同時に、自分に向けたものでもあった。

　ドレイトンは小首をかしげ、鼈甲《べっこう》縁の眼鏡ごしに彼女の顔をうかがった。「なにかまずいことでも？　どうかしたのかね？」

「まあね、そうとも言えるかも」

「なにをひとりでぶつぶつ言っているのだね？」

「パンドラはドルーとは血がつながっていないのよね？」

「そうだ。ジョーダンの三人めの奥さんだからね」

「こういうことよ。ドルーの死によって誰が得をするか尋ねたとき、ジョーダンはパンドラの名をあげなかったわ」

「それが重要な意味を持つと思うわけだ」

「パンドラがその気になれば、ワイナリーを思いどおりにできるようになった点は、重要な意味を持つでしょうね」

「あの人がそんなことをするだろうか。ドルーが死んで、ひどく動揺しているのに」

「さあ」セオドシアは言った。「でも言わせてもらえば……パンドラはさほど動揺してるようには見えなかったけど」

テントウムシのお茶会

テントウムシのお茶会の準備は楽しくて夢中になれること請け合い。テントウムシの絵をあしらった招待状に、真っ赤なナプキンとランチョンマット、黒い点々のついた真っ赤な風船。手芸品店でテントウムシの飾りを買い求め、椅子の背やティーカップの持つところには赤地に白の水玉模様のリボンを結びましょう。料理のひと品めはココナッツのスコーン、次は巻末のレシピでも紹介したテントウムシのティーサンドイッチ。チェダーチーズとリンゴのチャツネをはさんだティーサンドイッチもおすすめ。デザートは、ケーキ屋さんにお願いして、テントウムシをモチーフにしたケーキポップをつくってもらってもいいでしょう。テントウムシの柄の銀紙で包んだチョコレートなら、あちこちのお菓子屋さんで買えます。

3

やかんが甲高く鳴り響き、いい香りが月曜の朝の空気に染みわたる。時計が九時を打つや、インディゴ・ティーショップのドアがあき、早起きのお客がなだれこむ。観光客もいくらか交じっているものの、大半はチャーチ・ストリートに軒を連ねる商店主で、焼きたてのスコーンと熱々のおいしいお茶で一日の始まりにはずみをつけようというのだろう。

「非常に忙しい一週間になりそうだ」ドレイトンが言った。丈の長い黒いエプロンを首からかけ、入り口近くのカウンターでティーポットに熱湯を注いでいた。ポットが充分温まったところで、湯を捨て、山盛りの茶葉を何杯か入れた。

「月曜はいつも忙しいわね」セオドシアはすでに半分ほど埋まった店内を見まわした。「以前は週のはじめはゆったりで、だんだん忙しくなって、土曜日にピークを迎えたものだけど。いまは最初から飛ばしている感じ」

「それっていいことだよね？」ヘイリーが焼きたてのイチゴのスコーンを積みあげたトレイを手に、厨房から飛び出してきていた。「だって、これまでよりたくさんの人がお茶というものを知ったってことだもん」

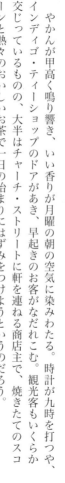

「あるいは、われわれの存在を知ったのかもな」ドレイトンは彼女からトレイを受け取った。

「お皿に移すときは気をつけて。オーブンから出したてだから、湯気がたつほど熱々なの」

ヘイリーは熱意あふれる青い目からまっすぐのブロンドの髪を払い、セオドシアとドレイトンをじっと見つめた。ヘイリー・パーカーはこの店の非凡なる若きシェフ兼パティシエだ。筋金入りのやかまし屋で、厨房をうるさいくらいにきっちり仕切っている。狭苦しい厨房に入れてもらえるのは、注文の品を受け取るときだけ。オリジナルレシピをお客に洩らすことは厳禁で、泣いて頼んでもうんと言わない。

セオドシアもドレイトンもそれがわかっているから、不干渉主義でもってヘイリーの邪魔をしないようにし、変わった仕事のやり方を尊重している。だから、この三人体制は驚くほどうまくいっているのだ。

「さてと」ドレイトンは言った。「二番テーブルはダージリンをポットで、それにクロテッド・クリームを添えたスコーンをご注文だ。四番テーブルの注文はアッサムをポットで、それに……おっと、アップルブレッドはもうできているかね？」

「あとちょっとでオーブンから出せるわ」ヘイリーは言うと、バレエシューズでまわれ右をし、大急ぎで厨房に引っこんだ。

セオドシアは小花模様の皿の山を持ちあげ、カウンターに一枚一枚並べた。ドレイトンがそこに手早くスコーンを一個ずつのせ、小さなシルバーのスプーンとクロテッド・クリームがたっぷり入った小さなガラスのボウルを添えていく。

「これでよし、と」セオドシアは盛りつけの終わった皿を二枚持ち、踊るような足取りで店内を横切った。ドレイトンが熱々のお茶が入ったポットを手に、そのすぐあとを追いかけた。

アッサム、ダージリン、烏龍茶、ラプサン・スーチョンが複雑に入り混じった香りのなかにいると、インディゴ・ティーショップでお茶を飲むのは一流のスパですぐれたアロマテラピーの施術を受けるようなものだと思えてくる。多種多様なお茶の香りを吸いこむことで五感が刺激されて気持ちがくつろぎ、元気がわいてくるのだ。

もちろん、ティーショップは目の保養にもなる。白いリネンのテーブルクロスと揃いのナプキンでおめかしした小さなテーブル。ガラスのホルダーのなかでゆらめく白い小さなキャンドル。各テーブルにきちんと置かれたアンティークの砂糖入れ、光を受けて輝く骨灰磁器《ボーン・チャイナ》のカップとソーサー、それにシルバーのスプーンとバターナイフ。一面の壁だけ煉瓦《れんが》造りになっていて、そこには古い版画とブドウの蔓のリースが飾られ、アンティークのハイボーイ型チェストと木の棚には缶入りのお茶やお茶にまつわる品が並んでいる。

けさ、仕事に来る途中、チャーチ・ストリートのファーマーズ・マーケットに寄って紫の菊を数束買った。いまそのかわいらしい花は、カットガラスの花瓶のなかでこんもりした頭を揺らしている。

「土曜の夜の招待客リストを預かっているのだが」ふたりしてカウンターに戻ると、ドレイトンがセオドシアに告げた。「ジョーダンの使いの者がけさ早く、わたしのところに届けてくれてね」そう言うと手をのばし、上の棚から中国製の赤いティーポットをつかんだ。「あまたいる招待客を選り分け、そのうちの何人かから話を聞いてほしいということなのだろうな」

「わたしたちが話を聞きに出向いたら、その人たちは自分が疑われていると思うわよね」

その指摘にドレイトンは手をとめた。そしてしばらくなにやら考えてから、口をひらいた。

「それはそうだが、警察はいつもそのようにして捜査をおこなっているのではないかね？」

「そりゃそうよ」セオドシアは言った。「でも、警察はそれだけの権限があるもの。だから、たいていの人は知っていることを隠すのをためらうんじゃない。それに、警察はほしい答えが得られなければ、牢屋にぶちこんだうえ、ゴムホースで拷問すればいいんだし」

「まさか、そこまではしないだろうに」ドレイトンは笑った。「そうだろう？」

セオドシアは苦笑した。「ええ。それでも同じことよ。法執行機関の人たちはえてして、とても……説得するのが上手なの。相手の気をゆるめさせ、重要な情報を白状させる能力に長《た》けてるわ」

「それはきみも同じだ」ドレイトンは言った。「ただ、やり方がちがうだけで」

セオドシアはびっくりして、彼をまじまじと見つめた。「わたしも同じ？　本当に？　そんなこと、思ってもいなかった……ねえ、わたしはどうやって説得してるの？」

ドレイトンは謎めいたほほえみを浮かべた。「相手の気持ちをくすぐるのだよ」

十時半、セオドシアが店内を見わたしながら、あいているテーブルはあとひとつだけだと思っていると、マックスが入り口から飛びこんできた。しかもなんと、画商のアンドルー・ターナーと一緒だ。

「よく晴れた月曜の朝に、ふたりともどうしたの？」セオドシアはそう声をかけ、石造りの暖炉のそばにある小さなテーブルに案内した。マックスの顔を見たせいでドキドキすると同時に、彼がアンドルー・ターナーと親しくしているのがうれしくもあった。

「まさかと思うでしょうが」とターナーが答えた。「ふたりとも今週おこなわれる芸術散歩の仕上げで忙しいんです」

「土曜の夜には芸術散歩の舞踏会もあるし」とマックス。彼は親指をくいっと立て、ターナーをしめした。「ふたりともその委員会のメンバーなんだ」

「余裕があるのね」セオドシアは言った。「だって、ふたりとも、そこまで時間が割けるんだもの」

ターナーは肩をすくめた。「まあ、ふたりとも罠《わな》にかかったようなものですよ」

「そうだとしても、今回のように、美術館とアートギャラリーが知恵を出し合うのはすばらしいと思うわ。芸術散歩みたいな楽しいイベントがあってもいいと思ってたんだもの。美術館や画廊の重々しい感じを取っ払い、芸術を肩のこらない親しみやすいものにするべきだわ」

「まさにそれを目指してるんですよ」とターナー。「三つの美術館と二十の画廊が無料開放に応じてくれたうえ、九十五の屋台が参加する予定なんです」

「地元のバー、レストラン、フードトラックは含めないでその数なんだからね」マックスが言った。「もちろん、彼らもお祭り気分を盛りあげるのにひと役かってくれる予定だよ」

「聞いてるだけでわくわくしてくるわ」セオドシアは言った。

しかし、ふたりが注文したお茶、スコーン、リンゴのブレッドを届けに戻ったところ、マックスからこう切り出された。「きみもフードトラックを出したらいいのに」

「とんでもない」セオドシアはふたりの前にお茶と食べ物を置きながら言った。「そんなのは絶対に無理。店の切り盛りとケータリングの仕事、おまけにテイクアウトと、目いっぱい働いてるんだもの」それ以上に大事なのはおつき合いで、ジョギングや読書、アール・グレイとのお出かけといった休息も必要だとは口にしなかった。

「ですよね」ターナーがスコーンにレモンジャムをたっぷり塗りながら言った。「その気持ち、わかります。過剰な労働に過剰なストレス、なんでもかんでも過剰、過剰だ。ぼくも芸術散歩の委員をまかされたうえ、画廊の仕事に忙殺され、気乗りしないながらも新居探しの時間もひねり出さなくてはならなくて」

「大きくて由緒ある家を探してるんだってさ」マックスがそうとう感心した口ぶりで言った。

「できればイタリア様式かジョージ王朝様式のものがいいらしい」

「あいにく」とターナーが言った。「いまはあまり物件がなくて」

「そう、それが問題よね」セオドシアはコクのあるイングリッシュブレックファスト・ティーをふたりのカップに注ぎながら言った。「いい物件があることなんかないわ。チャールストン市内にある古くてりっぱなお屋敷の大半は、市場に出てこないの。たいていは口コミで話が伝わって、友人か親戚に人知れずこっそりと売られるから」

「なるほど、いい話を聞きつけたらお願いしますよ」ターナーはお茶をひとくち、素早く飲むと、興味ありげな視線をセオドシアに向けた。「このまえの土曜の夜はとんでもないことでしたね」

彼がいずれ事件の話を持ち出すのはわかっていた。なにしろ、彼も現場を目撃してショックを受けたひとりなのだ。

「恐ろしかったわ」セオドシアは言った。「かわいそうにドレイトンは、あれ以来、気持ちが落ち着かないみたい。ジョーダン・ナイトとはいいお友だちだから」

「けさの《ポスト&クーリア》紙には」とマックス。「容疑者はひとりもいないと書いてあったよ」

その言葉がなぜかセオドシアのフェアプレイ精神を刺激した。「そうは言うけど、容疑者は必ずいるの。調べる場所さえわかっていればね」

「彼女の言うとおりですよ」ターナーはスコーンをひとくち食べ、考えこむような顔でもぐもぐ口を動かした。「ぼくが捜査する立場なら、どこを調べると思います?」

セオドシアとマックスは問いかけるようにターナーを見つめた。

「どこなの?」セオドシアは訊いた。隣のテーブルでお茶のおかわりを注いでいるドレイトンも、会話に聞き耳を立てているようだ。ほかにも聞いている人がいるだろうか。

「ワイナリーから少し行ったところにあるゴルフ場の経営者ですよ」ターナーは言った。「なんていう名前だったかな。たしか、プランテーション・ワイルズだったと思うけど。とにかく、あのへんの噂によると、かれこれ二年ほど前から、ワイナリーの土地を買い取ろうとしているそうです。もっとも、ジョーダン・ナイトのほうには売る気はないようですけど」

「あるはずがなかろう」ついにドレイトンが会話にくわわった。「なにしろ、ブドウ園を育てることに心血を注いでいるのだからね」顔が引きつっていた。「まったく、白いボールを追いかけるだけのくだらない遊びのために、美しい土地を片っ端から過剰に手入れされた芝生に変える必要がどこにある。そんなにも需要があるものなのかね」

「そうは言いますが」とターナーが言った。「きっとあるんじゃないですかね」


「ランチのメニューだが」ドレイトンは人差し指でカウンターを軽く叩いた。「もう決まっているのかね?」

セオドシアはエプロンのポケットに手を入れ、数分前にヘイリーから渡された小さな索引カードを出した。「ええ、決まってる」

「教えてもらえんか」

「ええとね」セオドシアはメニューにざっと目をとおした。「マンゴーの冷製スープ、シトラスサラダ、それからティーサンドイッチの具はチキンサラダとチャツネ、たっぷり野菜、黒い森のハムとチェダーチーズの三種類。デザートはひとくちブラウニーとレモンクッキーよ」

「すばらしい」ドレイトンは言うと、カウンターの下に手をのばし、藍色《インディゴ・ブルー》の紙袋をつかめるだけつかんだ。「きょうは、テイクアウトの注文が二十二もきているのを知っているかね？」

セオドシアはうなずいた。「だから、ヘイリーは三種類のティーサンドイッチにブラウニーとレモンクッキーを用意したの。どれも手でつまめるし、手早く楽に詰められるでしょ」

「そして、詰める役はこのわたしというわけだ」ドレイトンはつぶやいた。それから背筋をのばし、真剣な表情になった。「ゆくゆくは店を広げることも本気で考えたほうがいいんじゃないか」

「広げる余裕なんかないじゃない」セオドシアは驚いた顔で言った。「これ以上は無理。インディゴ・ティーショップのスペースには限りがあるの」

「となると……」

「だめ。移転はしないわよ。絶対に移転なんかしない。ここを離れるなんてつらすぎる」その言葉どおり、かつてはキャリッジハウスだったささやかなティーショップは鉛枠の窓、石造りの暖炉、木釘でとめたフローリングをそなえ、セオドシアにとってもうひとつの自宅も同然だ。実際、自宅だった——文字どおりの意味で。夢の一戸建てを手に入れるまでは、この二階のアパートメントで数年暮らしていたのだ。いまはヘイリーが二階の住人としておさまっている。

「ちょっと……言ってみただけだ」ドレイトンは言った。

「ゆくゆく考えるとしたら」セオドシアは言った。「二号店ね」

今度はドレイトンが言葉を失った。「本気かね？　きみが一方の店を切り盛りし、わたしがべつの店をまかされるとか？　そんなことをしたら、この店らしさがなくなってしまうよ。目標を失い、そして……協調関係も失うことになる」

「ドレイトン」セオドシアは言った。「いまのこの店で充分よ。食べていけるだけのお金は稼いでいるし、かなりの儲けが出ることもしょっちゅうある。わずかなお金のために店を広げ、よけいな苦労をしようなんて本気で思ってるの？」

「べつにそういうわけじゃない。ただ、小さなテーブルがたくさんあるし、アンティークの棚はジャムやジェリーやティーカップなどの売り物がびっしり並んでいるしで、少しばかり窮屈な感じがするときがあるのだよ」ドレイトンは横目でセオドシアをちらりと見た。「壁にこれでもかとかかったブドウの蔓のリースは言うまでもなく」

セオドシアはほほえんだ。「お客さまはそういうところが居心地がいいと思ってくださっているんじゃない」

ランチタイムの忙しさがピークを迎えた頃、デレイン・ディッシュが全速力で航行する豪華客船のごとく現われた。

「セオ！」と大声で呼ぶと、ゴールドのバングルをこれでもかとじゃらじゃら着けた手首を横柄に振り、ほっそりした鼻を上向けた。

「デレイン」セオドシアは応じた。デレインは友だちだが、性格に少々問題がある。なんの前ぶれもなく、お茶を飲みにひょっこり現われる。しかも、彼女が来店すると必ず、とんでもない騒ぎが持ちあがって、落ち着いたティーショップは大混乱に見舞われるのだ。

「二十分あるかどうかなの」デレインはぴしゃりと告げた。「十五分かもしれない。だからお願い、できるだけ早くすわらせて」デレインはハート形の顔をセオドシアのほうに傾け、すみれ色の目をせわしなく何度もパチパチさせた。ピンクのチークを頬にのせ、長い黒髪は上品なシニョンに結っている。

「窓際のテーブルでもかまわない？」セオドシアは訊いた。

「いいわよ」きょう着ているのはタンポポのような黄色のスカートスーツで、ジャケットはウエストのところがきゅっと細くなったデザインだ。同系色のピンヒールを履き、白い手袋をはめていた。彼女は手袋を脱いで、えくぼを浮かべた。「けさの新聞に、あなたがおもしろい経験をしたって書いてあったわね」

「えっと、ナイトホールで起こった殺人事件ね」その話題には触れてほしくないと思っていた。そうは言っても、デレインは大のゴシップ好きだし、いたるところに顔を出している。そんな彼女に黙っていろというほうが無理というもの。思慮深さなんて言葉は彼女の辞書にはない。

「ワインの試飲会がとんでもないことになっちゃったんですってね」デレインは椅子に腰をおろしながら言った。「死体が出てきたとか」

「恐ろしいなんてものじゃなかったわ」セオドシアはデレインのテーブルのそばにぐずぐずと立ったままでいた。「あんなことはじめてよ。しかも、ドレイトンはジョーダン・ナイトと仲がいいから、ことのほかショックを受けてるし」

「それって、殺人事件のせいなの？　それとも離婚話のせい？」

セオドシアは眉根を寄せた。「どういうこと？　いまなんて……」

デレインは他人の秘密をすべて握っているかのように、得意満面でほほえんだ。

「あら、知らないの？」

セオドシアは真向かいの椅子にするりとすわった。「なんの話？」

「ジョーダンとパンドラは泥沼の離婚騒動の真っ最中なのよ！」デレインは大きめのささやき声で言った。あっと驚く情報を伝えるのがさもうれしそうな口ぶりだった。

「それ、本当？」セオドシアは訊いた。デレインの言葉がとげのようにちくちく刺さる。ジョーダンとパンドラが離婚に向けて動いているですって？　きのうは一致団結している様子だったから、とてもじゃないけど信じられない。わたしったら、まんまとだまされていたのね。

「ええ、ふたりの結婚生活はまちがいなく破綻してるわ」デレインは言った。「なにしろ、いまではろくに口をきかないくらいだもの」

「なんでそんなことを知ってるの？」

「いやあね、もう」デレインは思わせぶりに目を天井に向けた。「パンドラはうちの上得意のひとりなの。服のサイズを知ってるだけじゃなく、とても親密なおつき合いをさせてもらってるってわけ」デレインは〈コットン・ダック〉というチャールストンでも指折りのブティックを経営している。おしゃれで着やすいコットンの服やシルクの普段着、それにイブニングドレスを選ぶ彼女のセンスは、ずば抜けていると言っていい。それが証拠に経営は絶好調。〈メシャント〉というランジェリー・ショップまで始めたくらいだ。ちなみに店名はフランス語で〝意地悪〟という意味だ。

「で、離婚の件はたしかなの？」セオドシアは言った。そんな話は寝耳に水だった。

「まちがいないわ。なんならパンドラに訊いてみなさいよ。待ってましたとばかりに話してくれるから」デレインは身を乗り出してささやいた。「そもそも結婚したこと自体が失敗だったのよ。どうにか抜け出せそうでなによりだわ」

「ふーん」セオドシアは言った。きのうのパンドラは、ジョーダン・ナイトをとても気遣っていたし、愛情を注いでいるように見えた。なのに、あれがお芝居だったなんて。ほかもすべてお芝居なのかもしれない。

「セオ」デレインが言った。「うちのクローズ・ホース・レースには来てくれるのよね？」

「え？」セオドシアはまだ、驚きのニュースの意味についてあれこれ考えをめぐらせていた。

「いつだったかしら？」

「明日よ！」デレインは顔をしかめ、すぐに自分がそうしているのに気がついた。形のいい指を眉間に置き、そっと揉んだ。「忘れてたなんて言わないでちょうだいね。とにかく、来てくれなきゃだめ。超がつくほどすてきな服ばかりが登場するし、チャリティだからみんなわれ先にと値をつけるはず。収益は全部、〈ラビング・ポウズ〉っていうアニマルシェルターの資金として寄付されることになってるの。それがどんなにりっぱなことか、わかるでしょ！」

「ええ、もちろん」セオドシアは言ったものの、ジョーダンとパンドラの離婚という不穏な話に動揺していた。すぐにいきおいよく立ちあがった。「小さいポットで淹れた茉莉花茶《ジャスミン》と、シトラスサラダでいい？」

「ええ。炭水化物はいらないから。超特急で出してもらえると、とってもとっても助かるわ」

カウンターに戻ったセオドシアは、いま聞いたニュースを早くドレイトンに伝えたくてたまらなかった。もう知っているかもしれないけど。

「アッサムをポットにもう一杯淹れなくては」ドレイトンはそうつぶやきながら、カウンターに入った。「六番テーブルの女性たちが、男子寮の早飲み競争みたいにがぶ飲みしているのでね。すでにポット三杯をからにした」

「ドレイトン」セオドシアは言った。「パンドラとジョーダンが離婚協議の真っ只中にあるって知ってた？」

ドレイトンの手から、スプーンが派手な音をたててカウンターに落ちた。

彼は見るからに驚いた様子でせわしなくまばたきをし、セオドシアを穴があくほど見つめた。「なんだって？」

「いま、デレインに聞いたの。パンドラとジョーダンは離婚の最終段階に入ってるんですって」

「彼女の言葉を信じるのかね？」

セオドシアは片手をあげ、どっちとも言えないというように傾けた。「パンドラはかなりのお得意さんだから、そうとうくわしいことまで知ってるみたい。だいいちデレインは、いつだって最新のゴシップに通じてるもの。だから訊くんだけど……あなたは知っていたの？」

ドレイトンは口を何度かぱくぱくさせた。あきらかにショックだったようだ。「わ……わたしはなにも知らなかった」とつっかえつっかえ言った。

「こうなると、話はちがってくるわ」セオドシアは言った。「なにもかもが大きく変わるはず」

「それはまた……どうしてだね？」

「自暴自棄になってるかもしれないからよ。とくにパンドラのほうが」

「しかし、てっきりわたしは……」ドレイトンは必死に落ち着きを取り戻そうとしながら言った。「ジョーダンとパンドラの仲は円満だと思いこんでいた。死ぬまで添い遂げるものだとばかり」

すでにセオドシアの頭のなかでは、もしやという考えが渦巻いていた。「どうやら、そうじゃないみたいね」

4

あんな新情報を耳にしたせいで、セオドシアはこれまで以上に、なにが事実でなにが事実でないかをきちんと見きわめなくてはと気を引き締めた。パンドラとジョーダンの関係は実際のところどうだったのか。それに、パンドラはドルーとどうつき合っていたのだろう。うまくやっていた？　それとも、心の底からドルーを嫌っていて、亡き者にしようともくろんでいた？

セオドシアはその後も店に残ったが、やがてランチタイムの混雑がほんの数人の客にまで減ると、アフタヌーンティーはふたりだけで大丈夫だからとドレイトンとヘイリーが力強く言ってくれた。うしろ髪を引かれつつも車に飛び乗り、ナイトホール・ワイナリーへ急いだ。

ワイナリーの駐車場に入っていくと、土曜の夜とは雰囲気がまったく異なっていた。テントとテーブルは見当たらず、樹木はライトアップされていなかった。しかも、寄棟造りの巨大な納屋の外に、泥まみれのピックアップ・トラックが二台とまっているだけで、人影ひとつなかった。

車を降りて、試飲室がある低く白い建物に向かうと、正面の窓に〝営業中〟の表示が小さ

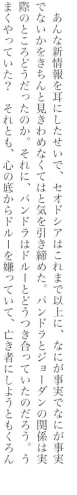

く出ていた。

ステップをのぼりかけたとき、ドアが大きくあいて、パンドラが出迎えに飛び出した。

「来てくれたのね！」パンドラは上機嫌で言った。スリムなデザイナーズジーンズにパールボタンのついた淡いブルーのシャツを合わせた彼女は、にこにこと愛想がよかった。殺された義理の息子の埋葬をひかえているにしては、屈託がなさすぎるくらいだ。

「うかがうとジョーダンに約束しましたから」セオドシアは言った。

パンドラはセオドシアの手を取って、ぎゅっと握った。「いくら感謝してもしきれない。あなたがどれほどすばらしい人か、ドレイトンからたっぷり聞かされてるの。これでもかと褒めちぎってたわ」

「そんな」セオドシアは言った。「まだなにもしていないのに」

「でも、りっぱに仕事をしてくれるはず。わたしはそう信じてる」パンドラは顔を近づけ、ウィンクした。「ドレイトンったらね、あなたはナンシー・ドルーの生まれ変わりですって！」

「彼がそこまでわたしを持ちあげていたとは知らなかったわ。褒めすぎもいいところだけど、あなたがアンソン保安官に信頼を置いているなら、わたしもまんざらじゃないと思うのに」

パンドラは冗談じゃないわという仕種をした。「お断りよ！　悪いけど、アンソン保安官の手腕はとても信頼できたものじゃないわ。あの人が、まだなんの手がかりも容疑者も見つけていないのはご存じ？」

本当は見つけているかもしれないじゃない。ただ、あなたに伝えてないだけで……。

「ねえ、パンドラ」セオドシアは切り出した。「あなたとジョーダンの気持ちが離れていたなんて、全然気づかなかったわ。わたしもドレイトンも、とても仲のよさそうなご夫婦だと思ってた」

「人生という道でちょっとつまずいた程度のことよ」パンドラは平然と、悟りきった口調で言った。「たしかに、わたしたちは離婚するつもりでいるわ——それはもう避けられない。でも、あなたがこんなところまでわざわざ出向いてきたのは、わたしたち夫婦のばかげた諍《いさか》いをどうにかするためじゃないはず。うちの従業員から話を聞くと、きっぱり言ってくださったわよね。いろいろ聞いてまわるというか、ぴんとひらめくものを見つけるとか、あるいはなんらかの感触を得たいということだったじゃない」

パンドラが離婚の件から話をそらそうとしているのはわかっていたから、セオドシアはとりあえず、その話題は引っこめることにした。

「きのうのお話では、ドルーさんが所有しているワイナリーの株を買い取るオプションをあなたがお持ちということでしたね」

パンドラはあいかわらず、にこにことほほえんでいる。「ええ」

「どういういきさつでそうなったのでしょう？」

「どうって、あの子がお金を必要としていただけよ」パンドラは言った。「あの子の稼ぎじゃ、食べることもできないくらいだったの。なのにパーティは好きときてる。しかも、愛車はポルシェよ」パンドラは小さく肩をすくめた。「ちょっと考えればわかるでしょ」

「そして、あなたにはお金があった」セオドシアの言葉は質問ではなく、事実を述べたものだった。

「ええ、わたしにかなりの蓄えがあるのは事実よ。前の夫がとても気前のいい人だったから」

「では、ドルーさんとの関係は良好だったんですね？」

「ええ、もちろん。本当の息子のように愛してたんだもの」

「そうですか」セオドシアは言った。パンドラのほほえみが、硬くこわばったものに変わった。ということはつまり……いまの答えは嘘？

「これじゃ、いつになっても聞き込みをさせてあげられないわね」パンドラは表情をゆるめながら言った。「わたしも街でいくつか用事を片づけなきゃいけないし」それから、おどけたようにセオドシアに指を振ってみせた。「近いうちに、おたくのティーショップに寄るつもりよ。そのときはよろしくね！」

そそくさと立ち去ろうとするパンドラに、セオドシアは声をかけた「土曜の夜はどのくらいの人が働いていたんですか？」

パンドラは首をかしげ、しばらく考えていた。「たぶん、三十人以上はいたんじゃないかしら。ワイナリーの従業員が数人ほどで、あとはケータリング会社の人よ。そうそう、それに演奏家と駐車係もいたわね」

「ドルーさんが担当していたのは――」

「とにかく」パンドラは話をさえぎった。「まずは支配人のトム・グレイディから話を聞いてちょうだいな。彼ならあなたの質問にきちんと答えられるから」

どういうことかしら、とセオドシアは心のなかでつぶやいた。わたしとはあまり話したくないみたい。

「それで、グレイディさんという方は……どちらに？」

「あっち」パンドラは親指をくいっとそらせ、納屋のほうをしめした。「彼のオフィスはあっちよ」


トム・グレイディもうれしくなさそうな顔でセオドシアを出迎えた。長身で引き締まった体形の寡黙な人で、陽に灼けた彫りの深い顔と白髪交じりのたっぷりした巻き毛が印象的だ。色落ちしたブルージーンズに、〝人生はカベルネだ〟という文字が躍るTシャツを着ていた。

「いったいなんの用だい？」グレイディは尋ねた。

「ジョーダン・ナイトさんから事件について調べてほしいと頼まれたんです」

グレイディは質素なオフィスにある灰色のスチールデスクのうしろに立ち、身を守るように腕を組んでいた。「あんた、調査員かなにか？」

「ただの友だちです」セオドシアは答えた。

「なにを訊きたいのか、見当もつかないが」

「とりあえず、案内してもらえませんか？　途中でいろいろとうかがいます」

グレイディの眉がさっとあがった。「作業してるところを見たいのかい？」声が少しだけ好意的になった。

「ええ、ぜひ」

「いいだろう」彼はデスクをまわりこみ、ドアから出ていった。「こっちだ。作業は全部こっちでやってる」

セオドシアはグレイディにつづいて、六基ある巨大なステンレスの醸造タンクの前を過ぎ、建物の中心部に向かった。たちまち、発酵中のブドウのツンとする強烈なにおいに襲われた。「足もとに気をつけな」グレイディが注意した。「ブドウの搾りかすのなかに足を滑らせないでくれよ」

「ワイン造りでは、最初になにをやるんでしょうか？」

「うん、うちは三十エーカーの土地を耕作してる。いまはちょうど、ブドウの収穫の真っ最中だ。だからまずやるのは——ブドウを手作業で摘み、そいつをプラスチックの小さな桶に並べることだ」

「なるほど」

グレイディはセオドシアを大きなステンレスのタンクへと案内した。「洗浄して果柄《かへい》を取り去ったブドウをつぶし、この発酵タンクに入れるんだ」

「発酵には普通、どのくらい時間がかかるものなんですか？」

「そのときどきでちがうが、二、三週間ってところだ。そうしたら果汁を搾って、さらに発酵させる。白ワインは小さなタンクに、赤ワインはオーク樽に移す」

セオドシアはたじろいだ。「樽というのはつまり……」

「ああ」グレイディは彼女をじっと見つめながら言った。「そういうことだ」

「それで、樽はどこに保管されるんですか？」

グレイディがしめした四方の壁には、土曜の夜にワインまみれのドルーが出てきたのと寸分違わない、大きなオーク樽が床から天井まで積みあげられていた。「ところかまわず置いてあるよ。ナイトホール・ワイナリーは白とロゼの製造からスタートしたが、最近は赤に主眼を置くようになってきた。だもんで、熟成期間をいろいろ変えて試験してるんだよ。ワイン造りは科学と言うが、かなりの職人技も要するんだ」

「土曜の不幸な出来事に話を戻しますけど、あのワイン樽が細工されていたのはあきらかですよね」セオドシアはコンクリートの床に目をやり、排水溝が何本か走っているのに気がついた。ドルーはここで撃たれたのだろうか。醸造エリアで。血は排水溝を流れていったのだろうか。考えるだけで気分が悪くなってくる。

「ああ、細工されてたんだろう。だが、どうやったかまでは、おれにはわからん。あの樽は試飲用に印をつけて、べつにしておいたものだ」

犯人はドルーの死体が無残にさらされるよう仕組んだのだろう。「あの日の午後は施設見学の方はいたのですか？」

グレイディは首を横に振った。「いや。というか、この二週間は施設見学をやってなかった。収穫の真っ最中だったんでね」

セオドシアはしばらく考えこんだ。「この先にあるゴルフ場の関係者について、なにかご存じありませんか？」

「プランテーション・ワイルズか？　いいゴルフ場だよ。会員になるには、けっこうな金がかかるらしいけどな。あの夜は、あそこの役員が何人か、客として来てたよ」

そう聞いて、セオドシアは驚いた。「本当ですか？　ジョーダンさんとゴルフ場の関係者は反目し合っているとばかり思ってました」

「以前はな」グレイディは言った。「ゴルフ場の連中がこの土地を買い取りたいと言ってきたが、ナイトさんはずっと断りつづけていた。実際、そうとう熱くやり合ってたよ。おれが思うに、連中を招待したのは、和解の意味があってのことなんじゃないかな」

「ジョーダンさんのほうからですか？」

「そうだ」

「ゴルフ場関係者がここを買い取りたいと接触してきたとき、共同経営者のなかに、その申し入れを受け入れる意思をしめした人はいましたか？　パンドラさんとかドルーさんとか」

「おれにはわからないな。本人に訊いてくれ」

セオドシアはべつの線から攻めることにした。「土曜の夜は、かなりたくさんの人がここで働いていましたよね。演奏家、バーテンダー、ケータリング業者、オードブルを配ってまわっていたウェイター……」

「おれはそっちにはあまりタッチしてないんだ。注文書を配って納品伝票をまとめるくらいしかやってなかった」

「ケータリングはどの業者を使ったんですか？」

「〈クラブズ＆ダブズ〉っていう、ここからちょっと行ったところにある、地元の小さなレストランにまかせた。お察しのとおり、カニをはじめとしたシーフードが売りの店でね。最高にうまいクラブケーキに、極上のアイオリソースを添えて出すんだよ」

「いいことを聞いたわ。で、給仕をする人たちは？」

「バーテンダーと給仕係はバーチュオソ人材派遣会社のお墨つきの連中ばかりだ」

セオドシアは、警察はもうバーチュオソ人材派遣会社から話を聞いたのか気になり、自分でやろうと心のなかにメモをした。

「あなたの考えを聞かせてほしいんですが、ドルーさんが殺されたことで、おたくのワイナリーの信頼性が損なわれるようなことはあるでしょうか。要するに、今回の件は財政面に悪い影響をあたえるかということなんですけど」

グレイディは下を向き、でこぼこしたコンクリートを足の先でこすった。「どっちにしたって、さほど大きな影響はないだろうね。もともとそんなに儲かってたわけじゃないから」

「ジョーダンさんも、財政面に不安があるとおっしゃってました。でも、ナイトホール・ワイナリーはじきに山を越えると、かなり前向きに考えてもいるようでしたよ」

するとグレイディはセオドシアをまともに見つめた。「そいつは初耳だな。ワイナリーを黒字にしたいと思うなら、ナイトさんはタナカ氏との例の取引に応じるしかないはずだが」

セオドシアはかぶりを振った。「例の取引？　タナカ氏というのは、いったい誰なんですか？」

「土曜の夜に来てた日本人のうちのひとりさ」

セオドシアはパーティに客として来ていた日本人のふたり連れを思い出した。「そうそう、代理店契約について協議しているところだと、ジョーダンさんからうかがいました。だったら、どうしていつまでも協議を引きのばしてるのかしら？」

「タナカ氏は代理店契約では満足せず、経営に参画しようともくろんでるって噂があるからさ。おれの見たところ、ヒガシ・ゴールデン・ブランズというやつの会社はうちの事業全体を掌握するつもりのようだ」

「つまり、ワイナリーを乗っ取るということ？」

「乗っ取りでも共同経営でも、好きなように呼んでくれ。とにかく、日本の資本家連中は、うちが喉から手が出るほどほしがってる資本をたっぷり注ぎこんでくれるそうだ」そこで彼はちょっと言いよどんだ。「それにくわえ、セールスやマーケティングを積極的に推し進める点も期待できる」

「つまり、リスクの高い投資をするから、それと引き替えに共同経営を要求している、と。興味深い話ですね」ジョーダンもパンドラもその件にまったく触れなかったのが気にかかる。

「タナカ氏はまだこっちに？　交渉決裂は回避できそうですか？」

「まだこっちにいるのか、それとも部下を連れて日本に帰ったかはわからんな。だが、いますぐなんらかの手を打たないなら、おれがここにいられるのもそう長くはないだろうよ」グレイディは向きを変え、大きなスライディングドアのほうに歩き出した。ローラーについているボールベアリングがなめらかに動く音がし、扉がするするとひらいて、絵のように美しいブドウ畑とその周辺が目の前に広がった。

セオドシアはグレイディをしげしげと見つめた。「いまのおっしゃり方からすると、ほかの仕事を探すつもりのようですけど」

グレイディは扉をくぐり、陽の光のなかへと出ていった。「いかなる選択肢も排除しないとだけ言っておくよ」

セオドシアも彼につづいて外に出た。「あとちょっとだけ質問させてください」

彼は片手を目の上にかざし、まぶさしをつくった。「うん？」

「ドルーさんのことはどの程度ご存じでしたか？」

「仲良くやってたよ」

「もっと具体的なことはご存じないですか。なにかに悩んでいたとか。困っている様子だったとか。お金の面やらなにやらで」

「とくに気になったことはないな。だが、恋人に訊いてみたらいいんじゃないか。彼女ならなにか知ってるかもしれないぜ」

「その方はいまはこちらに？」

「そのはずだ。たいていコテージでだらだらしてるよ」

「そうそう、たしかドルーさんはこの敷地内にお住まいだったとか」

グレイディはうなずいた。

「いわば、職住近接ですね」

グレイディは不服そうにうなった。「まあ、それもひとつの言い方だな」

「ドルーさんは日々の事業には関わっていなかったんですか？」この件についてパンドラの考えは聞いているが、今度はグレイディの意見を知りたかった。

「ドルーは、やつの言う、手を汚さずにすむ部分に取り組むのを好んだとだけ言っておくよ」

「意味がよくわからないんですが」

「ドルーが好んだのはワインを飲むこととラベルのデザインだった。きっちりその順番でな。もっとも、やつのデザインはそう悪くなかった。たしか、チャールストン美術大学で一年かそこら学んだんじゃなかったかな」

「そうですか」セオドシアはブドウ畑に目をこらした。葉がこんもり茂ったブドウに太陽の光が降り注ぎ、近くにはモモの木がきれいに列をなし、遠くの池の水面が揺れているのがちらりと見える。「ドルーさんのコテージはどちらになりますか？」

「あっちだ」グレイディは手でしめした。「でかくて白い家の前の道を行けばいい。ちなみに、そこにはナイトさんが住んでる」

「でも、パンドラさんは住んでいない？」

「ああ」グレイディは遠くをながめやった。「あの人はここがお気に召さないらしくてな。街なかで暮らしてるよ」

ドルーが住んでいたコテージはひなびた感じながら、かわいらしかった。こぢんまりとした平屋建てで、とんがり屋根の木の表面は風雨にさらされて色褪《あ》せ、きれいな銀白色になっている。アサガオとスイカズラがもつれ合いながら壁面を覆い、形ばかりのフェンスが入り口のありかをしめしていた。

セオドシアは小さな正面玄関にあがり、こぶしでドアを軽く叩いた。「こんにちは。どなたかいらっしゃいませんか？」返事はなく、なかで動く気配もなかった。埃で汚れた窓からなかをのぞきこんでも誰も見えなかったので、礼儀として一、二分待ってから、手をドアノブにかけてまわした。ドアは鍵がかかっておらず、いきなり低いきしみ音とともに大きくあいた。セオドシアは足を一歩踏み入れた。「こんにちは」

一戸建てとはいえ、アパートに毛の生えた程度のものだった。居間にあるものといったら、硬材の床を覆う中国製の色褪せた赤と金の絨毯《じゅうたん》、背もたれの高い椅子が二脚、石造りの暖炉の真向かいに置かれた革張りのソファくらいのもので、暖炉の両脇には書棚が置かれていた。奥はシステムキッチンになっていて、扉の向こうには小さな寝室が見えた。ベッドの上にスーツケースがひらいた状態で置いてある。

　小さなダイニングテーブルのすぐ左に現代風のデスクがあり、大きなｉＭａｃがのっていた。近づいてみると、紙の束と、十インチ四方に切った白い発泡材の山が並んでいた。マーケティングとデザインの世界で何年か働いた経験から、それがなんなのかはすぐにわかった。ドルーがデザインしたというワインのラベルにちがいない。自分のカラー・レーザープリンターで印刷し、ごっちゃにならないように置いたのだろう。プレゼンに使う目的だったのはまちがいない。

　ラベルの一枚を手に取った。〝ファースト・ブラッシュ〟という名のワインのラベルで、両の頬を丸くバラ色に染めた女性をラフに描いた上に、活字が躍っている。すてきだ。残りの山もぱらぱらと見たところ、〝サマー・サングリア〟、〝レッド・ゾーン〟、それに〝ナイト・ミュージック〟と名づけられたワインのラベルがあった。セオドシアは〝ナイト・ミュージック〟のラベルを両手で持った。セピアカラーを背景に、子ライオンがバイオリンにうずくまる姿が描かれていて、シンプルでとても上品だ。美しいカッパープレート体で〝ナイト・ミュージック〟と、そしてそれより小さな文字で〝ナイトホール・ワイナリー〟と書いてある。渾身の作というワイン。ジョーダンが言っていた、ワイナリーの命運を懸けたワインだ。

　セオドシアはラベルをおろし、デスクのあちこちに目をさまよわせた。読み古した《ワイン・スペクテイター》誌と《ワイン・エンスジアスト》誌、コルクがいっぱいに詰まった広口瓶、雑然と山をなした書類、らせん綴じの卓上カレンダー。ドルーのものとおぼしきカレンダーに、なにかメモが書かれていないか確認したくて、邪魔な紙をわきにどけた。きょうとこのあいだの土曜日の日付に目をやったが、なんのメモもなかった。その前の週はと見ると、黄色いポストイットが一枚貼ってあり、〝グリーン・エイリアン〟という走り書きがあった。

デスクの抽斗《ひきだし》を調べようとしたとき、玄関のドアがいきおいよくあいて、荒々しい足音が近づいてきたかと思うと、怒鳴り声が炸裂した。

「ちょっと、ここでなにやってんの!」

お店でちゃちゃっと揃えるお茶会

　みなさん、お忙しいですよね。でも、そんなのはお友だちをお茶に招かない言い訳にはなりませんよ。ひと品めはデリで買ったチキンサラダを使いましょう。それをシナモンレーズンパンにまんべんなく塗ってサンドしたら、耳を切り落として四つに切るだけ。ね、簡単でしょ?　クリームチーズとキュウリの薄切りをはさんだサンドイッチをつくるのもいいでしょう。サンドイッチを丸くくり貫くカッターがなければ、ジュース用のコップで代用できますよ。デザートにはクリームを塗っただけのスポンジケーキを買ってきて、エディブルフラワーの花びらを散らせばOK。ちょっとした工夫で、お店で買ったなんの変哲もないケーキが息をのむほどすてきなデザートに大変身!　手抜きしてティーバッグを使ったってかまいません。

5

その女性をぱっと見た瞬間、もつれた蜂蜜色の髪、きらきらした琥珀色の目、そして、ありえないほど長い脚が目に焼きついた。

モデルさんだわ、とセオドシアは心のなかでつぶやいた。まちがいない。

「あなた、誰？」若い女性はきつい声で横柄に尋ねた。それから素早く三歩進み出て、あるかなきかのヒップに手を決然とあて、セオドシアに詰め寄った。「よくも、あたしのものを勝手に引っかきまわしてくれたわね」

セオドシアは一歩も引かないかまえを見せた。「あなたのもの？　本当にそう？」

若い女性はふっくらした唇をきゅっと結び、ありったけの怒りを燃料にして言った。

「誰だか知らないけど、とっとと出てって！」そして、言葉だけでは足りないとばかりに、腕を大きく振り動かし、ドアのほうをしめした。

「セオドシア・ブラウニングといいます」セオドシアは立っている位置から一インチも動くことなく言った。「ここを訪ねて、あなたから話を聞くよう、ジョーダン・ナイトさんから頼まれました」そう言って、弱々しくほほえんだ。「あなたはドルーさんの恋人ね？」

美貌と長身で相手を威圧するのに慣れているらしい女性は、吐き捨てるように言った。

「ええ、彼の恋人。そうに決まってるでしょ」

「で、お名前は……」セオドシアは彼女の名前はなんだったか思い出そうとした。「トリーシャさんでしたっけ」

「ターニャよ」女性は言った。「ターニャ・ウッドソン」

「今度のこと、心からお悔やみを言わせてください。とてもおつらい気持ちなのはよくわかります」

「ええ」ターニャはそう答えたが、まだ頭に血がのぼったままで、とても悲しみにうちひしがれているようには見えなかった。

「いくつか質問をさせてもらってもいいでしょうか」

ターニャはあきれたように天を仰ぎ、大きなため息をひとつついた。「あなたも、あのばかなパンドラと同じ。いい子にしろってわけね」

「そうしてもらえると助かるわ」

「で、なにが訊きたいの?」

「この前の土曜ですけど……ドルーさんを最後に見たのはいつでした?」

ターニャはセオドシアをじっと見つめた。「わかんない。覚えてないわ」と不機嫌な声で答えた。「ねえ、こういう話なら、例のぱっとしない保安官に全部伝えたんだけど」

「なんとか思い出してほしいの」セオドシアは言った。「とても大事なことだから」

ターニャは形のいい鼻にしわを寄せた。「たしか……午後二時頃だったかな」

「どこで見かけたの？」

「テーブルだのテントだのの様子を見に外に出て、そのあと、パーティの仕度をしようと納屋の裏にまわってここに戻る途中。そしたら……ドルーが納屋のわきに立って、日本人としゃべってた」

「その日本人とはタナカ氏かしら」

「たしか、そんな名前だったと思う」

「それが、生きているドルーさんを見かけた最後なのね」

突然、ターニャの目に涙があふれた。「そう」と小さな声で答えた。

「こんなことを訊いても答えられないかもしれないけど」セオドシアは言った。「パンドラさんとドルーさんの関係についてなにかご存じないかしら」

「よく、知ってるわよ。あのふたりは互いに毛嫌いしてた」

セオドシアは驚きの表情をどうにか隠した。「本当に？」

「あたしがドルーとつき合いはじめたときから、パンドラはなんだかんだと彼に干渉してばかりだった。額に汗して働かないとか、まじめに協力したらどうなのとか、しょっちゅう小言を言ってたもの」

「それに対して、ドルーさんは？」

「それが変なのよねえ。この二カ月ほど、パンドラはちっともがみがみ言わなくなっちゃって。なんて言うか、ドルーにはもうワイナリーに関わってほしくないって感じだった」

「それに対してドルーさんはどう思っていたの？」

「お父さんに相談したみたいだけど……」ターニャは肩をすくめた。「これという答えは返ってこなかった。あの人もパンドラには強く言えないのよ。最近の彼女は以前にも増して、ワイナリーの仕事に積極的になってた。まるで自分のものだといわんばかり」

セオドシアはターニャの背後に目をやり、こぢんまりした住まいの豪華な内装を見つめた。

「あなたはこれからもここに住むようだけど」

「こんなしけた家に？　ありえないわよ」

「でも、ナイト夫妻のご厚意で、いまもここに住んでるわけでしょ」

ターニャの怒りの表情が軽蔑のそれに変わった。「厚意？　ばか言わないで！」

好奇心がふくれあがるのを感じながら、セオドシアは相手の顔をまじまじと見つめた。どういうこと？　ほかにもトラブルがあるの？

あったようだ。

「二時間前になるけど」ターニャは言った。「いじわるなお義母《かあ》さんとほぼ一方的な話し合いをしたの。安っぽいブロンドに染めた髪、根元にのぞく黒い髪、ボトックス注射のしすぎの、あの女と」

セオドシアはわずかにうなずいた。

「そしたらあの女」ターニャの顔が突然、怒りにゆがんだ。「あたしに出てけって言ったのよ！」

セオドシアは重い足取りで試飲室の裏口に向かっていた。これまでのところ、なにもつかめておらず、なんらかの答えを得ようと必死だった。そうじゃない、なんとしても答えを見つけなければ！

スクリーンドアを引きあけたとき、ジョーダン・ナイトに誇張でもなんでもなく、まともにぶつかった。

「ナイトさん！　ちょうどお話ししたいと思ってたんです！」

ジョーダンはぽかんとした顔でセオドシアを見つめた。顔に張りがなく、髪はぼさぼさ、おまけに動きがのろのろとぎこちない。

「大声を出すつもりじゃなかったんです」セオドシアはあわてて言った。彼の憔悴《しょうすい》しきった様子に胸を衝かれる思いがしたのだ。まさか、自分のほうで呼びつけておきながら、忘れているとか？　だって、魂が抜けたみたいなありさまなんだもの。まるで……抜け殻だわ。

ほどなく、ジョーダンは頭を振り、どうにかこうにかわれに返ったらしい。「お入りください」彼はドアのほうを手振りでしめした。「わたしのオフィスに」

案内された広々としたオフィスには、大きな木のデスク、すわり心地のよさそうな来客用の革張り椅子が置かれ、アンティークのパーソンズテーブルにはワインが一ダースほど並んでいた。頭上に目をやると、作りつけの木のラックでクリスタルのグラスがきらきら輝いている。セオドシアは椅子に腰をおろし、ジョーダンがゆっくりした動作で自分のデスクにつくのを見守った。

「すっかり、まいってしまいまして」ジョーダンは絞り出すような声で言った。「ドルーが本当に……いなくなったと思うと」

気の毒でセオドシアは胸がふさがれる思いだった。彼女自身は両親を亡くした経験がある。幼い頃に母が、大学在学中には父が他界した。だから、愛する者の死に直面すると心が乱れ、ぽっかり穴があいたようになるのは痛切にわかる。

「あらためてお悔やみを申しあげます」

「ありがとう。きょうは、わざわざ足を運んでもらい、本当に感謝しています。ここでの聞き込みに、なんらかの手ごたえがあったのならいいのですが」

「なんとなくですけど」セオドシアは答えた。「と言っても、具体的な事実なり答えなりが見つかったというわけじゃありません。正直なところ、調べれば調べるほど、あらたな疑問が浮かんでくるばかりで」

ジョーダンは眉根を寄せた。「どんなことでしょう？」

「たとえば、パンドラさんと離婚するおつもりなら、そうおっしゃっていただきたかったですね」

ジョーダンは手を振った。「わたしたち夫婦の問題はなんの関係も――」

「そういう言い訳はなしです」セオドシアはぴしゃりと言った。「関係ないかどうかはわかりませんから」

ジョーダンは椅子の背にもたれた。「なにをおっしゃりたいんです？　パンドラがドルーの死に関わっているとでも？」彼は呆気にとられ、しかもかなり腹をたてていた。「とんでもない」そう言って、首を横に振った。「ありえませんよ。どれだけ反目し合っていようが、妻が息子に危害をくわえるはずがない」

「でも、間接的な要因にはなったかもしれません。わたしたちにはわかっていないだけで、思いもよらぬ展開になったのかも」

ジョーダンは愕然《がくぜん》とした。「わたしには想像もつかないが」

「たとえば、ここの人たちの関係は、ものすごくぎくしゃくしているように感じます。あなたとパンドラさん、パンドラさんとターニャさん……そうそう、支配人のグレイディさんまで、やけにぴりぴりしています。そこでぜひ教えてほしいのですが――タナカ氏となにかあったのでしょうか？」

「べつになにも。彼は代理店の人間です。ここには、業務提携契約を締結するために来ていますが、なんとか合意に漕ぎ着け、今週末には署名できそうです」

「では、まだこちらにいらっしゃるんですね？」

「もちろん、いますよ」

「タナカ氏が、事実上の共同経営をあなたとパンドラさんに提案したそうですが」

「なんとなく流れでそんな話が出ただけです。そんな大まじめに話し合ったわけじゃない。

わたしについてこれまで調べたことをもってすれば、ここを他人の手に渡すはずがないのはわかるはずです。ナイトホール・ワイナリーはわたしの生きがいなんですから！」

「わたしはてっきり、ヒガシ・ゴールデン・ブランズが必要な資金注入をおこなうつもりなのだと思いこんでいました」

「たしかに、あの会社はひじょうに業績がいい。しかし、彼らがこのワイナリーのほんの一部でも所有するようなことは、絶対にありません」

「ナイトさん」セオドシアはかしこまったように言った。「その取引をめぐって息子さんと意見が合わなかったというようなことはありませんか？」

「まったくなかった」

「あなたとパンドラさんとではどうです？」

ジョーダンは息を吸いこんだ。「パンドラは提案に肯定的でした。しかし、いくら結婚生活がうまくいっていないとはいえ、売却に反対するわたしの気持ちを家内も理解していたんです。というわけで、あくまで食卓での雑談程度のものですよ」

「プランテーション・ワイルズ・ゴルフクラブの関係者とはどうでした？」

「オーナーのダニー・ヘッジズとですか。たいへん良好ですよ」

「でも、先方はおたくを買収しようとしていたはずですよね」

「いいえ。わたしの土地を購入しようとしていたんです。全然ちがう話です」

「あなたのほうに売る気はないんですね？」

「ええ、まったく。このワイナリーに心血を注いできましたからね。ここのように気温も湿度も高い土地でブドウを栽培するのがどれほど大変か、おわかりになりますか？　まさにブドウ栽培の悪夢ですよ。しかし、〈ナイト・ミュージック〉が完成したことで、目玉となるワインが持てるようになるんです。そういうわけで、ええ、売る気はありません。これっぽっちも」

セオドシアがジープに乗ろうとしていると、黒と白のツートンのパトカーが隣にするりととまった。すぐにアレン・アンソン保安官が降りてきた。ずいぶんと大柄な人だった。厚い胸板、いかつい顎、がに股。カーキの制服に黒いブーツを履き、形のゆがんだ制帽をかぶっている。あらゆる装備を携帯し、金色の星形のバッジはけさ磨いたばかりというようにぴかぴかだ。アンソン保安官はしばらくその場を動かず、あちこち目を配りながら、無造作にベルトの位置を直していた。それから、Uボートの潜望鏡が標的を見つけたときのように、セオドシアに向き直った。

セオドシアはびっくりしながらも、これは絶好のチャンスとほくそえんだ。急いで車を降りてうしろにまわり、できるだけ愛想よく声をかけた。「こんにちは、保安官」

アンソン保安官はミラーサングラスの奥から彼女の顔をのぞきこんだ。「どちらさんかな？」ベルトから拳銃とテーザー銃をさげ、そのベルトにはセミだかシラミだかをかたどったシルバーのバックルがついている。

セオドシアは片手を差し出した。友好的な態度をしめせば、相手も警戒を解くだろう。少なくとも、ほほえむくらいはするはずだ。「わたしはセオドシア・ブラウニング。ジョーダン・ナイトさんからの依頼で、こちらでいろいろ見てまわっています」

「見てまわっている」保安官は抑揚のない声で繰り返した。「そいつはいったいどういう意味だ？」

ここは〝調査〟という言葉を口にしないほうが、相手を刺激せずにすみそうだ。そこで、こう答えた。「誰がドルーさんを殺したのか、手がかりを見つけようとしているんです」

保安官は唇をひくつかせた。「妙だな」と、低いだみ声で言った。「そいつはてっきりおれの仕事だと思ってたよ」

「べつに誰の邪魔もするつもりは……」

保安官の顔がけわしくなった。「そうか？」

「いくつか質問してもよろしいでしょうか？」

すると保安官はうっすら笑みを浮かべた。「だめだ」


チャールストンの中心部に車で戻る途中、セオドシアは携帯電話でインディゴ・ティーショップにかけた。誰かいて、と心のなかでつぶやいた。お願いだから電話に出て。

運よく、戸締まりしようとしていたヘイリーがつかまった。

「ハーイ！」ヘイリーはいつもの陽気な声で言った。「調査の進み具合はどう？　もう殺人事件は解決した？」

「とんでもない。でも、あなたにちょっと訊きたいことがあって」

「いいわよ」

「知り合いに、バーチュオソ人材派遣に勤めてる人はいない？」

「それって、たしか、例の不幸なワイン・イベントに給仕係とバーテンダーを派遣した会社だよね」

「そうよ」

「ええと、そうだ、その会社で部長をやってるリンダ・ヘミングズなら知ってる。あなたも知ってるよね。覚えてないかな。去年の冬、ヘリテッジ協会の豪華なパーティでケータリングを担当したとき、ふたりほど応援を頼んだでしょ。そのときの担当がリンダだった」

「そうそう、思い出したわ」セオドシアは言った。「それで、バーチュオソの事務所はどこ？」

「うちの店からそんなに遠くないよ。ジョージ・ストリート沿いで、ギルダ画材店の数軒先」

「わかった」

　リンダ・ヘミングズはセオドシアとヘイリーをよく覚えていると言った。しかし、当然ながら、とても動揺していた。「きのう、アンソン保安官の部下の方から話を聞かれたわ。それに、けさはSLEDの捜査官がふたり、立ち寄ったし」SLEDというのはサウス・カロライナ法執行部門の略だ。

ふたりはバーチュオソ人材派遣の応接室に立っていた。にこやかにほほえむ黒ずくめのウエイターが結婚披露宴やフォーマルなガーデンパーティで料理と飲み物を給仕している写真が、壁にずらりと並んでいる。このウェイターたちはお客よりも楽しんでいるように見えるわ、とセオドシアは心のなかでつぶやいた。弁護するわけじゃないが、この写真はおそらく演出されたものだろう。

「ナイトホール・ワイナリーに派遣したスタッフだけど」セオドシアは言った。「全員、信頼できる人だった？」

「もちろん。ちゃんとした人ばかりよ」リンダは中背でやせ型、鼻は高く、青い色が何本か交じった茶色の髪を長くのばしていた。ヒッピーのような青春時代を過ごしてきたタイプだ。

「じゃあ、みんなあなたのところの正社員なのね」セオドシアは派遣会社の仕組みをよく知らなかった。社員なのか、フリーで働いているのか。

「正社員ではないの。嘱託に近いわね」

「じゃあ、ウェイターもバーテンダーもフルタイムで働いてるわけじゃないのね」

リンダはうなずいた。「派遣している人材の大半は、べつに接客関係の仕事についてるわ。うちでの仕事はちょっとしたお小遣い稼ぎなのよ」彼女はそこでセオドシアをじっと見つめた。「そのほうがうちにとっても好都合なの。お給料のことで神経をすり減らさなくていいし」

「あなたも土曜の夜はワイナリーにいらしてた？」

「いいえ」リンダは言った。「ジャネットが行ってたわ」

「ジャネットさんと少し話せるかしら」

「もちろん。どうぞどうぞ。こっちよ」ふたりは短い廊下を歩いていった。そのわずかの距離に、小部屋も同然のオフィスと、パソコン、プリンター、コピー機など、ビジネスになくてはならない道具が押しこまれていた。

ジャネット・デリシオはここの所長だった。いかにもエネルギッシュなタイプで、髪は赤毛、生き生きした笑顔が魅力的で、標準より二十ポンドほど体重が多そうだった。

「あなたも土曜の夜にナイトホールにいらしたそうですね」セオドシアは切り出した。「樽が割れて、なかから――」

「気の毒な青年がワインとともに流れ出てきたのよ！」ジャネットは昂奮したように叫ぶと、かぶりを振り、額に手をあてがった。あのときの記憶を、ドルーの遺体を思い出すだけでもつらいというように。「もう恐ろしいったらなかったわ。みんな、あまりのことに呆然としてたもの」

「ご家族ともなれば、なおさらです」セオドシアは言った。「それでいろいろ話を聞いてまわっているんです。ご家族から調査を依頼されたものですから」

「そう」

「あの晩、おたくから何人が派遣されていたんですか？」

「正確な人数ならわかるわ」ジャネットはパソコンのキーをいくつか打ち、ディスプレイに目をこらした。「十四人の登録スタッフが働いてたわね。バーテンダー六人、オードブルを配る役が五人、駐車係がふたり、それにわたしが立ち会ってた」

「全員がそれぞれの仕事に専念していたんですね？」

「あの晩はほぼ全員がフル稼働してたけど、ひとりだけ……」

「誰のこと？」リンダが口をはさんだ。「なにがあったの？」

ジャネットはリンダのほうに目を向けた。「カールよ。彼ったら……なんて言ったらいいのかしら。あの晩はちょっといつもの彼らしくなかったの」

リンダは顔をしかめた。「本当？　カール・ヴァン・ドゥーセンが？　いつもよく働いてくれるのに」

「なにがあったんでしょう？」セオドシアは訊いた。

「まず、しばらく姿が見えなくなったの」ジャネットは、本当は内輪の恥をさらすようでいやなんだけど、というように顔をしかめた。「お酒を飲んでたみたい」

「完全に内規違反だわ」リンダが言った。

ジャネットは肩をすくめた。「なにしろ、場所がワイナリーでしょ。だから、まあ、栓のあいたワインがこれでもかとあったわけ。そりゃあ、飲みたくなるってものよね」

「そのカールさんはどういう人なのかしら」セオドシアは訊いた。

「カール・ヴァン・ドゥーセン」リンダは繰り返した。「ふだんは〈スモーリーズ・ビストロ〉でウェイターをやってるわ。でも、たまにうちで派遣の仕事をしてくれてるの。コネをつくって、もっといい仕事にありつくつもりなんでしょう」

セオドシアはバッグからメモ帳を取り出した。「彼の電話番号は？　それに勤め先の名前をもう一度お願いします」

6

〈スモーリーズ・ビストロ〉は張り出し屋根と赤煉瓦の正面のしゃれたレストランで、ロングティチュード書店とグラッド・ハンド陶器店にはさまれて建っていた。外にはバレーパーキングの受付スタンドがあったが、係の人は見当たらなかった。べつにかまわない。セオドシアは近くにパーキングメーターを見つけ、そこから歩いてレストランに戻った。

入り口のドアに鍵はかかっていなかったが、受付カウンターは無人だった。セオドシアはそろそろとなかに入り、声をかけた。「こんにちは。どなたかいませんか?」装飾はおもに赤と黒が使われ、ローストチキン、ニンニク、それにトマトソースのにおいがただよっていた。デミ・ロヴァートが歌う『ハート・アタック』のサルサ・バージョンがスピーカーから流れていた。

長身でほっそりしたウェイター助手が、洗ったグラスをのせたトレイを手にスウィングドアから飛び出してきた。「まだ準備中です。予約をお取りになりたければ、支配人を呼びますが」

「カール・ヴァン・ドゥーセンさんを探してるの」セオドシアは言った。「おたくのウェイターですよね。出勤してるかしら」

「ええと……たぶん」ウェイター助手は肩を揺するようにして重たいトレイを持ち替えた。

「カールは出勤してると思いますが、確認しましょうか？」

「そうしてもらえると助かるわ」

ウェイター助手はグラスののったトレイをカウンターに置いた。「急いで更衣室を見てきます」

「ありがとう」

たっぷり三分か四分待たされたのち、黒い髪をした小太りの男性が大急ぎでやって来た。

「カールさん？」セオドシアは声をかけた。

「いえ、支配人のフィリップ・ラスクといいます」ラスクの声はいさめるような響きを含み、眉毛はいつも吊りあげているせいで、非難するような形に固まってしまったように見える。

「わたしがご用件をうかがいます」

「カール・ヴァン・ドゥーセンさんを探しているのですが」

「理由をうかがっても？」

「個人的なことです」

「カールはいま仕事中です」支配人はセオドシアを追い払う気満々で言った。「ですので、お客さまのお相手はできかねます」

「ええ、いまはディナーの仕込みで忙しいのは承知しています。でも、長くはかからないと約束しますから」

「申し訳ありませんけどね」とラスク。「とてもじゃないが、無理なんですよ」

セオドシアは片手をあげた。「五分だけ、いいでしょ？　ううん、五分もかからない。一分だけでもお願いできない？」

数分後、カール・ヴァン・ドゥーセンが出てきた。背が高く、赤毛で、歳は二十代後半だろう。広い肩幅、そばかすの散った、人なつこくてまじめそうな顔、筋骨たくましい腕。かなり体を鍛えているようだ。「ラスクさんに聞きましたけど、ぼくに話があるとか？」

ふいに記憶がよみがえり、二日前、カールがカナッペを給仕してくれたときのことを一瞬、思い出した。「ええ」彼女は言った。「土曜の夜のことで話を聞かせてほしくて」

「土曜の夜のこと？」彼は一瞬にして警戒を強めた。

「現場にいたでしょ」

「ほかにも大勢の人がいましたよ」カールはけわしい表情になった。「あなたはいったい何者なんです？」

「わたしの名はセオドシア・ブラウニング。ジョーダン・ナイト一家の友人なの。ナイトさんのために、いろいろ調べてるところよ」

「なるほど……そうですか」カールはそう言うと洟《はな》をすすり、鼻をぬぐった。

「どうかした？」

カールは不安そうに口をぱくぱく動かすばかりで、うまく言葉が出てこないようだった。

「あれはひどい出来事だった」やっとのことでそう言った。

「あなた、ドルーさんとは知り合いなんでしょう？」

カールはゆっくりとうなずいた。「知り合いでした」皿がガチャンという大きな音をたて、
カールは思わず身をすくめ、肩ごしに振り返った。

「お友だちだったの？」

「親しくしてました」

「バーチュオソ人材派遣のリンダとジャネットとも話したわ」

カールはウェイターの白い制服のポケットに両手を突っこんだ。「はあ」

「そしたら、あの晩、あなたがお酒を飲んでいたみたいだと言ってたわよ」

「ぼくが？」カールはセオドシアの非難にひどく動揺したのか、一歩うしろにさがった。一杯やろうなんてことは頭をよぎりもしなかったというように。「とんでもない。それは規則で厳しく禁じられてますよ」

「規則がないがしろにされたのは、なにもこれがはじめてというわけじゃないんだし」

カールは呆然とセオドシアを見つめるばかりだ。

セオドシアは一歩踏みこむことにした。「ドルーが亡くなったいきさつについてはなにも知らないの？」

カールは急に不安そうな表情になった。「ぼくは本当に……」と口を濁す。

「本当は知ってるんでしょ」

カールは激しく首を横に振った。「いや……」と言いかけたそのとき、厨房の扉がいきおいよくあき、ラスクが不快感もあらわに、急ぎ足で近づいた。

「話は終わりだ」ラスクはいらいらした声で告げた。「ヴァン・ドゥーセン、奥を手伝え。それから、あんた、なんの用事か知らないが、もう時間切れだ！」

二十分後、〈スモーリーズ・ビストロ〉から文字どおりつまみ出されたことを憤慨しながら、セオドシアは自宅に帰った。靴を蹴るようにして脱ぎ、アール・グレイを裏庭に出してやり、カモミール・ティーをポットで淹れた。それからキッチンのテーブルについて、ドレイトンに電話をかけた。

「いまちょうど、前々から気になっていた盆栽の剪定をしていたのだよ」彼は言った。「きみが気に入ってくれたカラマツの森の見栄えをよくしようと思ってね」

セオドシアは、大きなブルーの浅鉢に寄せ植えされたミニチュアのカラマツを思い出した。小さな〝森〟の土台は苔に覆われ、小石を敷きつめたくねくねした通路までつくってあった。

「あれは本当にすてきだわ」

「それはさておき、ナイトホールでの聞き込みはどうだった？」

「簡略版で聞きたい？　それともとてつもなく長いバージョンがいい？」

「ふうむ、そうとう悪い話のようだな」

「ドレイトン、あそこの人たちはみんなギスギスしてるわ。家庭は完全に崩壊してるし、ビジネスのほうも崩壊してる感じ」

「そいつは残念だ。しかし、とにかく話を聞かせてくれたまえ」

つづく十分間、セオドシアはナイトホールでの聞き込みの内容、バーチュオソ人材派遣に立ち寄ったこと、さらにはカール・ヴァン・ドゥーセンに会ったことを、いくらかはしょってドレイトンに聞かせた。

話し終えると、最後にこう言った。「ねえ、妙だと思うでしょ。まともな会話も成り立たないなんて」

「しかし埋もれていた貴重な情報を手に入れたじゃないか。それが唯一の救いだ」

「たしかに情報は得られたけど、容疑者となるとさっぱり」

「そのヴァン・ドゥーセンという若者からはどんな感触を得られたのだね？　彼は容疑者になりうると思うかね？」

「なんとも言えないわ。ヴァン・ドゥーセンはドルーの死にショックを受けてるようだったけど、本当のところはわからない。演技だったかもしれないし」

「恋人のほうはどうだった？　今回の件ではワイルドカード的存在ではないかと思うが」

「彼女についてはまだ決めかねてるの。あくまで勘だけど、ドルーの頭を撃ち貫いて、死体をワイン樽に詰めこむタイプとは思えないのよ」

「それは彼女が女性だからかな？」

「というより、自分の手を汚すタイプじゃないと思うからよ」

「とは言っても、実際のところはわからんものだ。ファッションモデルでも、いらいらと怒りっぽい一面があってもおかしくない」

「きっと、ろくに食べてないせいね」セオドシアは言った。

セオドシアはTシャツ、レギンス、テニスシューズに着替えた。それからキッチンであわただしくタマネギとトマトをさいの目に刻み、熟れたアボカドをスライスし、チキンスープ少々、コリアンダー、たっぷりのサワークリームとともに愛用のクイジナートのフードプロセッサーに放りこんだ。二分ほど攪拌《かくはん》したのち、緑色をした濃厚な芸術品をアルミのボウルに注ぎ入れ、冷蔵庫に突っこんだ。これでよし。アール・グレイとのジョギングから戻る頃には、おいしいアボカドの冷製スープができているはず。

「おいで、相棒」セオドシアはアール・グレイに声をかけた。彼はラブラドールとダルメシアンのミックス犬で、しじゅう裏庭をくんくん嗅ぎまわり、無法者のアライグマはいないかと見張っている。過去に何度か魚を盗まれるという騒動があり、本来はおとなしい性格のアール・グレイだが、仮面の盗賊相手に雪辱を果たすべく、虎視眈々《こしたんたん》とねらっているのだ。

セオドシアは首輪にリードを取りつけ、最後にもう一度、庭をながめてから、細い路地を歩き出した。

セオドシアにとって、路地は生まれ育ったチャールストンのなかで格別な存在と言える。

ひんやりとした静かな秘密の場所は、ひとりかふたりが通るのがやっとというくらい幅が狭い。よく知られている路地として、フィラデルフィア・アレー、ロッジ・アレー、それにロングティチュード・レーンがある。観光客ならば、そのうちのひとつかふたつを見つけられればラッキーだろう。もっとも、リスクを承知で、あちこち探索した場合にかぎられる。

チャーチ・ストリートとステート・ストリートのあいだにひっそりとあるのが、セオドシアのお気に入りの路地のひとつ、フィラデルフィア・アレーだ。そこで家畜を囲っていたことから、当初は牛の路地、すなわちカウ・アレーと名づけられたが、やがて両側に壁がそそり立つ狭い通路は決闘をする者の路地、すなわちドゥエラーズ・アレーという名前に変わった。壁が高く、両端からしか出入りできないことから、揉め事を解決し、男の名誉を守る場所にうってつけとされるようになったのだ。もっとも、セオドシア自身の考えを言うなら、面子《メンツ》をたもつ、あるいは自分が正しいと主張するだけのために、ゴツゴツした敷石道で血を流しながら死んでいくのが名誉とは思えない。

それでも、こぢんまりとしたすてきな通りであることに変わりはない。両側にそびえる煉瓦壁に美しい花々がしだれ、おまけにその壁には聖ピリポ教会の墓地にまっすぐ通じる出入り口までそなわっている。

波立つ大西洋から霧が流れこみ、もともととても風情のある歴史地区がうっすらとかすみはじめた。空気はむっとするほど湿度が高く、街路灯が突然、ソフトフォーカスレンズを使って撮影したかのようにぼやけた感じになった。

軽い走りでチャーチ・ストリートを縦走し、セオドシアとよき相棒はいつしかストールズ・アレーに入っていた。煉瓦敷きの小道が走り、土のにおいがただようこの狭い路地も、セオドシアのお気に入りだ。古きよき時代にタイムスリップしたかのようで、しかも路地の終わりにはすてきなご褒美が待っている。苔とシダがぎっしり生えた美しい中庭というご褒美が。

セオドシアの顔に笑みがこぼれた。たしかにこういう路地は、波立つ大西洋が発するマイナスイオンを受けながらホワイト・ポイント庭園を走るのにくらべると、壮大さという点ではかなわない。けれども、安らぎと静けさを求めるなら、そして、幽霊や亡霊があとをつけてくるような不安を感じ、何度となくうしろを振り返るのがいやでなければ、小さな路地を探索するのは最高だ。

日がとっぷりと暮れたなか、自宅があるブロックを走っていくと、ようやく自分のささやかなコテージが見えてきた。なんてすてきな家なんだろう。かわいらしくてちょっと変わった外見をした典型的なチューダー様式の建物は、左右非対称で藁葺き屋根を模したシーダー材のタイルが貼ってある。正面はアーチ形のドア、とんがり屋根、小さな塔をそなえている。青々としたアイビーの蔓が壁を這っている。しかも数年前、購入のための書類にサインしたとき、この家には名前があると知らされた――ヘイゼルハーストという名前が。

帰宅することにばかり気を取られていたせいか、隣に建つりっぱなお屋敷に明かりが煌々《こうこう》と灯っているのを見て驚いた。お屋敷は、デレインと婚約していたものの、数カ月前に殺されたドゥーガン・グランヴィルのものだった。

購入を検討しているお客を案内しているのだろうか。誰かがあの家を買うの？　それとも、すでに購入済みだったりして。

セオドシアが歩を緩めるのと同時に、三つの人影が屋敷の通路をゆっくり歩いてくるのが見えた。なごやかな話し声が聞こえ、大きな笑い声があがる。そこでふと気がついた。あのなかの声に聞き覚えがある。しばらく前に不動産の仲介をしてくれたマギー・トワイニングの声だ。セオドシアはアール・グレイと並んで歩道にじっと立ち、マギーがお客におやすみなさいと声をかけるのを見ていた。それから一歩前に進み出て、声をかけた。

マギーは偶然の出会いを喜んだ。「セオドシア！　またお会いできてうれしいわ！」彼女は革のブリーフケースを持ち替え、アール・グレイに片手を差し出すと、犬がその手をくんくん嗅いだ。「それに、かわいいワンちゃんも」マギーの人なつこくて実直そうな顔を、くしゃくしゃの白髪交じりの髪が縁取り、青緑色の細いフレームの眼鏡を首からチェーンでさげている。紺と白のストライプのスーツはしっかりした仕立てでありながら、とてもしゃれていた。

「グランヴィルさんのお宅を案内してたのね」セオドシアは言った。「ねえ、まもなく新しいお隣さんが入るの？」それはおおいに興味があるところだ。それに、不安でもある。どんな人なんだろう？　「まさか、ラトリング夫妻を案内してたじゃないでしょうね」フランクとサラのラトリング夫妻は、ちょっと前、一緒に事件に巻きこまれた、いっぷう変わった宿屋経営者だ。

マギーはさきほど別れのあいさつをしたふたり連れのほうに目をやった。「ちがうわ。もっと若い夫婦で、ルーとマーガレットのブランケンシップ夫妻よ」

セオドシアはマギーの視線を追った。せいぜい三十代前半とおぼしきふたりが、少しへこみのある車に乗りこむところだった。

「あのふたりがここを買えるわけがないわ」マギーはセオドシアの心を読んだかのように言った。「単なるひやかし、野次馬みたいなものよ。時間の無駄だったわ。家でチップス・アホイでも食べながら、テレビで『ダンシング・ウィズ・ザ・スターズ』でも見てればよかったわ」そう言って、彼女はにっこり笑った。「そうでなければ、おたくのお店に寄って、プチフールだの、カニサラダをはさんだおしゃれなティーサンドイッチでもいただきたかったわ」

「いつでもいらして」セオドシアは言った。「ところで、このところの景気はどう?」アール・グレイがすでにふたりの会話に飽きたらしく、リードを引っ張った。

「緩やかながらも堅調よ。もっとも、天地を揺るがすほどの動きはないけどね。銀行が消費者にお金をばらまいてた数年前とはちがうもの」

「あなたがこの物件を扱ってるとは知らなかったわ」

「わたしが独占的にまかされてるわけじゃないのよ。このキングストゥリー屋敷はうちのサッター不動産の物件になってるの。ここだけの話だけど、このお屋敷はぜひともわたしが手がけたいわ。キャットフード五年分の仲介手数料が入るんだもの」マギーは三匹の美しい猫――マンクスが二匹にシャム猫が一匹――を飼っていて、それはそれはかわいがっている。

「それなら」セオドシアは言った。「買いそうな人に心あたりがあるわ」

「落ち着いて、わたしのハート」マギーは言った。「誰？　わたしの知ってる人？」

「アンドルー・ターナーを知ってる？　チャーチ・ストリート沿いにターナー画廊をかまえてる人」

「ええ、知ってる」マギーはうなずいた。それからちょっと間をおいてからふたたび口をひらいた。「ううん、本人を直接知ってるわけじゃないけど、画廊は知ってる。名前を聞いたことがあるもの」

「電話番号がわからなくて申し訳ないけど……」

マギーはあわてて片手をあげた。「いいのよ、そんな。簡単に調べられるから」そう言うと、セオドシアの顔をのぞきこんだ。「そのターナーさんって人は本当に家を探してるの？ここみたいな豪勢なお屋敷を？」〝豪勢〟という言葉には、〝高い〟という意味が含まれていた。

セオドシアはうなずいた。「きょうの午前中、本人からそう聞いたんだもの」

セオドシアは自宅に戻ると、簡単にシャワーを浴び、テリークロスのバスローブにくるまった。ノートパソコンを抱え、素足で下のキッチンにおりた。アボカドの冷製スープはおいしかった。とてもなめらかで、すべての具材が見事なまでに溶け合っていた。食べながらパソコンを操作した。ニュース、株式市場、そして自分のフェイスブックのページに目をとおしていく。それから興味本位で〝グリーン・エイリアン〟という単語を検索した。

驚いたことに、〝グリーン・エイリアン〟という名のついたおかしなものが、これでもかというほど見つかった。

たとえば、メロンリキュールのミドリとライムジュースを混ぜてつくった甘い飲み物だ。セオドシアは鼻にしわを寄せ、そのカクテルのつくり方をじっくり読んだ。とてもじゃないけど、飲んでみようとは思えなかった。

緑色の舌ピアスという検索結果もあった。ふうん。そうとう変わってるわ。エイリアンのイラストが入ったTシャツを売るウェブサイトにいたっては百件近くあった。

セオドシアは椅子の背にもたれ、〝グリーン・エイリアン〟という言葉を頭のなかで転がした。けっきょく、なんの意味もないか、でなければコミックと関係あることにちがいないと結論づけた。グリーン・ランタンやアイアンマン、あるいはバットマンのような。しかし、手がかりとしては、これといった情報をあたえてくれそうにない。ということはおそらく、なんの意味もないのだろう。

7

セオドシアはナプキンを司教の冠の形に折り、シェリーの花模様のティーカップの隣に立てた。ドレイトンがどういう風の吹きまわしか、しまいっぱなしだった華やかな磁器をひと揃い出してきて、きょうはこれを使おうと言い出したのだ。そういうわけで、テーブルにセットしてみると、これはぜひとも美しく折ったナプキンとスターリングシルバーのティースプーンが必要だと思ったのだ。ドレイトンに厳しい目で見張られてはいるものの、いつもよりワンランク上の食器を使えることに満足感をおぼえていた。

「いやあ、実に見栄えがするな」ドレイトンは入り口近くのカウンターで、ブラウンベティ型のティーポットに熱湯を注いでいた。すっきりと晴れた火曜の朝、店をあける前に活を入れようと、ポットにアイリッシュ・ブレックファスト・ティーを淹れているところだった。

「明日のダウントン・アビーのお茶会の予行演習のつもりなのね」セオドシアは言った。

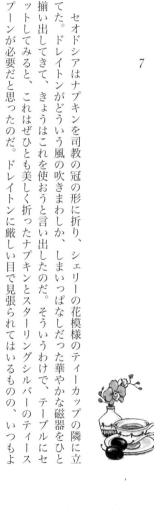

「そんなところだ。本番と同じようにやろうと思いついたのだよ」ドレイトンは口の両端をくいっとあげ、いたずらっぽくほほえんだ。「いちおうな」

陽が射しこみ、テーブルがカットクリスタルのシャンデリアのようにきらきら輝くなか、セオドシアはドレイトンがいるカウンターに近づいた。そして、きのうの午後、ナイトホール・ワイナリーを訪れたときの印象について、あらためて説明した。

「もう全部話したのはわかってるけど」セオドシアは言った。

「かまわんよ」ドレイトンは返した。「おさらいのつもりで頼む。ひょっとしたら、ぴんとくるものがあるかもしれないからね」

セオドシアは話して聞かせた。薄情すぎるパンドラに会ったこと、グレイディに施設を案内されたこと、それにターニャ、ジョーダン、アンソン保安官とも話をしたこと。

「そうそう、バーチュオソ人材派遣に寄ったことも言ったかしら？　責任者の女性ふたりから話を聞いたし、試飲会に派遣されていたウェイターのカール・ヴァン・ドゥーセンも訪ねてみたわ」

「その、ヴァン・ドゥーセンという人物から話を聞きたいと思ったのはどういう理由だね？」ドレイトンはセオドシアにお茶を注いだ。「飲んでみたまえ」

「バーチュオソの担当者によると、彼がちょっと不審な行動を取っていたようだから」

「実際、その男性に不審な点はあったのかね？」

セオドシアはお茶をひとくち含んだ。「うわあ、最高。ううん、彼はごくまともだった。ドルーとは知り合いだったみたい」そう言って、もうひとくち含んだ。「というか、親しかったんじゃないかしら」

「確信があるのかい？」

「いまはね」

ドレイトンはティールームを見わたし、おおむね満足した表情を浮かべた。「昨夜、ジョーダン・ナイトと話をした。きみと話したすぐあとのことだ」

「彼のほうから電話してきたの？」

「そうなんだ。あまり協力できなくて申し訳ないと言っていたよ。気持ちがふさいでいたんだそうだ」

「大変な思いをされたんだもの」あんな形でわが子を失う気持ちは、セオドシアにはとうてい想像できない。『現代心理学』だか『自殺予防対策』だか忘れたが、親にとってわが子を失うことは、耐えきれないほどの精神的苦痛をともなうと書かれていた。

「とにかく」とドレイトン。「明日の午前中、あらためてきみと話したいそうだ」

「お葬式のときに？」セオドシアはびっくりして言った。

「いや、終わってからだろう」ドレイトンは蝶ネクタイに軽く触れ、半眼にした目でセオドシアを見つめた。「きみを指名して調査を頼んだが、ティドウェル刑事には連絡を取ったほうがいいとは思わんか？」バート・ティドウェル刑事はチャールストン警察の殺人課を率いている。彼とセオドシアは渋々ながらも一目置き合う間柄だが、それもこれも、何度かおかしな殺人事件にふたりして巻きこまれたせいだ。

「今度の事件は刑事さんの管轄じゃないわ。ドルーが殺された話を持ち出したら、首を突っこむなと諭されるのがオチだし」

とたんにドレイトンの表情がくもった。「そうかもしれんな。首を突っこむのはやめたほうがいいのかもしれん。きみから聞かされた話をわたしなりに考えていてね——あの一家が抱えている内輪のいざこざや問題のことだよ。もしかしたらわたしは、いささか複雑すぎる事態にきみを引きずりこんでしまったのかもしれない」そこで言葉を切った。「いささか危険すぎる事態に」

「あなたの言いたいことはわかるけど、わたし自身はなんの危険も感じてないわ。そういう感じじゃないもの。そもそも……」

「そもそも、なんだね？」

「実を言うと、好奇心がすっかりうずいちゃって」

ドレイトンはうなずいた。「わたしもだ。思うんだが、ナイトホールの人々がしだいに——」

「そうとうの変人に思えてきたのね」セオドシアはあとを引き取った。「B級映画の登場人物みたいに」

「いや、シェイクスピアの芝居の登場人物のようだと言おうとしたのだよ」

セオドシアは〝グリーン・エイリアン〟の件をドレイトンに話そうかと考え、いったんはやめておこうと思ったものの、すぐに考え直した。べつにかまわないじゃない。ダメもとだもの。

「グリーン・エイリアンってなんだかわかる？」

「グリーンのなんだって?」すでに彼は、午前中のお茶をなににするかという難題に心が向いているようだった。〈ハーニー&サンズ〉のウバ・ハイランズか、それとも〈アダージオ〉の福建バロックか。

「エイリアンよ」セオドシアは言った。

「エイリアン!」ヘイリーが背後に来ていた。「あの映画、昔からずうっと好きなんだ」そう言って、カンフーのポーズを決めた。「シガーニー・ウィーヴァーと猫のジョンジーとで暴れまわる怪物を撃退するのよね」

セオドシアもドレイトンも唖然として彼女を見つめた。ヘイリーがアクションのまねごとをするのは、これがはじめてだったからだ。

「ていうか」ヘイリーは話をつづけた。「SFっぽい話はなんでも好きなんだけど」

「悪趣味きわまりないな」ドレイトンは感心しないという表情を向けた。

「ただのエイリアンじゃないのよ」セオドシアはヘイリーに説明した。「グリーンのエイリアンなの。なにかぴんとくるものはない?」

ヘイリーはぴかぴかの笑顔になった。「リドリー・スコット監督が新しい映画でメガホンを取ることになったのかな? シリーズ最新作を撮るんだったりして」

「あくまで勘だけど」とセオドシア。「そうじゃないと思う」

「心あたりに訊いてまわろうか?」

「おそらく、新しい音楽グループの名前だろう」ドレイトンが言った。

「テクノパンクのね」ヘイリーが言うと、ドレイトンは目を剝いた。

「さてと」セオドシアは言った。腕時計を確認したところ、〈T・バス〉製品を棚に補充する時間がたっぷりありそうだった。

数年前、セオドシアは起業家精神を発揮し、さまざまなお茶の成分を配合した入浴剤やスキンケア製品のシリーズを開発した。いまや〈T・バス〉には、ウーロン・バスバブルやジンジャー&カモミール・フェイシャルミスト、レモンバーベナ・ハンドローション、カモミール・カーマインローションといった、おいしそうな響きの製品が勢ぞろいしている。いまはハイビスカスと蜂蜜を配合した製法をメーカーとともに試作中で、ハイビスカス&ハニー・バターという名のボディクリームになる予定だ。

アンティークのハイボーイ型チェストに背の高い瓶や広口の瓶を並べ、その隣にギンガムチェックのポットカバーを何枚か置き、さらにデュボス蜂蜜の入った瓶をいくつか足して、陳列を終えた。さあ、これでとても見栄えがよくなった。

「すまないが」ドレイトンが声をかけた。「店をあけて、大勢のお客を迎える前に、五分だけ時間をもらえないだろうか。明日のダウントン・アビーのお茶会のプランをざっとさらっておきたいのだよ」

「わたしはかまわないわ」セオドシアは手をはたき、ティールームと奥の厨房やオフィスとを隔てる灰緑色のビロードのカーテンに近づいた。カーテンをあけて声をかけた。「ヘイリー？」

「きみにも参加してもらいたい」ドレイトンが大声で呼んだ。

二秒後、ヘイリーが赤いチェックのタオルで手を拭きながら、飛び出してきた。

「ヘリテッジ協会で講演するときみたいな声を出すんだもん」ヘイリーは言った。「そうとう大事なことなんでしょうね」

「われわれがこの店でおこなっていることは、すべて大事なことだ」とドレイトンが言った。

「うん、まあ……そうだけどさ」ヘイリーは生粋のサウス・カロライナっ子というより、ロサンゼルスのキャピキャピ女子みたいなイントネーションで言った。

「ドレイトンがね、ダウントン・アビーのお茶会のメニューをさらっておきたいんですって」セオドシアは説明した。

「なんだ、そのこと」ヘイリーはほっとしたように手を振った。「前にメニューを教えて以来、なにも変更してないわよ」

「ならば、それをセオドシアにも教えてやってくれたまえ」

「うん。ミセス・パトモアのスモークサーモンのティーサンドイッチにレディ・クローリーのキュウリのスープ、それにミスタ・カーソンのクランペットにしたわ」

「全部、あなたが考えたの？」セオドシアは訊いた。

ヘイリーは鼻高々でうなずいた。「ええ、そうよ」

「これはきっと大受けするわ」セオドシアは言った。「みんながレシピをほしがること間違いなしね」

「うーん……それはどうかな」ヘイリーは否定的な表情で言った。レシピを明かす話はしたくないのだ。なにしろ、国家の極秘文書並みに扱っているくらいだ。「そのときになってみないとね」

「とりあえず、いまやるべきことに話を戻さないか」ドレイトンが言った。

「たしか以前、フルーツ・トライフルをつくってみようかなと言ってたわね」セオドシアは言った。

「イチゴ、ブルーベリー、ラズベリーあたりかな」とヘイリー。「ベリー類の大半はまだ旬だしね」

「このあたりではちがうぞ」ドレイトンが言った。

「とにかく……よそでは旬なの」ヘイリーは言い返した。「あと、バンベリーのタルトもいくつか焼くつもり」

ドレイトンはまごついた顔をした。「あのドラマにバンベリーという人物が出てきた覚えはないが」

「出てないもの」とヘイリー。「種明かしをするとね、オックスフォードシャーにあるバンベリーという町の名前にちなんでるんだ。イチジク、砂糖漬けのピール、レーズン、クルミがたっぷり入ったバタータルトなの。すっごくおいしいんだから。そうそう、それにブランデーをきかせたダークチョコレートのカップケーキを焼いて、ヘリンボーン柄に絞り出したフロスティングで、よりいっそうのイギリスらしさを出そうと思ってる」

「どれもみんなすばらしいわ」セオドシアは言った。「厨房で手伝えることがあるなら……」

ヘイリーは片手をあげた。

「ええ、わかってる。いちおう、言うだけは言っておきたかったのよ」セオドシアはドレイトンに向き直った。「お茶選びのほうはどんな具合？」

「きみも知ってのとおり、紅茶はイギリス全体でよく飲まれている。そしてミルクと砂糖を入れて飲むのが一般的だ。そういうわけで、これらをくわえても負けないコクと味わいが必要になる」

「で、なににするつもり？」

「イングリッシュ・ブレックファスト、あるいはグームティ茶園のダージリンがいいのではないかな」

「それなら文句なしだわ」

「磁器はコールポート、銀器はガーネットローズのものにしよう」

「テーブル中央の飾りはどうするの？」

「花は〈フロラドーラ〉に頼んだし、ほかにも小さな飾りをいくつか、明日の朝いちばんに配達してもらうよう手配済みだ」

「どんなものを頼んだのか、くわしく聞きたいな」ヘイリーが言った。

「やめておこう」ドレイトンは言った。「お楽しみにとっておきたいからね」

店をあけると、お客が次々に入ってきた。ヘイリー特製の、イチゴジャムを詰めたジャムスコーンも、ズッキーニブレッドも焼きあがっている。そしてドレイトンは、朝のお茶のメニューにバラの花びら茶をくわえていた。

午前十時をまわり、店がしだいに忙しくなった頃、アンドルー・ターナーが入ってきた。

「ターナーさん！」セオドシアは言った。彼が顔を出すなんてびっくりだった。なにしろ、きのう来店したばかりだし、おまけにゆうべ、マギーに彼の話をしたばかりだ。

ターナーは白い歯を見せ、片手をあげた。「どうかアンドルーと呼んでください。アンディならもっといい」

「こんなに早く、またお目にかかれるなんてびっくりだわ」セオドシアは言った。なんとなくだが、彼はお茶を好むタイプには思えなかったのだ。

だが、それは間違いだったらしい。

「またまたご冗談を。来ないではいられなかったんですよ。どうやら、お茶派に宗旨替えしてしまったみたいで。きのう、あんなおいしいイングリッシュ・ブレックファストをごちそうになったせいかな」

「そういうわけなら、来ていただけて光栄です」

「それにもうひとつ白状することがあるんです」ターナーはさらに少しセオドシアににじり寄った。

セオドシアは相手の顔をじっとのぞきこんだ。「なんでしょう？」

ターナーは顔をくしゃっとさせた。「おたくのスコーンにすっかり夢中になってしまったんですよ」

「まあ、うちにはそういう方のための自助《セルフ・ヘルプ》グループがあるんですよ」

ターナーはきょとんとした顔になった。「本当に？」

「もちろん。いつでもふらりと入ってきて、遠慮なく召しあがってください《ヘルプ・ユア・セルフ》ってね」

ターナーはセオドシアを指差した。「うまいこと言いますね。おまけに美人ときてる。マックスが惚れこむのもわかりますよ」

セオドシアは顔を赤らめ、一瞬、言葉が出なくなった。ちょうど先に立ってテーブルに案内しているときだったから、ターナーに気づかれなくて助かった。

「そうそう」彼は椅子に腰をおろしながら言った。「うっかり忘れるところだった。あの家のことを教えてくれてありがとう。不動産業者のお友だちは、マギー・トワイニングさんでしたっけ？　その人から朝いちばんに電話がありました」

その瞬間、恥じらう気持ちが消え、わずかな不安が頭をもたげた。「あの家に興味を持たれるかどうかわからなかったんですけど。だって、途方もなく大きいんですもの。というか、おそらくもてあますだけかもしれないわ。でも、最近、売りに出た物件だし、あなたの条件にぴったりだし。少なくとも、わたしはぴったりだと思ったんです」

「いえ、かまいません」ターナーは言った。「うんと大きな家を重点的に探してるのはたしかですから。そのほうが依頼人を招くのにも便利だし。それにご想像のとおり、壁面が多いほうがありがたいんです。何エーカーあってもいいくらいです」

「あの家なら壁面はいくらでもあるわ」ドゥーガン・グランヴィルが暮らしていた頃に壁という壁を飾っていた金めっきの額に入った油彩画の数々が、まざまざとよみがえった。

「マギーが今夜、ぼくひとりのための内覧会をやってくれるそうです」ターナーは含み笑いを洩らした。「彼女は実にエネルギッシュな人ですね」

「でしょう？」

ターナーはうなずいた。「なんでも、木曜の午後に大手業者によるオープンハウスが予定されているとかで、ひと足先にこっそり見せてくれるって言うんですよ」彼はいったん口をつぐんだ。「自分の仕事をきちんと心得ている女性という感じですね」

「それに、口もうまいわよ。だから気をつけて」

隣のテーブルでお茶を注いでいたドレイトンが近づいてきた。

「セオドシアのお隣の屋敷に目をつけているとか？」

ターナーは上機嫌でうなずいた。「ええ。しかもあのお屋敷には名前までついていると聞きました。キングストゥリー屋敷というんです。今夜、なかを見てまわる予定になっているんですよ」

「あそこは実にすばらしい家だ」ドレイトンは言った。「ずいぶん前から住宅と庭をめぐる春のツアーの立ち寄り先になってましてね。あそこを買われるのであれば、その伝統を受け継いでいただけるとありがたい」そう言って、指で蝶ネクタイに触れた。「伝統にまさるものなしというのが、わたしの口癖でして」

「あの家を買ったならば」とターナーは言った。「あのとてつもなく大きな屋敷を買うだけの余裕があれば、ツアーで立ち寄れるようにすると約束しましょう」

「ありがたい。そう言ってもらえてよかった」

ターナーは急に真顔になった。「ところで、おふたりともナイトホールでの殺人事件について、続報をご存じないですか？　警察はもう誰かの身柄を拘束したんでしょうか。あいにく、ニュースを追っていなくて」

「身柄の拘束どころか」ドレイトンが憤慨した声で言った。「容疑者すら浮かんでいないありさまだ」

「それはひどい！　なんともいたましい状況じゃないですか」

「そこで、わたしからここにいるセオに、少し調べてもらえないかと頼んだのだよ」

「あくまで外部から公平な目で観察するだけよ」セオドシアはあわてて説明した。

「いい考えですね」ターナーは言った。「ぼくの知るかぎり、ジョーダンもパンドラも根っからの善人です。時にはちょっとばかり道を誤ったり、言い争ったりすることもありますけど、どっちも悪気はないんです。だいたいにして、実の息子を――いや、片方にとっては義理の息子ですが、冷酷に殺されていいわけがないでしょう！」

「ジョーダンとパンドラとはどのようないきさつで知り合ったのだね？」ドレイトンが訊いた。

「ええと、たしか一年くらい前だったか、夫妻がぼくの画廊をふらりと訪れたんですよ。チャック・クローズやダミアン・ハーストといった画家について突っこんだ議論になり、けっきょくウィルヘルム・バックの彫刻をカベルネワイン五箱と交換したというわけです」

「そう悪い取引じゃないわね」セオドシアは言った。

「正直な話、ぼくとしてはかなり満足でした」ターナーは言った。「なにしろ、なかなかおいしいワインでしたからね。その後、この二カ月ほどのことですが、パンドラにまるめこまれて、ドルーの絵や素描をうちの画廊で扱うことになりました。実はですね、毎年十月になると、新米展というやつをひらいてるんです」彼はそこでにっこり笑った。「いや、本当はそんな名前じゃないんですよ。表向きのタイトルは〝注目すべき新人アーティスト〟っていうんです。というのも、新しいアーティストを広く知ってもらうのが目的ですからね。芸術品を買おうという人たちに、みずみずしい才能と、多くの人に見てもらいたくてがんばっている若き芸術家たちを紹介しようという趣旨なんです」

「いい話ね」セオドシアは言った。「若いアーティストにそんなふうに手を差しのべるなんて、本当にりっぱだわ」

「いや、そんなたいしたことじゃありませんよ」

「たいしたことよ。若い才能を育てるのに手を貸しているんだもの。最近ではそんな悠長なことに時間を割く人はめったにいないわ」

「とにかく」とターナー。「ドルーは芸術家としてまんざらでもなかったんです。かなり有望でした」

「同感だわ。彼がデザインしたというワインのラベルをいくつか見たの。なかなかのものだった」

「かなりのものでしたよ」ターナーは相づちを打った。

母と娘のお茶会

お母さん――と小さなお嬢さん――が大好きなものばかりを集めた、こんなすてきなお茶会はいかがですか。ひと品めはマラスキーノチェリーのスコーンにクロテッド・クリームをたっぷり添えて（お嬢さんにはホイップクリームがいいかな）。お次はツナサラダとハムをはさんだティーサンドイッチ。ピーナッツバターとレーズン、あるいはピーナッツバターとジェリーのサンドイッチでもいいでしょう。デザートにはシュガークッキーかレモンクッキーを。お母さんたちにはオレンジスパイス・ティーかイングリッシュタフィー風味のお茶がおすすめ。お嬢さんたちはリンゴジュースか牛乳があればご機嫌なはず。そうそう、お人形とテディベアにもたくさん来てもらいましょう!

8

正午になると、ティーショップはいっそう忙しくなった。

「サラダはどこだね、サラダは？」ドレイトンが声を張りあげた。「お客さまがお待ちかねだ」

セオドシアは美しく盛りつけられたサラダが六皿のった大きなシルバーのトレイを手に、厨房から飛び出した。

「はい、お待ちどうさま。ディジョン・ドレッシングをかけた夏のグリーンサラダ。ヘイリーが予告してたでしょ」

ドレイトンはそのうちのひとつを指差した。「葉っぱがいっぱいついた、この小さな飾りはなんだね？」

「枝つきのタイム」セオドシアは答えた。

「どうやらヘイリーはまた、青物市場を訪れたようだな」

「毎朝行っているはずよ。新鮮な材料にとことんこだわるたちだもの」

ドレイトンはセオドシアからトレイを受け取った。「この店をカリフォルニアで流行して

いる産地直送タイプのレストランに変えようというのでなければいいのだが。ほら、アザミのサラダだの、青汁を使ったドリンクなんかを出すようなやつだよ」

セオドシアはにやにやと笑った。「でも、それもそう悪くないと思うけど」

「勘弁してくれたまえ」ドレイトンはそそくさと立ち去った。

もっとも、ヘイリーの残りのメニューはこれまでどおり、ティーショップらしいものばかりだった。モッツァレラチーズとトマトのペーストをはさんだティーサンドイッチに、生ハムと赤ピーマンのグリルをはさんだサンドイッチ。きょうのグリルドチーズサンドは、フランス流にホワイトチェダーチーズのクロックムッシュ、デザートには甘くておいしいメープルシロップを使ったフレンチトーストのキャセロールが用意されている。

セオドシアはランチを運び、お茶を注ぎ、なじみのお客数人と軽くおしゃべりをし、テイクアウトの品を詰めるドレイトンに手を貸した。両方の手にティーポットを一個ずつ持ってカウンターに戻ろうとしたところへ、マックスが駆けこんできた。

「やあ」マックスは声をかけた。「五分ほど時間があるかな」

セオドシアは片方の眉をあげ、混雑した店内を見やった。「うーん……むずかしいかも」

マックスはカウンターににじり寄った。「忙しいみたいだね。だったら、仕事をしながらでも話せない？」

「いいわよ……これをどうぞ」彼女は皿からクッキーを一枚取り、彼のほうに滑らせた。

「お友だちのアンドルー・ターナーが一時間ほど前に立ち寄ったわ」

「あいつが？」マックスはクッキーをひとくちかじり、問いただすような、期待するようなまなざしを向けた。「ふうん……まさか、きみをデートに誘ったりはしなかっただろうね」

セオドシアは顔を赤らめた。きょうはこれで二度めだ。「ううん、そんなわけないでしょ。お茶とスコーンを召しあがりに来ただけ」そう言って肩をすくめる。「あくまでお友だちとしてだったわ」

「ならいいんだ」マックスはまたひとくちかじった。「あいつはイケメンだろ？　だから。考えたくもないけど……場合によっては……チューブ入りのカドミウムレッドの絵の具かなにかで撃退しなきゃいけないと思ってさ」

「笑える。実を言うとね、不動産の仲介をしてるマギー・トワイニングと彼を引き合わせることになったの」

「デートさせるのかい？」

「家の件でよ。うちの隣の大きな家があるでしょ」

「ドゥーガン・グランヴィルが持ち主だった、あの家のこと？」

「ええ。あれがついに売りに出されたの」

「たしかに、ターナーのやつは、かなり本気で大きな家を買うつもりでいるからね」

セオドシアは、詰め終えて入り口近くのカウンターに積みあげられたテイクアウト用の箱に目を向けた。「注文の品を引き取りに来たのね？」

マックスはゆっくりとウィンクした。「きみのほうで、もっと楽しい提案をしてくれるなら話はべつだよ」

「注文はあなたの名前で？」

「そうか、わかった」マックスは言った。「ぼくたちは抱き合ってキスするような関係じゃないってふりをしたいんだね。お行儀よくあらたまった振る舞いをしろってことか。わかった、そうだよ。そう、ぼくの名前で注文した」

「ランチボックスは何個？」セオドシアはカウンターの上をまさぐり、一ダースくらいの箱にテープでとめたラベルをひとつひとつ確認した。

「六個」

「あ、これね」セオドシアは腰をかがめて藍色の大きな紙袋を一枚取り、なかに箱を詰めていった。「お勘定はあなたにつけておく？　それとも美術館？」

マックスは顔をつんと仰向けた。「それで頼む」

「わかった、美術館につけておくわね」セオドシアは書きこみをしながら言った。顔をあげると、彼がいつものいびつな笑みを浮かべているのに気づき、思わず頰をゆるめた。「ねえ、ハンサムさん、持ち帰り用のお茶を淹れましょうか？」

「いいね」

マックスが身を乗り出すようにして見つめるなか、セオドシアはティーポットを手にし、藍色のカップに祁門茶《キーマン》をたっぷり注いだ。

「ところでさ」マックスは言った。

セオドシアはカップにふたをかぶせ、彼に差し出した。「ところで、なに？」

「今度のワイナリーの件にどのくらい関わってるの？」

いやだわ。「ドレイトンにちょっと手を貸してるだけよ。話を聞いてまわったりして」

「あたりさわりのない模範的な答えだね。でも、実際のところ、きみの役割はなんだい？ ドレイトンにちょっと手を貸してるだけ？ そんな答えは一分だって信じないね。本当は残酷な殺人事件を調べてるんだろ？」

「それについては、アンソン保安官が容疑者を追い、厳しい質問を浴びせているはずよ」

マックスがじっと見つめてきた。「で、そういうことをしているのは本当に保安官だけなのかい？」

セオドシアは遠慮がちにほほえんだ。「信じないなら、保安官本人に電話してみればいいじゃない」

「いやいや、アンソン保安官が犯罪の撲滅に腰まで浸かってるのはたしかだと思うよ。はっきりしないのは、きみがどこまで関与してるかってことさ」

「さっきも言ったように、いくつか質問をして、目をしっかりあけ、耳をすましてるだけだってば」

「きみのことが心配なんだよ。なにしろ、無謀な勘を頼りに、やっかいな事態に巻きこまれてばかりいるからさ」

「わたしが自分から飛びこんでいると思ってるの？」

マックスはゆっくりとうなずいた。「天使が踏みこむのを恐れるような場所にね」

セオドシアは手をのばし、彼の手に触れた。「ちゃんと気をつけるわ。約束する」

「その言葉を信じられたらいいと思うよ」

そろそろ話題を変えたほうがよさそうだ。「明日の夜は、ふたりで芸術散歩に行く予定で変わりない？」

「期待していいよ」

「よかった。うちのダイニングルームに飾る絵を、いまだに探してるの。すてきな絵か版画がほしくて。明るい色合いのものがいいんだけど」

「運がいいね、専任の美術コンサルタントを同行できるんだから」

セオドシアはテイクアウトの袋を差し出した。それからゆっくりと片目をつぶった。

「運はなんの関係もないわ、ハンサムさん」


ランチタイムの喧噪《けんそう》が少しにぎやかな程度にまで落ち着くと、セオドシアは着替えをしようとオフィスに引っこんだ。Tシャツにスラックス、フラットなバレエシューズなんて恰好《かっこう》で出向いたら、デレインは癇癪《かんしゃく》を起こすに決まっている。だから、着心地がよくて、着回し可能、そこそこいい気分になれる服という自分なりのルールを破り、黒いストンとしたワンピースに着替え、ヒールの高いサンダルに足を入れた。それから椅子に腰をおろすと、最上段の抽斗から割れた鏡のかけらを出した。シャネルのローズ・サンドというリップグロスをつけ、黒のマスカラをちょっとだけ塗った。

よし、と。これならおしゃれの最低ラインには達するでしょ。

そのとき携帯が甲高くさえずり、デレインが頼み事の電話をしてきたのではありませんようにと願いながら、電話を取った。

しかし、かけてきたのはアンジー・コングドン、数ブロック離れた場所にあるフェザーベッド・ハウスという朝食付きホテル《B&B》の経営者だった。

「アンジー、こんにちは！」セオドシアは言った。

「金曜の夜に来てくれる予定に変わりはないかと電話したの」アンジーは言った。「オープン記念パーティの招待状は送ったけど、電話でも確認したほうがいいと思って」

「ちゃんと予定に入れてあるわ。絶対に行くつもり」

「よかった。いろいろ変えたところがあるから、あなたに全部見てほしくて」

「かなり拡張したというのは聞いてるけど」

「ええ。いよいよ再出発よ」

「フェザーベッド・ハウス3・0ね」セオドシアはおかしそうに笑った。「でも、ガチョウたちはあいかわらずいるんでしょう？　だって、みんな、おたくのガチョウが大好きなんだもの！」アンジーは陶器、ぬいぐるみ、木彫りのガチョウを大量にコレクションしているのだ。

「大事なあの子たちを、どこかにやるわけないでしょ。ここはあの子たちの家なんだから」

「じゃあ、金曜日に」セオドシアは言って、電話を切った。

さてと、なにをしていたんだっけ？

そうそう、髪をなんとかするんだった。

セオドシアの鳶色の髪はもともとたっぷりしているが、きょうは派手にふくらんでいた。暑さ、湿気、それに沸騰してピーピー鳴るやかんから絶え間なく噴き出る湯気が原因で、頭に後光が射したようになっている。女性なら誰でもあこがれるような髪だ。

セオドシア以外は。

いつもコンプレックスを感じている髪をブラッシングし、くるくるした巻き毛やうねりをちょっとでも落ち着かせようとした。やがてため息をつき、手でなでつけ、やるべきことはやったと自分に言い聞かせた。大急ぎで裏口を出ると、愛車ジープのエンジンをかけ、〈コットン・ダック〉に向けて出発した。

当然のことながら、デレインのブティックの正面に乗りつけると、ふたりの若者が車を次々に駐車場まで移動させていた。片方は白いメルセデスに飛び乗って走り去り、べつのひとりはシャーマン戦車二台分はありそうな大きなＢＭＷから降りてきた女性にチケットを渡している。

次はわたしのジープね、とセオドシアは心のなかでつぶやいた。傷やへこみがいくつかあるし、豪華な乗り物とはとても言えない。しかし、この車が大好きだった。これに乗れば道路でないところも走れるし、リビーおばさんが住む農場の森深くまで爆走し、春にはアミガサタケを、夏の盛りにはやわらかいタンポポの茎、クローバー、野生のクレソンを採りにも行ける。

入り口前にとめて車を降り、若い駐車係ににっこりとほほえんだ。

「いかした車ですね」駐車係はつぶやき、駐車チケットを差し出した。

「同感よ」セオドシアは気持ちを奮いたたせ、〈コットン・ダック〉の店内に乗りこんだ。

たちまち、鼓膜にずんずん響くテクノ音楽が耳に飛びこんできた。そして押し合いへし合いする人、人、人。誇張でもなんでもなく、おしゃれに装った女性たちであふれ返り、しかも不思議なことに、全員が知り合いのようだった。早口でぺちゃくちゃまくしたて、プログラムに手をのばし、音だけのキスを交わしている。戸惑い気味にあたりをきょろきょろ見まわしていたセオドシアは、まさに夢のような空間だと感心した。ワンピースやスラックス、チュニック、トップスを吊したラックは店の片側に全部寄せ、なんと本物のランウェイを設置していた。高さは一フィートほどで、表面を光沢のある白いマイラーフィルムで覆ってある。見あげると、小さなクリーグライトがいくつも吊りさげられていた。ランウェイの両側には白い木の折りたたみ椅子がずらり。セオドシアのすぐ左にはシャンパン・バーが用意され、それにもちろん、あいているスペースには大きな花のバスケットがこれでもかと置かれていた。

「セオ！」デレインの声が響きわたった。彼女は獲物をねらう猫のようにセオドシアの隣に忍び寄った。「この飾りつけ、どう？」頭を軽くそらし、その拍子にゴールドのシャンデリアイヤリングが風鈴のように軽やかな音をたてた。

「豪華だわ。とってもきれい」デレインは黒いデシンのストンとしたロングドレスで装っていた。片方の腕と肩があらわになったデザインで、ケージブーティからはピンクのペディキュアをした爪がのぞいている。

「でしょう?」デレインは満足そうな声を出した。「ランウェイはお気に入りのデザイナーズブランドのものをまねてみたの。シャネルとかディオールとかランバンとか。最前列は大のお得意さんと大事なお友だちのために取ってあるのよ」

デザイナーズブランドのワンピースやスカートスーツに身を包んだ裕福そうなお客を見まわし、セオドシアはごくりと唾をのんだ。大急ぎで恥ずかしくない程度の服に着替えてきて、本当によかった。

「バーからシャンパンを取って、自分の席に着いてちょうだいね。あと二分ほどでショーが始まるわ」デレインはセオドシアの前腕に手を置き、軽く握った。「あなたの席は最前列よ、喜んでちょうだいね」

「感激だわ」正直なところを言えば、席はどこでもかまわないのだが、デレインの手前、最前列の席にこだわる姿勢を見せるのはやぶさかでない。ファッション、音楽、ドリンク、昂奮がひとつになったこの午後のイベントは周到に用意された販促会だった。だから、こうして呼びつけられ、何点か値をつける——それも惜しみなく——ことを求められているわけだ。

やれやれ。

セオドシアはバーまで行き、経験の浅そうな若いバーテンダーからシャンパンのグラスを受け取った。最前列に向かって歩きかけたとき、携帯電話が鳴った。バッグに手を入れて電話を出し、スクリーンの表示を確認する。インディゴ・ティーショップだわ。あらやだ、なにか問題でもあったのかしら。

「もしもし」

「セオ、あたしよ、ヘイリー」

「そっちはうまくいってる？」お願いだからお店が爆発したなんて言わないで。

「順調よ。でね、例のあれを調べてあげたんだ」

「例のあれ？」

「ほら、グリーン・エイリアンの件」

「ああ」

「あたしが以前、デートしてた、ちょっとゴシックファッションっぽい人を覚えてる？　ハインリッヒのこと」

「覚えてるわ」ヘイリーのその友だちは、唇と眉と耳に金属をいっぱいつけていて、その数は改造したオートバイよりも多かった記憶がある。

「でね」とヘイリー。「彼はサブカルチャーにくわしいから、なにか知ってるんじゃないかと思ったの」

「グリーン・エイリアンの正体についてね」ああ、早く教えて。

「それがね……」ヘイリーは声を落とした。「ヘロインの一種なんだって」

「本当なの？」

「まちがいないってば」

「そう。驚いたわ。じゃあ、またあとで……それにありがとう」

セオドシアはあふれんばかりの女性のなかに立ち、いま聞いた話からなにが言えるだろうかと考えた。ドルーがヘロインを使用していたということ？　ドラッグ中毒だったわけ？　それが、殺害とどう関係してくるの？

頭上の明かりが一度だけまたたき、急いで自分の席に着くよう、全員にうながした。

グリーン・エイリアンという単語の持つ重要性をあれこれ考えながら、セオドシアはランウェイと最前列の椅子とのあいだをすり抜け、すでに着席している客の膝にぶつからないよう注意しながら、自分の名が背もたれにピンでとめてある椅子はどれかと探した。自分の席が見つかったそのとき、誰かの手がにゅっとのびてきた。

セオドシアはあいさつをしようと目を向け、よそいきの笑みを顔に貼りつけた。けれども、手首をがっちりつかんでいる相手の女性には見覚えがなかった。大きな角張った顔、きらきらした目、赤みがかったオレンジ色の髪を大きなビーハイブに結った頭。南部らしい盛り髪という点からすると、この女性の前ではセオドシアなどアマチュアも同然だ。

そのとき、女性がほほえみを浮かべ、きっぱり断定する口調で言った。

「わたしのことをご存じないようね」

セオドシアは必死に頭をめぐらせ、名前と顔を一致させようとした。ティーショップのお客さま？　デレインのお友だち？　脳内のデータベースから女性の名前を発掘できず、弱々しくほほえんで、あきらめたように肩をすくめた。「申し訳ありませんが……」

女性はまだにやにや笑っていた。

「オーク・ヒル・ワイナリーのジョージェット・クロフトよ」

9

「まあ、びっくり《オー・マイ・グッドネス》！」

セオドシアは叫んだ。驚きのあまり、言葉が勝手に口からほとばしり出た感じだった。

「善良《グッドネス》というのは的を射てないんじゃないかしら」ジョージェットは南部ふうの、のんびりした口調で返した。「だって、わたしのことは、人間の皮をかぶった悪魔と聞いているはずだもの」そう言うとセオドシアの手を放し、隣の席に腰をおろすまで待った。

「そこまでひどい言い方じゃありませんけど」衝撃はすっかり癒え、いまはパンドラが血も涙もない悪者だと言っていた女性のことを、知りたくてたまらなかった。

「ナイト夫妻からわたしを徹底的に調べろと言われたのよね。ちがう？　あの夫婦、怒りに身を震わせながらわたしを名指しして、〝あの女が殺したに決まってる！〟なんて言ったんでしょう？」

セオドシアはそうだともちがうとも答えなかった。「わたしがナイト夫妻から話を聞いたこと、どこでお知りになったんでしょう？　事件について調べるよう依頼されたことを」

「いろいろ耳に入ってくるのよ」ジョージェットは言った。「さあ、白状なさい。せっかくこうやって隣の席になったんだから。わたしのことを知りたいんでしょう？　それほどの極悪人か、たしかめたいんじゃなくて？」

セオドシアはジョージェットが口にした科白《せりふ》を真っ向から受けとめることにした。

「ええまあ、おっしゃるとおりです」

「だったら、本当のことを教えてあげるけど、あの夫婦はわたしが買収を持ちかけたことで、カリカリしてんのよ。状況を考えれば、かなり気前のいい申し出だったのに」

「その状況というのは……具体的には？」

「だからね、あそこのワイナリーに採算が取れる見込みはなくて、ジョーダン・ナイトは事業の基本もわかっちゃいないと言えばわかる？」

「ジョーダン・ナイトさんのお話では、あなたはひどく強気な性格とのことでしたが」

ジョージェットはセオドシアの言葉をしばし嚙みしめていたが、しばらくすると口がひくひく動き、大きな顔に少しずつ笑みが広がった。「それはおそらく、実際に強気な性格だからよ。そうでなきゃビジネスの世界で成功できるわけがない」

「あなたのワイナリーは成功してるんですか？」セオドシアとしてはべつに失礼な態度を取ったつもりはなく、心から知りたくて訊いたのだ。隣にすわった、したたかで威勢のいいこの女性は、非常に興味深い観察対象だった。

「そう言っていいんじゃないかしらね」ジョージェットは慎重な口調で言った。「去年は五十万本近くを生産し、今年はほぼその二倍になってるから」

「すごいですね。そんなに注文があるんですか?」

「ええ。うちのワインはここサウス・カロライナ州の人の口に合うらしいの」ジョージェットは得意そうな顔で、さらにこうつけくわえた。「ノース・カロライナ州とジョージア州の人の口にもね」

「販売網が整っているんですね」セオドシアはこのままジョージェットにしゃべらせ、できるかぎり情報を得ようと考えた。

「優秀な営業スタッフが揃っていて、日を追うごとに取引先が増えている状態なのよ」

「それじゃあ、さぞお忙しいでしょう」

「まあね。ときどき、なにがなんだかわからなくなる日があるくらい」

「だったら、どうしてナイトホール・ワイナリーを買収しようと? なぜ話を持ちかけたりしたんですか?」

ジョージェットは手もとのプログラムに目を落とし、すぐにセオドシアに戻した。

「べつにワイナリーそのものを買いたいわけじゃなかった。目をつけてたのはブドウ畑のほう。それだけのこと。ブドウの生産量が増えれば、それだけ売り物のワインが増えるわけでしょ」

この調子でしゃべらせるのよ、とセオドシアは心のなかでつぶやいた。さいわいにも、ジョージェットのほうから進んで話してくれた。

「それに」ジョージェットの話はつづいた。「パンドラはわたしの申し出をすごく喜んでいたようだしね」

それは初耳だった。「そうなんですか？」ナイト夫妻の口ぶりからすると、ジョージェットが敵対的買収を仕掛けているような印象だったのに。

「とにかく、パンドラがもうワインビジネスにあきあきしているのはたしかでしょうね」

「どういうことでしょう？　パンドラさんは事業から撤退したがっていると？」

ジョージェットはうなずいた。「わたしの勘だけど、パンドラは足を洗いたがってる。もう、すべてにうんざりしてるんじゃないかな。だって、考えてもみなさいな。彼女は五年にわたって、可もなく不可もないブドウの世話をし、厳しい市場でなんとか生き残ろうと画策し、銀行と交渉してローンの支払いをのばしてもらってきたのよ」

「そんなにひどい状況とは知りませんでした」セオドシアは言った。

ジョージェットは辛辣《しんらつ》な声を出した。「ひどいなんてものじゃない。惨憺《さんたん》たる状況よ。パンドラはジョージダンと離婚する寸前で、おそらく慰謝料をたんまりもらうつもりでいる。しかも、ドルーとは相性がよくなかったし」

「興味深いお話ですね」というより、とても参考になる話だ。

「ナイトホール・ワイナリーはもう終わりじゃないかしら」ジョージェットは言った。「トム・グレイディまでもが見限るつもりでいるようだもの」

「そうなったら、彼をおたくで雇うんですか？」

ジョージェットの目が泳ぐのと、照明が暗くなって音楽が響きわたるのが同時だった。セオドシアはぴんときた。ジョージェットはグレイディと話をしたのだ。というか、セオドシアが調べてまわっていることをジョージェットに告げたのは、おそらくグレイディだろう。つまり、ジョージェットにじかに通じているわけだ。となると、ここはもう少し慎重にいったほうがよさそうだ。

「グレイディは有能な支配人だと思う」ジョージェットはさりげなくプログラムをめくりながら言った。「ワイン醸造についてすべてを知りつくしてる。彼のほうにその気があるなら、うちのワイナリーにポジションを用意してもいいわね」

そのあとジョージェットがなにか言ったが、突然の拍手喝采にかき消された。つづいてスポットライトが点灯し、音楽のボリュームがさがり、デレインがランウェイに登場した。彼女はまぶしいくらいの光の輪のなかで足をとめ、会場内を見まわし、マイクを口に近づけた。

「みなさん」デレインは呼びかけた。「こんなにもたくさんの方に、当店恒例のクローズ・ホース・レースにお越しいただき感激しています。ご存じのように、みなさまのお気に入りのデザイナーから、秋物の先行商品を寄付していただきました。どうぞ、ショーを楽しみ、服を何点か選び、財布のひもをゆるめてくださいね。本日集まりましたお金はすべて〈ラビング・ポウズ〉というアニマルシェルターに寄付されます。みなさまを頼りにしているワンちゃんやネコちゃんがいることを、どうぞお忘れなく」

それを合図に、会場はふたたび暗くなった。観客が息をのんで見守るなか、突然、音楽が大音量で鳴り響き、照明が点灯した。色とりどりのまばゆい光が、、真っ白なマイラーフィルムに覆われたランウェイに降り注ぐ。音楽はマリリン・マンソン版の『うつろな愛』とビヨンセの『ラン・ザ・ワールド』をDJが重ねてミックスしたものだった。

やがて目がくらむようなモデルが次々に登場しはじめた。最初の数人が着ていたのは透けるほど薄いコットンとシルク素材のもので、いまの時期に着られそうな幅広のパンツやワンピースだった。つづいて秋服コレクションに移り、金ぴかのジャケット、ぴったりしたパンツ、ふんわりしたスカート、それに軽いスエードなどが登場した。モデルたちはつんとした表情のまま笑顔ひとつ見せず、不自然なほど脚を高くあげながら、テネシー・ウォーキング・ホースのようにランウェイを闊歩していた。

次のコーナーはイブニングウェアが中心だった。黒いレースのロングドレス、バーガンディとダークグリーンのワンピース、さらにはスモーキングジャケットも何着か。どれも、何連も重ねたビーズのネックレスやたっぷりした長さの真珠のネックレスと合わせていた。

セオドシアの目に映るショーは豪華で、ダイナミック、そしてテンポが速かった。何着もの高級ファッションが美しくも食べなさすぎの若い女性たちによって、完璧なまでに紹介された。

「あのひだ飾りのついたカクテルドレスをごらんなさいな」ジョージェットが言った。「とてもすてきだと思わない？」

セオドシアはふわりとした短いスカートにつけられた波打つ青いひだに目を向けたが、そのまま視線を上にやると、即座にそのモデルが誰だかわかり、心臓がとまりそうなほど驚いた。ターニャ・ウッドソンだった。ドルーの恋人。ううん、正確に言うなら元恋人だ。ショーが終わるまでじっとすわっているのはつらかった。こんなところでジョージェット・クロフトと遭遇し、さらにはターニャがランウェイを歩いているのを目撃するとは、不思議なこともあるものだと思いながら、もぞもぞと体を動かしていた。

ショーが大詰めに近づき、照明がまばゆく交錯し、音楽が割れんばかりに鳴り響くなか、モデル全員が再登場し、最後にランウェイを一往復した。つづいてデレインがふたたび現われ、最後のお願いをした。くりんくりんの毛ときらきらした虹色の目の白い子犬を抱いていた。

「お願いします」そう言って、身をくねらせている子犬を観客に見えるよう高く掲げた。「ごらんいただいたすばらしいファッションのなかに心を奪われたものがあれば、そして、この小さな子に心を奪われたならば、お財布とよく相談してお買い求めくださいね。あらためて申しあげますが、売り上げはすべて慈善事業に寄付されます！」

「あのひだつきのカクテルドレスはわたしがもらうわ」ジョージェットはそう言って、いきおいよく立ちあがった。「あなたはどうするの、セオドシア。なにがなんでも手に入れたいものは決まった？」

「ええ、もちろん」セオドシアはそう答えたものの、実際には決まっていなかった。片目をランウェイに据えてモデルたち——とくにターニャ——の様子をうかがうと、全員が小さな注文書を手にしていた。お客のあいだをまわるようデレインに指示されたにちがいないが、お客のほうはすでに、シャンパン・バーや服を吊したラックのほうへ移動を始めていた。

「そういうわけで、さっそく注文してきます」セオドシアは言った。

「行ってらっしゃい」ジョージジェットは応じた。

セオドシアはランウェイに飛び乗って反対側まで走り、飛びおりて人混みに向かった。

「ターニャ！　ターニャ！」とガリガリにやせたモデルの背中に呼びかけた。

ターニャは呼ばれたのに気づいてあたりを見まわし、セオドシアに目をとめた。顔がけわしくもった。怒ったというより、面倒くさそうな表情だ。セオドシアのことなど、頭のまわりをぶんぶん飛ぶ、うるさい蚊ぐらいに思っているのだろう。

「なんなの？」ターニャの口が動いた。

セオドシアはさらに人混みをかき分け、ターニャの目の前に立った。いや、彼女はものすごく長身なので、実際には鎖骨の前だった。

「話があって」セオドシアは言った。

「まったく、今度はいったいなんなのよ？」ターニャは不機嫌に言った。「ねえ、いまは話をしてる余裕なんかないの。仕事しなきゃいけないんだから。見てわからない？」

しかし、セオドシアは引きさがらなかった。「そんなに時間は取らせないから。いくつか質問したいだけ」

ターニャは不服そうに唇を突き出した。「質問って？」

「グリーン・エイリアンと聞いて、なにかぴんとこない？」

ターニャの目が少しだけ大きくなったが、落ち着いた様子に変化はなかった。

「なんのことだかさっぱり」

「よく考えて」

「さっぱりわかんないって言ってるでしょ！」

「もっとよく考えて」

ターニャは背を向けかけた。

「ドルーはドラッグをやってたんじゃない？」セオドシアは訊いた。

ターニャは一瞬動きをとめ、振り返った。その顔には罠にかかった動物のような、苦しそうでいて怯《おび》えた表情が浮かんでいた。

「そうなんでしょう？」セオドシアは言い、ターニャがなにか言うより先に、こう言い添えた。「身を切られるようにつらいことなのはわかる。彼のことをとても愛してたんでしょうから」

するとターニャの目に涙が光った。「ドルーはがんばって治療を受けて……どうにか……クスリをやめたの。でも、すぐに……つまずいちゃって」

「またドラッグを始めたのね？」

ターニャはそれとわからぬほどにうなずいた。「あたしはドルーを愛してたけど、彼は苦しんでた。ドラッグの治療を、二度も受けたんだけど」

「それは最近のこと？」

ターニャは今度もうなずいた。

「このあいだの土曜日も、彼はドラッグをやっていたと思う？　つまり彼が……その、亡くなった日のことだけど」

「わからないけど、やってたかも」

「一緒に住んでいたんでしょ。だったら、いまもドラッグをやっていれば、わかるはずじゃない？」

「あの人は……」

「ちょっと失礼！」デレインの声がした。「セオドシア、まだ一着も値をつけてないじゃない。それとあなた……」そう言って怒りに燃えた目をターニャに向けた。「お客さまのあいだをまわって、ちゃんと注文を取らなきゃだめでしょ。あなたがいま着てるすてきなカクテルドレスを買いたいって人がいるんだから！」

セオドシアはターニャがふたりからそろそろと離れ、やがて人混みに消えるまで見送った。顔にふたたび笑みを貼りつけていたものの、あいかわらず、見ているこちらの胸が痛くなるほど悲しそうな表情だった。生涯を懸けた恋を失ったように見えた。実際にそうだったのだろう。

犯人は誰？　セオドシアは考えた。お金を払ってもらえず、頭にきたドラッグの密売人？それとも、もっと抜き差しならない事態だったのだろうか。

「セオ！」とがめるようなデレインの声が飛んだ。「あなた、ちゃんと服を見てる？　あたしが言ったこと、聞こえたの？」

「あなたが着ている服がいいなと思って」なにか言わなくてはまずいと思ったのだ。

「あら、本当？」デレインは甲高い声で言った。「よかった。だって、今度の土曜の夜、芸術散歩の舞踏会に着るのにぴったりだもの。もちろん、あたしがいま着てるのはモデルサイズだけど、あなたの場合は、そうねえ……一サイズか二サイズ大きいのでないとね」

「感謝するわ」セオドシアは言い返した。炭水化物は食べるし、ジュース断食だのレモンダイエットだので食事制限していないのは事実だけど……だからって物笑いの種にされるいわれはないわ！

「でも、あなた、運がいいわ」デレインはにたにたしながら言った。「サイズ違いの在庫があって、それならあなたにぴったり合うはずだから。もちろん、いますぐ在庫を調べる余裕はないけどね。だって、ほかにもお客さまはいるし、あたしのちっぽけな頭のなかは、やらなきゃいけない百ものことが渦巻いてるんだもの。でも、ちゃんとドレスを見つけて、今夜のうちにおたくに届けるって約束する」

「セオドシア」

セオドシアは会場を出ようとするところだったが、今度はジョージェットがそばに来ていた。

「ねえ、どうかしら……木曜の夜、オーク・ヒル・ワイナリーでささやかなワインの試飲会をひらくんだけど、あなたにも来てほしいの」

「本当ですか？」意外も意外。まさに不意打ちだった。なにしろ、きょう会ったばかりなのだ。

「ええ、本当。あなたはとてもいい人のようだし。それに、わたしも善人だとわかってもらいたいから」ジョージジェットは顔をくしゃくしゃにして笑った。「それとはべつにちょっとした思惑もあって」

「なんでしょう？」セオドシアには想像もつかなかった。

ジョージジェットの目がうれしそうに輝いた。「いつか、あなたとわたしとでアイデアを出し合い、お茶とワインの合同試飲会みたいなものを計画できたらと思うの」彼女はそこで言葉を探した。「お茶《ティー》とワインでトワイン」

「トワイン。おもしろい企画ですね」本気でそう思ったわけではなかったが、失礼にならない返事をしなくてはと思ったのだ。

「じゃあ、来てもらえるわね？」ジョージジェットが訊いた。

「ええ、喜んで」

「よかったらお友だちもご一緒に。若い人の言い方を借りるなら、彼氏でもお供でも。もちろん、うちの試飲会はナイトホールのように豪華でしゃれたものじゃないけど。お友だちやご近所さんでワインを飲んで、バーベキューチキンやスペアリブにかぶりつくだけ。セレブはいないし、パパラッチもいない」

できれば殺人もなしにしてもらいたいわ。セオドシアは心のなかでつけくわえた。

駐車係から車を返してもらい、セオドシアは午後の渋滞を避けるため、裏路地をいくつか通ってインディゴ・ティーショップに戻った。店に着くと、まだドレイトンがいてほっとした。彼は丈の長い黒いエプロンを着け、ホウキでテーブルの下のわずかばかりのパンくずを掃き出そうとしていた。裏口からセオドシアが入ってきたのを聞きつけると、掃除の手をとめ、ちょっと驚いた顔をした。

「帰ってきたのだね」

「ええ」セオドシアは息を切らしながら答えた。「伝えたいニュースがあって。それも超ビッグなニュース」

「なにがあったのだね？」

セオドシアは無人のテーブルにバッグを無造作に置いた。「その一。大事なお友だちのジョーダン・ナイトは息子に関する重大な情報を黙っていた」

「いったいなんの話だ」

セオドシアは靴を蹴るようにして脱いだ。「ドルー・ナイトは施設に入ってたんですって」

ドレイトンの顔から表情が完全に消えた。「それはいったいどういう意味なんだね？」

「わかりやすく言うと、ドルーはクスリを抜く治療を受けてたの。しかも二度も」

ドレイトンの眉がさっとあがった。「本当に？　つい最近のことなのかね？」

「話から受けた印象では……そうみたい。二度めの施設入りはつい最近だったらしいわ」

ドレイトンは呆気にとられた顔になった。「まったく知らなかった。そんな話をどうやって突きとめたのだね？」

「棒みたいに細いターニャから聞いたの」

「モデルの？」

「ええ」セオドシアは言った。すっかり昂奮してきていた。「きょうのデレインのところのショーにモデルで出てたの。わかったことはほかにもあるのよ。ヘイリーが調べてくれたけど、グリーン・エイリアンはヘロインを意味する俗語なんですって」

「本当かね？」ドレイトンは唖然とした。

「とにかく、この件で重要なのは、ジョーダンもパンドラも知ってることを全部話してくれなかった点。事実を全部知らないで、どうやってこの事件を解決できるっていうのかしらね！」

「いや、まあ、正確に言うなら、解決しなくてはいけないわけではないのだが」ドレイトンがのろのろと言った。

しかしセオドシアの昂奮はおさまらなかった。「お願いだから最後まで聞いて。だって、ずっと考えてたんだから」そう言って、つま先立ちになり、すぐにかかとをおろした。「ドルー殺害はパンドラやジョーダン、あるいはあのワイナリーとは無関係かもしれないわ。ゴルフ場の関係者やオーク・ヒル・ワイナリーのジョージェット・クロフトとも。ドルーは麻薬の取引がうまくいかなくて、殺されたのかもしれない」

ドレイトンはセオドシアにうなずいてみせた。「どうしてだね？」

「ドルーがドラッグを持ち逃げしたとか、代金を踏み倒したとか、いろいろあるでしょう？　そうなったら、密売人としては見せしめのためにドルーを殺そうとするじゃない。というか殺すしかないじゃない！」

ドレイトンはセオドシアをじっと見つめた。「それはいくらなんでも突飛すぎると思うが」

「そんなことない」セオドシアは首を左右に振った。「とても現実味のある話よ。悲しいけど、いまはそういう世の中なの。こういう話は新聞やテレビでしょっちゅうやってるじゃない」

ドレイトンは手にしていたホウキを椅子に立てかけ、顔に悲しみの色をありありと浮かべてセオドシアに向き直った。「つまりわたしはこの小さくて完璧なティーショップという別世界に住んでいて、本物の悪が踏みこんでくるとは考えてもいないと言いたいわけか」

「誰だって、そんなものが踏みこんでくるなんて考えたくないわ。だって、不愉快きわまりないもの。でも、いまはしかたないでしょ」セオドシアは肩をすくめた。「実際、ドルーの死は……そういう単純なものだったのかもしれない。そういう愚かなものだったのかも」

「きみの言うとおりなのかもしれんな」ドレイトンは少しずつ、セオドシアの考えに同調しはじめていた。

「だから大事なのは」セオドシアは話をつづけた。「ジョーダンとパンドラがわたしたちにすべてを正直に話すことなの。本当にわたしたちの力を必要としているのなら」

「わたしたちの力を必要としているとは思うよ」ドレイトンは言った。「いや、必要としているはずだ。数時間ほど前、きみが店を出た直後にジョーダンから電話があってね。本当につらそうなのが、声から伝わってきたよ」

「どんな用だったの？」

「話がしたい、心を温めてくれるような声が聞きたいというのがおもな理由だったと思う。もちろん、店が忙しかったから、二分ほど時間を割くのがやっとだったがね。だが、ゴルフ場関係者のことは尋ねておいたよ。そうしたら、興味深いことに、そのうちのひとりがわたしの知り合いだと判明した」

「誰のこと？」

「ダニー・ヘッジズだよ」

セオドシアはしばし考えた。「たしかきのうワイナリーを訪ねたとき、ジョーダンからその名前を聞いた気がする」

「なぜヘッジズと知り合いかというと、彼が以前、オペラ協会の理事のひとりだったからだ」

「そのヘッジズさんとは、話を聞きに行けるほどよく知ってる間柄？」

「そうだと思うね。もっとも、わたしたちが訪ねていく理由を知れば、いい顔はしないだろうが」

「それでも、徹底的にやるなら、その人に会うしかないわ」

「明日の午後、ダウントン・アビーのお茶会が終わったらプランテーション・ワイルズまで出かけてみようじゃないか。お茶会はミス・ディンプルが手伝ってくれるから、後片づけまで残ってもらえばいい。たしかに、頭のなかを整理するためにも、ヘッジズから話を聞く必要がありそうだ」

「あるいは、彼を容疑者から除外するために」セオドシアは言った。「そうそう、あなたに意外なお誘いがあるの」

「なんだね？」

「きょう、デレインのところのショーでジョージェット・クロフトに出会ったんだけどね。木曜の夜にオーク・ヒルで開催されるワインの試飲パーティに招待されたの」

ドレイトンの顔に驚きの表情が広がった。「まさか！　ずいぶんといきなりじゃないか」

「あら、いきなりじゃないわ」セオドシアは言った。「最初は相手の頭を食いちぎろうと虎視眈々とねらう二頭のコモドドラゴンみたいに牽制し合ったもの。そのあと、互いに愛想よくすることに決めたというわけ」

「本当かね？」

「実際にはそんな大げさなものじゃなかったけど。でもね、すごく不思議なんだけど、ジョージェットという人は道理をわきまえた、まともな人みたいだった。それもあって、招待を受けたほうがいいと思ったの」

「その女性が人殺しとは思わないのだね」

セオドシアは口ごもった。「万にひとつも可能性がないとまでは言えない。なにしろ……今度の事件では明々白々なものなどひとつもないんだもの」

ドレイトンは手の甲で口をぬぐった。「オーク・ヒルに出向き、あちこち見てまわるのも、われわれの調査の一環になりそうだ。そうは思わんか？」

「たしかにそうね」セオドシアはうなずいた。「ついでにワインも飲めるし」

「だったら」とドレイトン。「行くしかあるまい」

10

セオドシアは自宅であるささやかな一戸建てがとても気に入っていた。通りから近づいていくと、切妻屋根、玉石敷きの通路、複雑にからまったツタが見えてきて、いつものことながら気持ちが浮き立ってくる。家のなかでくつろぐうちに、心臓の鼓動がゆっくりになって、おだやかで満ち足りたものに変わっていく。

リビングルームは丸太の梁《はり》がかけられた天井とぴかぴかに磨きあげられた寄せ木の床からなり、面取りしたイトスギの壁には煉瓦の暖炉がはめこまれている。小さなコーヒーテーブルを囲むように、チンツのソファやダマスクの椅子が居心地よく配置されている。玄関は小さいながらもまずまずの広さがあり、ハンターグリーンの壁に真鍮《しんちゅう》でできたアンティークの燭台が取りつけられ、床は赤い煉瓦敷きだ。

しかしキッチンはというと、いまひとつ物足りない。作りつけの家具は古いもののまあまあといったところ、リノリウムの床はぱっとしないし食器棚ときたら悪趣味きわまりない。あいにく、キッチンはひとつひとつ直していくというわけにはいかない。話を聞いたふたつの業者から、キッチンのリフォームは全部を一気にやるしかないと言われ、セオドシアもそのとおりだと納得している。マックスも同じ意見だ。やっぱりね。

それでも、キッチンテーブルを前に、山のような写真を一枚一枚ていねいに見ながら、過去のテーマのあるお茶会をスクラップにまとめようかと考えていると、やはりくつろげるし、ほっとするような安心感がある。ティーポットのコレクションがその雰囲気を醸すのにひと役買っているが、もちろん、お気に入りのしゃれたキッチンテーブルも忘れてはいけない。これを見つけたのはグース・クリークにあるアンティークショップだった。伝統的な形のすてきなマホガニーのテーブルは、そうとう年季が入っている。これにヘップルホワイト様式の椅子を二脚合わせたが、こちらもまた、表面を再生し直す必要があった。この組み合わせが醸す豪華な感じも、アール・グレイ用の大きなベッドが下にあるせいで、少し薄らいだ感はいなめない。とはいえ、ここは彼の家でもあるのだ。どうしようもないじゃない?

ドンドン!

アール・グレイが自分用の洞窟と思っている場所から首を出し、セオドシアを見あげた。誰が裏口のドアを乱暴に叩いているのか知りたいのだ。起きてひと声うなり、領土の安全確認に向かうべきか、それともここで丸くなってやりすごすべきか。

「デレインよ」セオドシアは言った。「わたしが買ったイブニングドレスを今夜のうちに届けてくれるという約束だったから」

ドンドン!

「ね、絶対にデレインでしょ」セオドシアはまたも言った。デレインはいつもこらえ性がなくて、極端なまでにせかせかしている。彼女がドレスを丸めて犬用のドアに突っこむ前に、なかに入れたほうがよさそうだ。

セオドシアは裏口に急ぎ、ドアをあけた。

「まったくしょうがない人ね！」デレインがわめいた。「こんなゴージャスな晩だっていうのに、家にこもってなにやってんのよ。今夜は満月だって知らないの？　パティオに出て、おだやかな夕暮れと美しい庭を堪能しなきゃだめじゃない」

「ずいぶんなごあいさつね」セオドシアは言った。

デレインは黒い大きなガーメントバッグをセオドシアの手に押しつけた。「はい、注文のドレス。約束どおり、ぴったりのサイズだから」そう言ってから、あたりを見まわしてアール・グレイを見つけ、片手をのばした。するとなんと、アール・グレイはのそのそとあいさつにやってきた。

デレインは人間相手だとぶっきらぼうで差し出がましいところがあるが、犬や猫が相手の場合は正反対だ。辛抱強くて愛情深く、思いやりの心をたっぷり発揮する。動物もその気持ちに驚くほどよく反応する。それが証拠に、アール・グレイはいきなり仰向けになって、脚をだらんと広げ、おなかをなでてと誘っている。

「この子はそうされるのが好きなのよ」セオドシアは言った。

「そりゃ、そうでしょ。うちのドミニクとドミノもこちょこちょされると喜ぶもの」ドミニクとドミノというのはデレインが飼っている二匹のシャム猫で、それはそれは溺愛している。

彼女にとって猫は子どもをうんとかわいくしたようなもので、ニャーンという鳴き声を携帯電話の着信音に設定しているくらいだ。

「レモネードかスイート・ティーでもいかが？」セオドシアは言った。

「そうねえ」デレインはそう言うとちょっと考えこんだ。「レモネードをいただくわ」

「すぐ持ってくるわね」

デレインはセオドシアが着ているものをつぶさにながめた。「ねえ、ちょっと。あなたスパンデックスなんか着てるの？」セオドシアが『大草原の小さな家』のネリーよろしくロングスカートにカボチャパンツという恰好をしているみたいに、軽蔑したような言い方だった。

「これからちょっと走りに行こうと思ってたの」セオドシアは説明した。グラス二個にレモネードを注ぎ入れると、全員で外に出てパティオに腰をおろした。デレインは飲み物をひとくち飲み、大きくため息をついた。そのまま息を吐ききって、倒れてしまいそうなほどだった。

疲労が顔にくっきりと刻まれ、体の動きひとつひとつにも表われていた。

「きょうはそうとう疲れたみたいね」

「頭は働かないし、脚は棒みたいだし」デレインは言った。「でも、それだけの価値はあったわよ。経費を差っ引いても、二万二千ドル近く集まったから」

セオドシアは小さく口笛を吹いた。「午後のショー一回だけなのにすごいじゃない」

「しかもありがたいことに、雇ったイベント会社の人たちったらね、ステージの取り壊しと片づけまでやってくれたのよ。あのてかてかしたマイラーフィルムを、あとちょっとでも目にしなきゃならないなんて耐えられない」

「でも、あれで覆ったランウェイはとてもよかったわよ」セオドシアは言った。

「まあね」デレインはうなじのあたりをマッサージしながら、庭を見やった。「庭仕事の成果が出てきてるじゃない」そう言って眉根を寄せた。「植物を育てるのはあまり得意じゃないはずなのに」

「いいお天気に恵まれたからよ」セオドシアは言った。ここの裏庭はもともと、全然まとまりがなく、見栄えもなにもない状態だった。デレインにせっつかれたセオドシアは、高木、低木、その他の草花をこれでもかと植えてみた。そしていま、植物というものはきちんと剪定してやらないと、いくらでものびたり、はびこったりして、庭全体を文字どおり、ジャングルに変えてしまうことを悟った。まあ、そうなってもデレインは気にしないかもしれない。異国情緒があって緑豊かでいいと思うかもしれない。

デレインは頭をそらし、左右に目を向け、すぐに驚いたように二度見した。

「きゃっ！」唇をすぼめ、小さなネズミのような悲鳴を洩らした。

「今度はどうしたの？」セオドシアは訊いた。

デレインの視線は、セオドシアの家とドゥーガン・グランヴィルが住んでいた家とを隔てる煉瓦壁の向こうに釘づけになっていた。「びっくりしたわ。だってあそこ……」彼女は手で心臓のところを押さえた。「ドゥーガンの家に明かりがついてるんだもの」

「なんだ」セオドシアは言った。「心配しなくて大丈夫。今夜は内覧会が開催されているの」

デレインの顔がわずかにゆがんだ。「そんな」

「例の不動産業者が……ごめん。先に教えておけばよかったわね」

「ううん」デレインは顔の前で手を振った。「いいのよ、本当に」

「いいの？　気になるようなら、家のなかに入りましょうか」

デレインは素早く首を左右に振った。「ただ、ドゥーガンのことを思うと、いまも悲しくなるなと思っただけ」

「当然よ。あんなにつらい思いをしたんだもの、立ち直るにはまだまだ時間がかかるわ」ドゥーガン・グランヴィルはデレインと結婚式をあげる当日に殺されたのだ。

デレインはうなだれ、肩を落とした。「そうね、たしかに時間がかかるわ」そこでため息をついた。「それもうんと長い時間がね」

「やあ！」元気のいい男性の声が響いた。「セオドシア！」

アール・グレイが顔をあげ、怪訝《けげん》そうな鳴き声を洩らした。

「あらやだ」デレインははっとなって顔をあげた。「フェンスごしに誰かがあなたの名前を呼んでるじゃないの」そう言って、鼻にしわを寄せる。「失礼きわまりないわね、まったく」

砂利を踏む音と葉擦れの音が聞こえ、つづいてアンドルー・ターナーの頭がフェンスの上に現われた。

「あら、いらっしゃい！」セオドシアは返事をし、気さくに手を振った。

「おっと、ごめん」ターナーはセオドシアの隣にデレインがすわっているのに気づき、すぐに言った。「まさかお友だちが来ているとは思わなくて。すみません。邪魔をするつもりも、のぞき見するつもりもなかったんです」

「いいのよ、べつに」セオドシアは言った。「どうぞ入ってきて」

ターナーの頭が引っこみ、路地に駆け出したのだろう、アスファルトを蹴る足音が聞こえた。数秒後、彼はハンサムな顔を大きくほころばせながら、セオドシアの家の裏門から入ってきた。セオドシアは手短に彼をデレインとアール・グレイに紹介したが、あいさつの途中でデレインの顔がぐっと明るくなっているのに気がついた。

「お会いできて本当にうれしいわ」デレインは言った。「お隣を……ごらんになっていたの？」

「ええ」ターナーは言った。「実に豪勢な家でした」

「見事だったでしょう？　もちろん、前の持ち主は内装に関していろいろ相談してましたから」

「不動産業者の話では、〈ポプル・ヒル〉のデザイナーだとか」

「想像力あふれる助言をしてた業者はそこだけじゃなくてよ」デレインは声を尖らせた。

「あの家は大きすぎない？」セオドシアは訊いた。

「たしかに広々とはしてますが」ターナーはデレインのほうに視線を向け、長いことじっと見つめた。「デレイン・ディッシュさんですか……グース・クリーク近くに住むヒューズ・

ディッシュなら知ってますが。ご親戚かなにかですか？」

デレインは目もとにしわを寄せながらうなずいた。「ええ、そうよ。いとこのヒューズね。いわゆる遠い親戚なのよ。またいとこだったかしら」

「それはともかく」ターナーはデレインに目を釘づけにしたまま言った。「あなたのまたいとこの方が、うちの画廊で版画を一枚購入されましてね」

「アンドルーはターナー画廊のオーナーなの」セオドシアは説明した。「チャーチ・ストリートの」

「ええ、知ってるわ」デレインの顔に夢見るような表情が広がった。いつの間にか眉間の縦じわが消え、さほど疲れているようには見えなくなっている。それどころか、やけに張り切って見える。

「それで、あの、ディッシュというのは結婚後のお名前ですか？」

デレインは見事なえくぼを見せ、サウス・カロライナ州電気ガス供給会社が主電源を入れたかのように目を輝かせた。「結婚はしていないの」と息をはずませながら答えた。

「そうでしたか」声の調子から、はやる思いが伝わってくる。「これはラッキーだ」

セオドシアはターナーからデレインに視線を移した。ふたりはおたがいをめずらしいものでも見るような目で、食い入るように見つめていたし、そこには情熱のかけらまでもがうかがえた。

「ターナーさん」セオドシアは声をかけた。「レモネードでもいかが？」見るとふたりは、あいかわらずただただただほほえみ合うばかりで、セオドシアのことなど眼中にないようだ。「でなければ、ワインをあけましょうか？」ついでに、ふたりだけにしてあげてもいいけど、と心のなかでつけくわえる。

デレインが先にわれに返った。「ああ、セオ。このままここで、あなたとあなたの魅力的なお友だちの三人でお話ししていたいところだけど、それはまたの機会にしなきゃいけないわ」彼女はそう言うとターナーの顔に目をゆっくりと戻した。「こうしてもっと親交を深めたいのは山々だけど、今夜じゅうに届けると約束したドレスがまだ二着残ってるの」

「そうだったわね」セオドシアは言った。「じゃあ、またにしましょう」

「なにがなんでも、またの機会を設けたいものですね」ターナーも言った。

「ええ、ぜひとも」とデレイン。「お会いできて……楽しかったわ、ターナーさん」

「アンドルーです。どうかアンドルーと呼んでください」

デレインはクラッチバッグを手にし、ものすごくヒールの高いパンプスでパティオをちょこまかと歩いていった。裏門のところで足をとめ、ターナーに向かって小さく手を振った。

「いつでもお電話ちょうだいね！」

「すごく感じのいい人だ」ターナーは、まだ素朴な木の門をじっと見つめていた。デレインがまた入ってくるのではと期待していたのかもしれない。しかし、そうはならなかった。

「あの、ひょっとして――先走りすぎだと思わないでほしいんですが――お友だちのデレインさんには芸術散歩の舞踏会に一緒に行く相手がいるかどうか、ご存じないですか？」

「いないはずよ」セオドシアは答えた。さらに、デレインは喪に服しているのだとつけくわえようとした。フィアンセがほんの数カ月前に殺されたのだと。しかし、それはあえて、言わないことにした。というのも、すでにデレインは充分悲しんだからだ。だけど、深く悲嘆に暮れていただろうか。それはない。そんなのはデレインの流儀にも、ものの考え方にもそぐわない。

「彼女を芸術散歩の舞踏会に誘ったら、失礼だと思われるでしょうか？」ターナーは少し口ごもりながら言った。「いや、そうじゃなくて、いまさら誘っても遅すぎるでしょうか？こんなぎりぎりになってから誘って、彼女を侮辱してしまうのだけは避けたいんです」彼は悲しそうにほほえんだ。「そういうことに敏感な女性もいますからね」

「デレインは侮辱されたなんて思わないわ、きっと」セオドシアは言った。それどころか、ターナーに誘われたら、飛びあがるほど喜ぶにちがいない。本当は舞踏会に行きたくて行きたくてたまらないと、先週本人からこっそり打ち明けられていたのだ。

「では、ぼくと一緒に行ってくれるでしょうか？」

「土曜の夕方五時に電話しても、行くと答えると思うわ」

「それを聞いて安心しました」

セオドシアはターナーを裏門まで送った。「その家は気に入った？」

ターナーはうなずいた。「すばらしい家でした。これこそぼくが探し求めていた家です。紹介の労を執ってもらえて助かりました」

「どういたしまして」

ターナーは不安そうな表情で、セオドシアに向き直った。「明日の葬儀には行かれますか？」

「ぼくもです」

セオドシアはうなずいた。「ええ、ドレイトンもわたしも参列するつもり」

「ぼくもです」ターナーはかぶりを振った。「この殺人事件はまったく……尋常じゃない。だって、被害者はまだ若かったんですよ。ワイン業界にそれほど深く関わっていたわけじゃないし」

「たしかに奇妙な事件よね」

「容疑者はまだひとりもいないとか」

「わたしの知るかぎりでは」

ターナーはがっくりとした。「残念です。ただただ残念です」


セオドシアは隣まで行って、マギー・トワイニングにあいさつしようと思いついた。けれども、家が真っ暗だったので、そのままジョギングに出かけることにした。

アール・グレイとともに通りに出てみると、デレインの言うとおりなのがわかった。今夜は満月だった。銀色の光線が葉をまだらに照らし、通りに月明かりを落としている。

すでに十時近くで、こんな遅くにジョギングに出ることはめったにない。アンドルー・ターナーが去ったあとも事件のことをひたすら考えつづけていたせいで、少し落ち着かない気持ちになっていた。それにジョージェット・クロフトと話した影響で、あの女性を本当に容疑者と見なせるのだろうかと考えてもいた。さらにはターニャと出会ったことで、妙に悲しい気分にさせられていた。あの娘がドルーを愛していたのはあきらかだが、おそらくはなにか隠している。

依存症治療の世界ではイネーブリングといい、依存者の症状を悪化させる対応というものがある。

ジョーダン・ナイトもまた息子の症状を悪化させていたのだろうか。彼はドルーの薬物依存を知っていたのだろうか。知っていて、息子の常習癖に目をつぶっていたのだろうか。そうだとしたら、どれだけ控えめに言っても薄情すぎる。

アール・グレイが自分のほうを向かせようと、リードを引っ張った。

「わかった、わかった」セオドシアは言った。「しばらく忘れなきゃね。愛犬と過ごすすてきな夜を楽しまなくっちゃ」

アール・グレイはそうだと言うように頭を振った。

「それで、今夜はどうする？　ホワイト・ポイント庭園のなかを走ろうか」

それはまさしく魔法の言葉だった。アール・グレイがまたもリードを強く引き、ひとりと一匹は走り出した。キング・ストリートを通って、バッテリー地区を目指した。装飾をほどこした柱や手すりで飾りたてたお城のような家々が、高級レースやダイヤモンドでめかしこんだ裕福な未亡人のように肩を寄せ合っているのを横目でながめながら、暗い夜道を走っていく。窓が煌々と光り、気品あふれる図書室やクリスタルのシャンデリア、ぬくぬくとしたダイニングルームが垣間見える。

目的地の庭園に着くと、どこまでもつづく木のトンネルの下を走った。大西洋から打ち寄せる波が牡蠣《かき》の殻が散乱する砂浜を洗い、強い風が海と大波、それに心躍る冒険のイメージを喚起する。

生きていることを満喫するには絶好の夜だった。風のように走り、脚の筋肉がリズムに合わせてあたたまっていく。

レンウッド・ブールバードに折れて、住宅街に戻ったところで速度をゆるめ、自宅に向かった。あたりは真っ暗で、古めかしい感じの丸い街灯が玉石敷きの通り沿いにロザリオの数珠のように並んでいる。

人の姿はまったくなかった。ジョギング中の人も、犬の散歩に出てきている人も、そぞろ歩く観光客も。観光客はみんな、B&Bや歴史ある宿にこもって、ワインを飲んだり、明日の予定を立てたりしているのだろう。

黒っぽい色の車が前方の交差する道を通りかかった。一瞬だけ、スピードをゆるめたものの、そのまま走り去った。おそらく、遅くまで出かけていた観光客だろう。

トラッド・ストリートまで来ると右に折れ、モーガン・アルベマール・ホームの前を通りすぎた。ここはチャールストンでもかなり古い名所のひとつで、いまもアルベマールの末裔《まつえい》が住んでいるが、年に一度、秋の〈ランプライター・ツアー〉の期間中は一般の見学客を受け入れている。

トラッド・ストリートを自宅に向かって半分ほど来たとき、また一台、車がそばを通りすぎていった。なんとなくだが、数分前に見かけたのと同じ車のような気がした。

ほんの少しだが、冷たいものが背筋を這いあがってくる感じがした。夜、ひとりで外に出ても怖いと思ったことはないが、それでも用心だけはしている。チャールストンはどちらかと言えば安心して歩ける街だ。そうは言っても、ほんの数日前に殺人事件を目撃したばかりでもある。

セオドシアとアール・グレイは足を速め、最後の数ブロックは全速力で路地を駆け抜け、裏門にたどり着いた。もうこれで不安な思いはしなくてすむ。

キッチンに入り、アール・グレイは水が入った自分のボウルに駆け寄り、セオドシアはミネラルウォーターのペットボトルを手に取った。楽しく走れたし、炭水化物は燃焼できたし、たまりにたまったきょうのストレスも発散できた。水をぐびりと飲んで、二階に向かった。ここでおおいに迷う――熱いシャワーか、ふわふわもこもこの泡に包まれて入るお風呂か。クローゼットからスパ用ローブと名づけたベージュのコットンのローブを出したところで、ふと足をとめた。

なにか変だ。でも、いったいなにが？

顔をしかめ、くんくんにおいを嗅ぎ、あたりを見まわした。どこかが……ちがっている。空気が攪拌されてイオンの配列が変わったような感じとでも言おうか。

セオドシアは身を硬くした。アール・グレイとジョギングに行っているあいだに、何者かがこの家に入ったのだろうか？　そんなこと、ありうる？　本当にそんなことがあったの？ジョギングでまだほてっているはずの体をガタガタ震わせながら、階段を一段ずつあとずさりした。まずは裏口、つづいて玄関と見てまわり、ドアに鍵がかかっているかたしかめ、窓は二度、チェックした。

ひとり暮らしをしている女性なら誰もがそうだろうが、セオドシアも暗くて不気味な考えや不安な思いを心の底に秘めている。斧を持った殺人者、破れた拘束衣姿の異常者、ゾンビなどなど。まあ、ゾンビはいないだろうけど。

リビングルームの窓がひとつ、掛け金がはずれていた。

まあ。

でも、大通り側からこの家に忍びこむはずがない。そんなことをしたらシャクナゲや先端が尖ったスパニッシュダガーに引っかかっちゃうもの。正面側の窓から入ろうとしても、すぐに見つかるのがオチだわ。

「アール・グレイ」セオドシアは落ち着いた小さな声で呼んだ。愛犬はすぐさまそばにやって来ると、マズルをあげて飼い主を見あげ、不安な気持ちを察知した。

「いい子ね。ちょっと見てまわってきて」

アール・グレイはトコトコとダイニングルームを抜けてキッチンに入っていった。しばらくガサゴソやったり、鼻をくんくんさせていたが、じきに戻ってきた。首をかしげ、問いかけるようなまなざしを向けた。〝これでもまだ心配？〟と言っているように見える。

「二階に行きましょう。寝る時間だわ」明日の午前中はお葬式に出るから、それにふさわしい地味な服を選ばなくてはならない。それにもちろん、ダウントン・アビーのお茶会もひかえている。要するにとても忙しい一日になるということだ。

寝室に入ると、読書室として使っている小塔の部分に向かった。小さなスピネットデスクにノートパソコンが置いてあり、ざっとメールをチェックしようと思いたった。しかしデスクにつくと、なにか変だった。書類の束の位置が変わっているような気がした。それに小さな抽斗がわずかにあいていた。

セオドシアは首をひねった。わたしがやったのかしら？　急いでいたせいで、こんなふうにしたまま出かけちゃったとか？

そうであってほしい。ちがう場合のことなど、恐ろしくて考えたくもない。

頬をそっとさすりながら、後者の場合についてつらつら考えた。

やがて指をトラックパッドにのせ、インターネットの検索履歴を呼び出した。

最後に検索したのはグリーン・エイリアンだった。

何者かがこの家に侵入し、なかを見てまわり、さらには図々しくも寝室にまでやってきて、このパソコンを見つけたのだろうか？　そして、よからぬ目的のために、検索履歴を調べたとか？

そう考えたとたん、背筋が凍った。過剰反応しているだけかもしれない。悪いほうに考えすぎているだけかもしれない。しかし、とにかく、いま一度、施錠を確認しなくてはと思った。

11

クーパー川沿いに位置するマグノリア墓地は、チャールストンでもっとも古い公共の墓地だ。ふだんから美しく平和な祈りの場であるが、きょうはそれにくわえ、大いなる悲しみの場にもなっていた。頭上の木々の合間からいく筋もの陽の光が射しこみ、彫刻をほどこした木の棺《ひつぎ》台に置かれたドルー・ナイトの銀色の金属の棺にあたって跳ね返っていた。

　地味な黒いスーツ姿の牧師がドルーの棺に最後の言葉と祈りを捧げるあいだ、セオドシアとドレイトンは最後列でぐらぐらする金属の椅子にすわり、頭を垂れて聞き入っていた。ワイナリーでのおぞましくも不幸な場面をべつにすれば、ドルーとはまったく面識のないセオドシアだが、それでも参列者のあいだにただよう悲しみははっきり感じ取れた。

「安らかに眠りたまえ」牧師が唱えた。

「そして彼を絶えざる光で照らしたまえ」参列者が唱和する。

　セオドシアはあたりを見まわした。最前列にはドルーの親族がすわっていた――ジョーダンとパンドラ、それにおじ、おば、いとこが何人か。トム・グレイディら、ワイナリーの関係者は二列めを占めている。恋人のターニャも参列していたが、親族と同じ最前列ではなく、

脇役たる四列めに追いやられていた。葬儀というよりカクテルアワー向きの襟ぐりの深い黒いワンピース姿で、おまけにあざやかな青い宝石がついた大ぶりの指輪まではめていた。指輪はドルーからプレゼントされたものなのだろう。

参列者のなかには〈レディ・グッドウッド・イン〉の支配人、フレデリック・ウェルボーンのほか、アンドルー・ターナーの姿もあった。ターナーは本当に心のやさしい人だ。それに、ドルー・ナイトの作品を展示する計画を変えていないことからは、懐の深さがうかがえる。そうすることで、ドルーのささやかながらもきらりと光る才能が輝きつづけるからだ。

視界の隅になにかが見え、セオドシアは頭を左に向けた。かなり離れてはいるものの、カール・ヴァン・ドゥーセンが大きなオークの木にもたれるように立っていた。ヴァン・ドゥーセンとドルーはどの程度の知り合いだったのかが気になった。大の親友だったのか、それとも仲のいい知り合い程度だったのか。

あら、やだ。地元のゴシップ紙《シューティング・スター》の下劣な編集人兼オーナー、ビル・グラスも来ている。あたりをこそこそ動きまわり、参列者に向かってシャッターを切っている。なんなの、あれは？　まったく、時と場所をわきまえるってことを知らないのかしら。セオドシアはビル・グラスをにらみつけた。あまりに不愉快で、席を立って撮影を邪魔してやろうとまで思った。けれども、ドレイトンに肘で軽く突かれ、葬儀に気持ちを戻した。

さらにいくつか祈りの言葉がつぶやかれたのち、牧師の指示で締めくくりの曲、『輝く日を仰ぐとき』を全員で歌った。震え声のアカペラが混じり合い、ばらばらのハーモニーとなった。

葬儀が終わると、ジョーダン・ナイトが立ちあがり、ぎくしゃくとした足取りで棺に歩み寄った。白いバラを編みこんだブドウの蔓のリースを両手で抱えている。それを息子の棺に置いて黙礼したとたん、感極まったのか肩が震えはじめた。

「やりきれんな」ドレイトンが小声で言った。「気の毒でならんよ。こうしてただ……見守ることしかできないとはね」

セオドシアが同意の印にうなずくと、ほかの親族も棺のまわりに集まり、花をそなえ、神妙に手を触れ、お別れのキスをしようと顔を近づけた。

そして葬儀はあっさりと終わった。まさしく、聖書にいう〝灰は灰に還る〟のだ。生は一瞬にして終わり、土に戻され、悠久の時に身をゆだねる。

「急いでティーショップに戻ったほうがいいと思うかね？」ドレイトンはきょうのダウントン・アビーのお茶会が気になっているようだ。「それともあれをやっていく時間はあるだろうか……なんと言ったかな？　出迎えの列？」彼は首を横に振った。「いや、そうじゃない。お悔やみの列か。それもなんだか奇妙な言い方だが」

セオドシアはドレイトンの腕に自分の腕をそっととおした。「あらためて、お悔やみを言いましょう」

しかし、ふたりで列に並んでいると、ビル・グラスがぶらぶらと近づいてきた。カメラを無造作に首からさげ、それとはべつの一台を手に持っている。

「ミスタ・グラス！」セオドシアは声をかけた。「いったいここでなにをしてるの？」

ビル・グラスは素早くセオドシアに目を向け、サメのように歯を剝《む》き出して笑った。うしろになでつけた髪型とてかてか光るスーツのせいで、セオドシアは柄の悪い中古車セールスマンみたいだと思った。

「おれのためにあるようなイベントなんでな」グラスは言った。「上流の連中、いくばくかの涙、贅沢《ぜいたく》な棺。いい記事になる」

「無作法にもほどがある！」ドレイトンが言った。

しかしセオドシアは彼と出くわしたチャンスを最大限に利用することにした。「たしかおたくには、食とワインについてのレビューを担当する記者がいるわね」

「ああ」とグラス。「ハーヴェイ・フラッグだろ。なんでだ？　レビューを書いてもらいたいのか？」

「そういうわけじゃないの。ジョーダン・ナイトさんはそのフラッグさんに恨みを持たれていると考えてるらしいから」フラッグ記者を調べても空振りに終わるだけだろうが、掘りさげてみるのも悪くはない。

「それはないと思うぜ」グラスはそんなのは初耳だといわんばかりに言った。「フラッグはいいやつだ。地元のレストランに関する知識は豊富だし、いい記事を書くし、それに写真の腕前もそうとうなものだ」

「その記者には会ったことがあるがね」ドレイトンが口をはさんだ。「いいやつとは思えなかったぞ」

「おいおい、一度会っただけじゃわからんだろう。なんなら、おたくの店にフラッグを取材に行かせようか」グラスはそう言ってうすら笑いを浮かべた。「そっちさえよければ、きょうにでも」

「それは困る」ドレイトンは言った。「きょうはとんでもなく忙しいのでね」

「特別なお茶会があるのよ」セオドシアは説明した。「ダウントン・アビーを模したお茶会が」

「だったらよけいにいいチャンスじゃないか」とグラス。「そういう、タイムリーで豪華なイベントなら、読者が喜ぶこと間違いなしだ。ぜひ取材させてくれよ」

「な、なんだって！」ドレイトンは口をぱくぱくさせはじめた。

セオドシアが片手をあげて言った。「そんなことをされると困るのよ」

「頼むって」グラスは食いさがった。

「しょうがないわね……絶対に邪魔をしないとフラッグさんが約束するなら」セオドシアは渋々言った。

「隅っこで小さくしてるよう言っておくよ。本当だって、面倒なことにはならないさ」

グラスがほかの人の取材でいなくなると、ドレイトンはセオドシアに向き直った。「さっきのあれは本気かね？　フラッグとかいう男が店に来るだけでも気にくわん」

「こう考えてみて」セオドシアは言った。「その記者の人となりを見きわめるチャンスだって」

「人殺しかどうか、判断するということかね？」

セオドシアはうなずいた。「まあ、そうとも言えるわね」

ふたりは列に並ぶと、親族の何人かと少し言葉をかわし、さらに進んでとうとうパンドラの前まで来た。

「もう、腹がたつったらないわ」ふたりと顔を合わせたとたん、パンドラがぶちまけた。「けさ早く、アンソン保安官と話したら、新しい情報などひとつもないって言うじゃない。ここだけの話だけど、あの保安官は仕事のできない横着者よ。事件を解決に導くようなことなど、なにひとつしていないんだから！」

「なんにもしていないわけじゃないと思いますよ」セオドシアはなだめた。パンドラの大声に、何人かが顔をこっちに向けている。

パンドラは首を横に振った。「ゴルフ場の関係者からも、オーク・ヒルのジョージェット・クロフトからも話を聞いてないに決まってるわ」

「どちらもわれわれのリストにはまだのっているから」ドレイトンが安心させるように言った。「必ず、きちんと調べるよ」

「あの」とセオドシアは言った。「こんなことを持ち出すのは心苦しいんですが、ドルーさんがドラッグを使用していた件が……問題になりそうです」どう言えばもっとやんわり表現できるだろう？　「事件に関係してくるかもしれません」

意外なことに、パンドラはあきらめたようにうなずいた。「ええ、あの子は深刻な問題を抱えていた。ジョーダンはけっして認めようとしなかったけど」

「ドルーさんがドラッグを使用していたなら、ありとあらゆる種類の切羽詰まった好ましくない人物と接触した可能性があります」パンドラとジョーダンが最初から正直に打ち明けてくれれば、よかったのだが。

「そして、切羽詰まった人間は自暴自棄になる」パンドラが言った。「それはよく承知してるわ」

「ドラッグがからんでいる可能性をアンソン保安官に伝えたかね？」ドレイトンが訊いた。

「ええ、ちゃんと伝えたわ」パンドラはあたりを見まわし、声を落とした。「だいいち、リハビリ施設に入るようドルーをうながしたのはわたしだもの」

「口出しをするのはそうとう勇気が必要だっただろう」ドレイトンが言った。「簡単なことじゃない」

「ええ、本当に」とパンドラ。「ドラッグについてドルーと話すのは、特大級のハリケーンを起こすようなものだったわ。でも、彼を施設に入れたのは間違っていなかった。ジョーダンと、あのガリガリにやせたいけすかない恋人は、なんの力にもなってくれなかったけど」

「ターニャさんはどうしているんでしょう？」セオドシアは訊いた。「参列しているのは知っているけど……いまもワイナリー内のコテージに住んでいるんですか」

「いいえ、ありがたいことに」パンドラは言った。「やっと出ていったわ」そう言って、目を上に向ける。「もちろん、ドルーのポルシェもなくなってたけど。あの女ならやりかねないわ。まったく油断も隙もないんだから！」

セオドシアとドレイトンはお悔やみの列をさらに進み、ようやくジョーダン・ナイトのところにたどり着いた。うなだれてドルーの棺の隣に立つ姿は、すべてを失ったかのように見えた。涙に濡れた青い目は充血し、肌はいかにもかさかさに乾燥しているように見え、スーツは体に合っていなかった。

「本当に残念だ」ドレイトンはジョーダンの肩に手をかけ、軽く力をこめた。

「お悔やみ申しあげます」セオドシアは小声で言った。ここ数日、同じ言葉を何度も口にしたせいか、テープレコーダーで再生したような気がした。

「これだけは心にとどめておいてほしい」ドレイトンがジョーダンに言った。「正義は必ずなされると」

しかしジョーダンはこれまでにも増して生気を失っていた。「ドルーがいなくなって」と、とぎれとぎれに言葉を詰まらせた。「これからどうすればいいのか」首をめぐらせ棺をじっと見つめる彼の目が涙でくもる。「どうか力になってください。頼みます」

「努力はしています」

「さっきパンドラとも話したのだがね」ドレイトンが言った。「そのとき、ドルーがドラッグを使用していた件にセオドシアが触れたのだよ」

ジョーダンは熱した針金で突かれたみたいに身を硬くした。

「その話を持ち出したこと、深くおわびします」セオドシアはあわてて口をはさんだ。「でも、ドルーさんの死となにか関係があるかもしれませんし。麻薬の密売人、施設で知り合った人物……」

「なにが薬物依存の治療だ」ジョーダンは吐き捨てるように言った。「まったく、なんの役にもたたなかった」

「きっとなにかしらメリットはあったはずです」セオドシアはいたわるように言った。

「施設に入るよう説得したのはパンドラだそうだね」ドレイトンが言った。

ジョーダンの顔がけわしくなり、顎の筋肉がこわばった。「ドルーがいなくなったことで、パンドラはまた例の話を蒸し返すにちがいない」

「蒸し返すとはどういうことだね？」ドレイトンはわけがわからないという顔で訊いた。

「じきに元妻となるあの女は、ワイナリーの一部をタナカ氏に売るのが得策だと、しつこく言っていたんだ」

「タナカ氏はまだこちらに？」セオドシアは訊いた。だとしたら、びっくりだ。共同経営の話はもう過去のことだと思いこんでいた。

「ええ、あの男はまだこっちにいます。そうやって、パンドラになにやら耳打ちしているんです。しかもパンドラは半数の株を行使できるようになったわけですから、説き伏せにかかるに決まってます」そう言うと片手をあげ、こぶしを握った。「だが、わたしはワイナリーを手放すつもりは絶対にない！」

「当然だとも」ドレイトンが言った。「苦労してあそこまでにしたのだからね」

しかしジョーダンの威勢は長くつづかなかった。「まあ、売却するまではいかなくとも」とつづける。「パンドラは赤ワインの生産をいま以上に増やそうとするだろう。白はもういらない、赤だけでいい、とばかりに」

「赤のほうがよく売れるからですね」セオドシアは言った。いま大事なのは赤ワインか白ワインかという問題ではない。悲しみに沈みながらも、あえておたがいに傷つけ合おうとしている人たちのなかで起こった殺人事件を解決するのが先だ。


「なんとも気まずかったな」

セオドシアとふたり、車にゆっくりと戻る途中、ドレイトンが言った。高いオベリスクの前を過ぎ、古い石の墓標の列のあいだを歩いていく。

「ごらん」ドレイトンは指でしめした。「あれは南軍のマイカ・ジェンキンズ将軍の墓だ。もちろん、ここには北軍、南軍を問わず、多数の兵士が埋葬されているが」

「悲しい歴史だわ」

「すべての戦争は無駄のひとことにつきる。マグノリア墓地は誇り、名誉、犠牲にとっての永眠の地なのかもしれんな」

「それだけじゃないわ」セオドシアは言った。「ここには政治家、海賊、密造業者、売春宿の経営者たちも数多く眠っているのよ」

「みんな均等に土地を得たわけだ」

石造りの霊廟《れいびょう》をまわりこんだところで、パンドラが誰かと話しているのが目に入った。怒りで声を荒らげ、不満そうにぷりぷりと、人差し指を振りたてている。

近づいてみると、相手はアンドルー・ターナーで、ふたりともそうとう頭に血がのぼっているようだった。少なくともパンドラは。

パンドラはターナーをにらみながら言った。「まさか、そんなことしないでしょうね。どうなの？」

「するわけないだろ！」ターナーもきつい調子で言い返した。「ぼくがそんなことをする人間じゃないのはわかってるはずだ！」

するとパンドラが意外な行動に出た。つま先立ちになってターナーに腕をまわし、抱き寄せたのだ。しばらくすると、急ぎ足でその場を去った。

ターナーは振り返り、セオドシアとドレイトンがいぶかしげな顔で自分を見ているのに気がついた。

セオドシアは片方の眉をあげた。「どうかした？」

ターナーは少し決まり悪そうな顔になった。「なんて言ったらいいのかな。パンドラは、今度うちでやる展示会からドルーの作品が除外されるんじゃないかと心配してたんですよ」

「除外するつもりなの？」セオドシアは訊いた。

「まさか、とんでもない。ドルーの作品をはずすわけがないでしょう。あれは展示に値する作品ですからね。パンドラにもそう説明したんです」彼は自分に言い聞かせるようにうなずいた。「それが当然でしょう」

それを聞いてセオドシアは思った。アンドルー・ターナーはデレインの新恋人として申し分ないと。人がよくて思いやりがあって、おまけに母親にもやさしいときている。

「りっぱだわ」

「いや、そんな。パンドラが気の毒ですからね。彼女には折に触れてビジネス上のアドバイスもしてるんです。ジョーダンはワイン醸造にばかり夢中で、セールスやマーケティングといったほうにはさほど熱心じゃないものだから」

「あまり景気はよくないの？」セオドシアは訊いた。

ターナーは顔をしかめた。「ええ、まあ。そのようです。どの程度かはわかりませんけど」

「だったら、パンドラにビジネス上のアドバイスをするのはいいことだわ」

三人で墓地を出ながらセオドシアは言った。小規模経営のオーナーがどれほど大変か、身にしみてわかっている。彼女自身、マーケティング会社を辞めてインディゴ・ティーショップをオープンしたときには、やるべきことが山のようにあった。たとえば賃貸借契約、給与の支払い、四半期ごとの税金、在庫の管理に現金収支といったことに対処しなくてはならない。その上、お客をもてなし、イベントを立案し、メニューを頻繁に試食して刷新するといった、日々の仕事もある。ワイン・ビジネスはその何倍も苦労が多いはずだ。

ターナーは自分の車のほうに歩いていった。セオドシアのジープから三台うしろにとめた青いアウディだ。彼は車に乗りこみかけて、振り返った。「あ、そうだ。お友だちのデレインさんに電話しました」

「反応はどうだった？」セオドシアは言いながら、運転席側のドアをあけた。

ターナーの顔がほころび、ぱっと輝いた。「いいわよって言ってくれました！」

ドレイトンは助手席に乗りこみ、シートベルトを締めると、すぐさまダッシュボードを指で叩きはじめた。「すっかり遅くなったな」

セオドシアはエンジンをかけた。「そんな遅くなってないわよ」

「長居のしすぎだ。わざわざ残って、あらためてお悔やみを言う必要はなかったな」

「大丈夫だって」セオドシアは車の流れに乗り、二百フィートほど走ったところでブレーキを踏んだ。

「なんだね、いったい……」ドレイトンがあわてふためくなか、車はそのまま縁石に寄ってとまった。

「一分だけ」セオドシアは指を一本立てた。

「はっきり言って、一分だって余裕はないぞ」

「これは例外。あの人がわかる？　黄色いタクシーに乗りこもうとしてる若い女の人がいるでしょ」

「さっぱりわからんが」

「あれがドルーの恋人のターニャ。彼女に訊きたいことがあるの」セオドシアはすでに車を降りかけていた。それから、「待って！　お願いだから待って！」と大声で叫びながら猛然と通りを突っ切った。あざやかな緑色のフォルクスワーゲンが彼女をよけようと大きくハンドルを切った。

タクシーの運転手は発進しかけたところで、セオドシアの声に気がついた。

セオドシアはタクシーに駆け寄り、体をかがめて後部座席のドアをあけた。「こんにちは」とターニャに声をかけた。

ターニャはぎらぎらした目でセオドシアをにらみつけた。「いったいなんの用？」

「あなたがどうしているか気になって」

「変わりないわよ」ターニャは唇をほとんど動かさずに答えた。

「ひとつだけ手短に質問させて」セオドシアは言った。

「なによ」

「ドルーさんのポルシェがどこにあるか知ってる？」

「知らないわ」

「あなたが持っていったの？」

「そんなこと、するわけないでしょ」

「売り払ったとか？」

「いいえ。もうふたつ以上質問したわよ」

セオドシアはいらいらをつのらせた。「本当にどこにあるか知らないのね？」

ターニャの唇が意地悪くゆがんだ。「あなた、頭がいいんでしょ。だったら自分で突きとめなさいよ！」

父の日のお茶会

お父さんたちだってお茶会を楽しめるんです。ミニサイズのバーガー（最近ではスライダーと言うそうですね）、ローストビーフとブラウンマスタードをはさんで三角に切ったティーサンドイッチ、あるいはチキンサラダとチャツネをはさんだティーサンドイッチを出せばなおさら。お父さん向けに心のこもったお茶会にするなら、コクのあるセイロン・ティーはぜひともメニューに入れたいところ。あるいはスパイスをきかせたチャイにしてみるのもいいですね。お茶を飲まないお父さんでも大丈夫。紅茶を漬けこんだウォッカが、それこそ何種類も売っているんですから。ウォッカ・ティー・トニックはいかが？

12

「まあ！」ドレイトンとともにティーショップに戻ったとたん、セオドシアは驚いて声をあげた。「歩道にもテーブルが出てる」

「そうするしかなかったの」カリカリした様子のヘイリーがドアのところで出迎えた。「午前中、予約できるか問い合わせる電話がじゃんじゃんかかってきたんだもの」そこで首をかしげた。「うーん、というより、予約を要求する電話だったけど」

「そいつはすごい」ドレイトンは言った。「宣伝もしていないというのに」

「口コミで広まったみたい」とヘイリー。「本当にうちのテーマのあるお茶会は人気があるね」

「ダウントン・アビーのお茶会は格別なのよ」セオドシアは言った。

「ミス・ディンプルは来ているかね？」ドレイトンが訊いた。あわただしくジャケットを脱ぎ、エプロンを肩からかけた。お茶淹れ用エプロンと呼んでいるものだ。

「ここにいますよ」甲高い小さな声が聞こえた。帳簿係と給仕係を兼務する小柄でぽっちゃりした元気いっぱいのミス・ディンプルが奥の部屋からちょこまかと現われた。「手伝いに呼んでもらえて本当にありがたく思ってますよ」身長は五フィートに届くか届かないかで、髪はピンクがかったブロンドの巻き毛だ。歳は七十を超えているが、気持ちが若くてウィットに富み、独特の鋭いユーモア感覚をそなえている。

「誰が外のテーブルを用意したのだね」ドレイトンは小柄なミス・ディンプルにちらりと目をやった。「きみでないのはたしかだな」

ヘイリーが右手をあげ、しなやかな上腕二頭筋を曲げてみせた。「あたしがやったの。見た目ほどやせてないんだから」

「そのようだ」ドレイトンは深く感心して言った。それからすぐに仕事モードに切り替わった。「ランチのメイン料理はほぼ準備できているのだろうね」

ヘイリーはうなずいた。「順調よ。厨房のなかは身動きできないくらいだけど、いつでも出せる状態になってる」

「テーブルのセッティングは済んでいるのかね？」ドレイトンが値踏みするような目をティールームに向けると、キャンドルの炎がちらちらと揺れ、食器類がぴかぴかに光っていた。

「二十分くらい前、モーニングタイムの最後のお客さまが帰ったんだ。で、入り口のドアを閉めて、がんがん働いて全部準備したってわけ」

「仰せのとおり、ガーネットローズのスターリングシルバーの食器とコールポートのカップとソーサーを出しておきました」そう言ったのはミス・ディンプルだった。「本当にまあ、波形の縁に金箔で装飾してあったり、ピンクのリボンだのお花だのが描いてあったりして、とても見事な器ばかり」

「それから〈ベイシカリー・ブリティッシュ・アンティーク〉のウッドロウさんというお友だちが、ドレイトンがレンタルしたという食器が入った箱を届けに来たよ」ヘイリーが言った。「それで、ガラスのデカンターだのブロンズ像だの陶器だのをあちこちのテーブルに並べておいたわ。イギリスのマナーハウスに見えるようにしてみたんだ」

「わたしは馬と騎手のブロンズ像と磁器でできたブルドッグがとくに気に入りましたね」ミス・ディンプルが言った。「テーブルの真ん中に飾るのにぴったりですよ。まさしく大英帝国という感じがしますね」

「たしかに」ドレイトンはふたりの努力の成果をながめていたが、やがてその顔に小さな笑みが広がった。「イギリスが世界を席巻していた時代の雰囲気がただよってくるようだ」

「ねえ」ヘイリーが急にミス・ディンプルに笑いかけた。「いま思いついたけど、あなたってミセス・パットモアにそっくりね」

ミス・ディンプルはきょとんとした。「それはいったいどなたでしょう？」

「やだ、もう」ヘイリーはくすくす笑いながら言った。「知ってるくせに。『ダウントン・アビー』に出てくる料理長よ」

「ああ、あの人」ミス・ディンプルはぽっちゃりした手を振った。「いやですよ、そんなことを言っちゃ。全然似てませんって！」

しかし、ヘイリーの言葉にセオドシアもドレイトンも笑いをこらえきれなかった。ミス・

ディンプルは本当にミセス・パットモアそっくりだった。

十二時ちょうど、ビッグベンの時の鐘が、さあ仕度ができたわよとばかりに鳴り響いてもおかしくなかった。というのも、その瞬間、インディゴ・ティーショップの入り口には大勢のお茶好きが寄り集まり、ダウントン・アビーのお茶会の開始をいまかいまかと待っていたからだ。

セオドシアとドレイトンは姿勢を正し、予約シートを照合し、いろいろなグループにいらっしゃいませとあいさつし、予約席へと案内した。それから大急ぎで入り口近くのカウンターに戻り、ドレイトンが淹れておいたお茶を手にした。

うれしいことに、きょうの特別なランチにはいくつもの知った顔も来てくれた。当然のことながらデレインもそのひとりで、姉のナディーンにくわえ、友だちふたりをともなっていた。

しかも、店内を見まわすと、席の三分の二をインディゴ・ティーショップの常連客が占めていた。ヘリテッジ協会に長期にわたって君臨する、気むずかしい理事長のティモシー・ネヴィルもお客をふたり連れてやってきていた。ハーツ・ディザイア宝石店を経営するジュエリーデザイナー、ブルック・カーター・クロケットも友だちと一緒に、ここはお屋敷のパティオよといった風情で外の席にすわっている。

ミス・ディンプルが左右の手にティーポットを持って店内をまわり、セオドシアとドレイトンはお客ひとりひとりにあいさつした。ヘイリーがあいた時間に（あいた時間なんてあったの？）に、ひらくと花びらの形になる小さな封筒を手作りし、なかに粗品としてトフィーを入れていた。感嘆の声がひととおりあがると、セオドシアたちは素早く位置につき、最初のひと品を配った――レディ・クローリーのフルーツのトライフルだ。ケーキ、プディング、イチゴ、ラズベリー、それにブルーベリーを混ぜたものに蜂蜜とレモンのソースをかけたスイーツはおおいに人気を博し、レシピを求める声がいくつもあがった。

みんなの目を楽しませたフルーツのトライフルがまたたく間にたいらげられると、セオドシアとミス・ディンプルは大きなシルバーのトレイを手にした。それぞれのトレイにはアプリコットのスコーンと、ヘイリーが独自にアレンジしたミスタ・カーソンのクランペットが山盛りにのっていた。お客はどちらかひとつ――あるいは両方とも選べるようになっている。そしてほとんどの人が賢明にも両方を選んだ。おいしい付け合わせとして、もこもことしたクロテッド・クリームとサテンのようになめらかなレモンカードが添えられた。

三品めはティーサンドイッチで、これはあきらかに、いままでのものを上まわる出来だった。各テーブルに配られた三段のスタンドにはカレー風味のチキン、キュウリとクリームチーズ、カニサラダ、スモークサーモンをはさんだ小さなフィンガーサンドイッチがたっぷりとのっていた。

それが運ばれたとき、お客は全員、感激のあまり口をつぐみ、一斉に〝うわあ〟という声を洩らした。それを聞いて、セオドシア、ドレイトン、ミス・ディンプルの三人はようやく、ささやかながらも、ほっとひと息つくことができた。

「順調にいってるわね」セオドシアは淹れたてのアッサム・ティーが入ったポットを手に、テーブルのあいだをまわりながら、ドレイトンに言った。

「だまされてはいかんぞ」彼は小声で言った。「これはコントロールされた混沌《こんとん》というやつだ」

セオドシアがデレインたちにおかわりを注ごうと足をとめると、デレインはとてもうきうきした様子だった。

「ゆうべ誰から電話があったと思う？」あざやかな青いワンピース姿のデレインは顔を大きく崩して笑い、昂奮して大げさな身振りをするたび、服に合わせた青い帽子の羽根飾りがゆらゆら揺れた。

「さあ、想像もつかないわ」アンドルー・ターナーがデレインに電話するという約束を守ったことはすでに知っている。まったくあの人ったら、そうとう惚れこんだみたいね。

「例のすてきなアンドルー・ターナーからだったのよ！」あまりに大きな声で言ったものだから、セオドシアだけでなく、かなり離れた席の人にも聞こえたようだ。「芸術散歩の舞踏会に誘われたの！」

「まあ、うらやましいこと」ナディーンが作り笑いを浮かべた。彼女はデレインの姉で、ふたりはほとんどうりふたつだ。ちがうのは、デレインのほうが顎のラインがシャープで、ものの言い方もより辛辣《シャープ》なところだ。「でも、いまさら誘ってくるなんて、やけに遅くないこと？　そういうのは社会通念上、よくないんじゃなくて？」

デレインはデートに誘われたことがうれしくて、姉がヒステリーを起こしていることなど気づきもしなかった。「だってえ、会ったばかりなのよ」と甘ったるい声で説明した。「ゆうべ、セオドシアに紹介してもらったんだもの」

「よかったわね」ナディーンは言ったが、妹のことを喜んでいる様子はみじんもなかった。

「画廊のオーナーの人でしょ」同じテーブルを囲む友だちが言った。「おめでとう。ヒールも理想も高くしてて正解ね」

「なにを着ていくか考えなくちゃ」デレインはぼやいたが、すぐにうれしそうに含み笑いを洩らした。

「舞踏会用のきれいなドレスがいっぱいあるお店のオーナーで本当によかった」

「だったら、すてきな服が見つかること間違いなしね」セオドシアは言った。

「例の唇のあれをやるつもりに変わりないの？」ナディーンが訊いた。

「なんの話？」デレインったら、唇になにをするつもりなのかしら。

「そうよ」デレインはバッグから宝石をちりばめたコンパクトを出し、自分のふっくらした赤い唇をしみじみながめた。「上唇のぽってりした感じがちょっとなくなってきた気がするの」

「一本線みたいな唇になってきたものね」ナディーンが嫌みを言う。ほかのふたりはデレインの唇を穴があくほど見つめた。

「全然、そんなことないじゃない」セオドシアにはデレインの唇はなんの問題もないように見えた。もっとも、わたしの唇だって問題なく見えるはず。そうよね？

「あ、そうそう！」デレインは思い出したというように声をあげ、コンパクトをぱちんと閉じた。「芸術散歩の舞踏会でおこなわれるオークションに、デザイナーズブランドのしゃれたハンドバッグとスカーフを寄付することにしたの」そう言って、セオドシアに目を向けた。「あなたもなにか寄付しなきゃだめよ、セオ。とってもいいことなんだから。おたくのおしゃれなローションだかポーションだかをバスケットにいくつか詰め合わせたらどう？」

「それって〈T・バス〉のこと？」

「じゃなかったら、バスケットのなかのお茶会とやらをつくってもいいんじゃない？」デレインは言った。「あれ、とてもすてきだもの。お茶だのジャムだのジェリーだのいろいろ詰め合わせるの」

「考えておくわ」セオドシアは答えたが、言われなくても、詰め合わせのバスケットをひとつ、寄付するつもりでいたのだった。

最後のひと品となるデザートを運び終えると、セオドシアは心の底からほっとして、大きなため息をついた。

「よかった」とドレイトンに言った。「最後の直線コースに入ったわ」

「お客さまも満足しているようだ」

ヘイリーが厨房から頭をのぞかせた。「それ、本当？」と小声で訊いた。「デザートの評判はどう？」どの料理にも全力で取り組んだが、とくに、バンベリータルトとショートブレッド、それにイギリスのツイード生地に見えるようフロスティングで斜めの縞模様を描いたカップケーキには自信があった。

ドレイトンは親指と人差し指の先を合わせ、ＯＫのサインをつくった。「まちがいなく、お客さまは喜んでいる。まさにシュガーハイの状態だ」

「それなら、もう、やることはあまりないわね」セオドシアは言った。「店内をまわっておかわりを注ぐ以外に」

「セオドシア！」ティモシー・ネヴィルの力強くも横柄で、とても八十すぎとは思えない声が響きわたった。

セオドシアはすぐさま彼のテーブルに向かった。「なんでしょう？　お茶をお注ぎしましょうか？」

ティモシーは彼女を見てほほえんだ。笑みは皮膚の薄い顔いっぱいに広がり、セオドシアは前に見た、昔のイギリスの貴族を描いたハンス・ホルバインの絵を思い出した。

「ようやく余裕ができたようなので」とティモシー。「わたしの客に紹介しようと思ってね。こちらはサリーとロジャーのシェパード夫妻だ」

「はじめまして」セオドシアはほほえんだ。「こうしてお会いできたのが、気の触れた泣き妖精のように飛びまわっているときじゃなくてよかったわ」

「サリーとロジャーはヘリテッジ協会にとって重要な寄贈者でね」ティモシーは説明した。

得意そうな口調から、夫妻はそうとうな額を寄付しているのが伝わってくる。

「とてもすてきなお茶会だったわ」サリーが笑顔でセオドシアを見あげた。

「わたしどもは『ダウントン・アビー』の大ファンでしてね」とロジャー。「そんなわけで、きょうはめったにない機会だったというわけだ」

「しかも最初から最後まですべてが完璧だった」とサリー。「お食事だけじゃなくて、給仕もお花も飾りもすべて。ロンドンのコノート・ホテルのお茶にも匹敵するほどよ」

「パリのマレ地区にもだ」

「なにもかも特別なものにしようと、みんなでがんばった結果です」セオドシアは言った。いまこうしてお褒めの言葉をいただいていることからして、その努力は見事に実ったらしい。

イギリスのアンティークをこよなく愛するティモシー・ネヴィルが言った。

「きょうの美しい磁器はコールポートのものだと思うが?」

それを聞きつけたドレイトンがすかさず足をとめた。

「そのとおり」ドレイトンはにこにこして言った。「縁がひだになっていて、ピンクのリボンが描かれているだろう？　もちろん、手描きだ」彼とティモシーは長年の友人同士であり、アンティークの愛好家であり、さらには歴史マニアでもある。そしてドレイトンは、はるか昔から、ヘリテッジ協会の理事をつとめている。

ティモシーがドレイトンとシェパード夫妻を引き合わせたが、実はもう知り合いだった。セオドシアは大急ぎで入り口近くのカウンターに駆けつけた。というのも、なんとなんと、お客が持ち帰り用のスコーンがほしいと言ったり、缶入りのお茶をいくつも買おうとしていたからだ。

それから三十分もすると、店内は人が減りはじめた。数人の客はまだ残っていたが、ヘイリーとミス・ディンプルとであいたテーブルを黙々と片づけた。

ティモシーが連れてきたシェパード夫妻は店をあとにしていたが、ティモシーはドレイトンとなにやら夢中になってしゃべっている。

セオドシアがそばを通りかかると、ドレイトンが呼びとめた。「セオ。ちょっといいかな？」

セオドシアは足をとめた。「ええ」

「いま、ティモシーにナイトホール・ワイナリーのことを話していたのだよ」

セオドシアは驚いてひっくり返りそうになった。「ワイナリーの……なににについてかしら？」

ティモシーは年季の入った顔で、わかっているというようにほほえんだ。

「きみの調査の話をしていたのだがね」

「そんなたいそうなものじゃ――」セオドシアは言いかけた。

「いやいや」とティモシー。「謙遜しなくていい。われわれはきみのすぐれた才能についてよく知っているのだからな」

「はい」セオドシアは言った。しょうがない。ティモシーの目をごまかすのは無理だ。

「ティモシーは上等なワインについて、かなりくわしくてね」ドレイトンが言った。

「ナイトホール・ワイナリーの製品は上等なワインとは言わないんじゃないかしら」セオドシアは言った。「一本十二ドル程度で売ってるはずよ」

「とにかく」とドレイトン。「ティモシーにちょっと考えがあるそうだ」

「考えというと？」セオドシアは問いかけるようなまなざしをティモシーに向けた。

「ひじょうに言いにくいのだが」ティモシーは一語一語、慎重に発音した。「サウス・カロライナにも、かつかつの経営ながら、当たり年に恵まれたこともあるワイナリーがいくつかあってね。しかし、八社か九社あったワイナリーも、その約半分が商売をたたんだ」

「そのような記録はナイトホールにとっていい材料とは言えませんね」セオドシアは言った。

「わたしが思うに」とティモシー。「ドレイトンから聞いたところによると、そのワイナリーが抱えている問題は、気温が四十度近くにもなるかつてのタバコ畑でブドウを栽培することだけではないようじゃないか」

「このお皿は全部、手洗いしないといけないんだよね」ヘイリーはせっけん水に手を深々と沈めて汚れを落とし、すすぎ、洗い終えた皿をミス・ディンプルに手渡していた。

「すまんな。どれもひじょうに壊れやすいのでね」ドレイトンは厨房の入り口のところでわき柱にもたれ、ごほうびがわりのお茶を飲んでいた。

「蝶ネクタイが曲がっていますよ」ミス・ディンプルが言った。

ドレイトンは聞き流した。「傾いているのが蝶ネクタイだけならば、きょうのお茶会をほぼ無傷で切り抜けたも同然だ」

「本当に大成功だったわ」セオドシアは言った。

ドレイトンは彼女のほうに顔を向けた。「まさしく快挙だったよ。おまけに、例の不愉快なハーヴェイ・フラッグは現われなかった。運にも恵まれたな」

「きょうはもう閉店でよかった」とヘイリー。「そうじゃなきゃ、頭がどうかしてたところ」

「食べるものはなにか残っていないのかね？」ドレイトンが訊いた。

「もう、くずしかないわ。食べなかったものも、テイクアウトされちゃったもん。残ったサンドイッチ、スコーン、クランペット、とにかく全部。パンの耳も袋詰めしてオークションすればよかったかな」

「だめですよ、それは」ミス・ディンプルが割って入った。「パンの耳は持ち帰っていいって言ってくれたじゃありませんか。近所のアヒルの餌にするんですから」

「テーブルに飾るのに借りたイギリスのアンティークは、セオたちで箱詰めするの？」ヘイリーが訊いた。

「それなんだがね」とドレイトン。「きみとミス・ディンプルとでやってもらえないだろうか。セオドシアとわたしはちょっと用があるのだよ」

「箱詰めならやっておきますよ」ミス・ディンプルは言った。「大丈夫ですって。箱もエアクッションも全部取ってありますからね。まあ、エアクッションはいくつかつぶしちゃいましたけど」そう言って、白い歯を見せた。「どんなに歳をとっても、エアクッションをつぶしたくなるものですね」

しかしヘイリーのほうはあまり協力的ではなかった。「用があるの、ふうん。ふたりしてまた、ぞっとするほど気味の悪い謎の任務にでも出かけるんだ」

13

謎の任務なのはたしかだったが、とりたててぞっとするわけでも、不気味なわけでもなかった。

「ずいぶんとりっぱだな」プランテーション・ワイルズの正面ゲートをしめす石柱を車でくぐりながら、ドレイトンが言った。「なにもかも目にまぶしいほどあざやかな緑色でほとんど芸術品だ。野球場の芝生とくらべても遜色《そんしょく》ない」

「芝生の管理の専門家と、来る日も来る日も、芝を刈って、水をまいて、肥料をやる作業員を山のように雇えば、こういう芝生になるわ」セオドシアは言った。

「だとしても、たいしたものであるのは事実だよ」

「ドレイトンったら、ゴルフコースを見たことがないわけじゃあるまいし」

ドレイトンは顎をわずかにそらせた。「それがだね……一度もないのだよ」

通路はいくつかのフェアウェーとグリーンを迂回するように走っており、セオドシアはそれを道なりに進んでいき、途中、数台のカートが前方をゆっくり横断するのが見えると、車をとめて渡りきるまで待った。それから、クラブハウスに向かってまた車を走らせた。

クラブハウスはサウス・カロライナ州に昔あった米のプランテーションを模して建てられており、壁は淡い黄色で飾り枠は白、傾斜のついた高い屋根と三方向に広々としたポーチ、そして二階分のポルチコをそなえていた。

「これまた見事な建物だ」ドレイトンが言い、ゴルフシャツにニッカーボッカーズ姿の駐車係ふたりが素早く気をつけの姿勢を取り、車のドアをあけた。

「すっかり感化されて、ゴルフを始めたくなるかもよ」クラブハウスに入っていきながら、セオドシアは冗談を言った。

「え……このわたしがかね？　冗談じゃない。わたしはスポーツとは無縁の人間だよ」

「そんなふうには見えないけど」

事務所はすぐに見つかり、受付にいた若い男性にダニー・ヘッジズに会いたいと告げた。

「本当に約束はしてあるんでしょうね？」セオドシアは小声で尋ねた。

ドレイトンはうなずいた。「抜かりはないとも」

三分後、ふたりはダニー・ヘッジズのオフィスに案内された。

ヘッジズは長身で筋肉質、顔はきれいに日焼けし、握力はプロレスラー並みだった。おそらく五十代なかばと思われるが、それより十歳若いといってもとおりそうな体形をしている。要するに、いかにもゴルフクラブの関係者らしい外見だった。

「ダニー」ドレイトンは手を差し出した。「また会えてうれしいよ」

「ドレイトン、ようこそ」ヘッジズは言った。オフィスの壁は緑と白のストライプの壁紙が貼られ、ガラスのケースにアンティークのゴルフクラブが並んでいた。

ドレイトンは手短にセオドシアを紹介し、それから三人揃って角部屋のオフィスの窓から外を見やった。徹底的に手入れされたゴルフコースの眺望はすばらしく、なかでも十八番ホールは見事のひとことだった。

「最高のコースですね」セオドシアは言った。眼下ではたくさんの人がせわしなく動いていた。ゴルフカートから客が吐き出され、キャディーたちはクラブを降ろし、作業員は実用一点張りのカートでぐるぐるめぐっている。

「ゴルフはなさいますか?」ヘッジズはセオドシアに訊いた。「ドレイトンがやらないのは知っていますが、あなたはたまにプレイするとお見受けしました」

「ええ、します」

「お気に入りのコースはありますか?」ヘッジズはデスクの向かいに置かれた肘掛け椅子を手振りでしめした。

「ヒルトン・ヘッドにあるパルメット・デューンズがとても気に入っています」

「いいコースだ」とヘッジズ。「しかし、いつかはわたしどものところでもプレイしてください」

「ぜひ、そうさせていただきます」

「そうそう」ヘッジズはドレイトンに言った。「今シーズンのメトロポリタン歌劇場は『ラ・ボエーム』を上演するそうだ」

「そうらしいな」とドレイトン。

ヘッジズはセオドシアにほほえみかけた。「オペラはお好きですか?」

「大好きです」

「ダニー」ドレイトンは椅子にすわったまま身を乗り出し、用件に取りかかった。「電話で話した、調査している件だが」

「ナイトホール・ワイナリーでの惨劇だな」ヘッジズは顔をしかめた。「すさまじかったよ、まったく。気の毒なあの若者が流れ出てきたときは……もう、あんなに驚いたのは生まれてはじめてだ。なにか聞いてないかな……警察は犯人逮捕に近づいているんだろうか?」

「容疑者は何人かいるらしい」ドレイトンが答えた。

それを合図にセオドシアは会話に割りこんだ。「あなたとこちらの理事の方たちが、ナイト夫妻の土地に敵対的買収を仕掛けていると、ご夫妻は考えておいでのようです」

「何度か話を持ちかけたのは事実ですよ」ヘッジズは目をしばたたき、上を見あげて考えこんだ。「最後はたしか、一年ほど前だったんじゃないかな」

「しかし、最近はいっさいなかったわけだ」ドレイトンが言った。

「ああ」とヘッジズ。「売るつもりはまったくないと、はっきり言われたのでね」

「でも、あなたのほうは買いたい気持ちがあった」セオドシアは言った。その気持ちがどのくらい強かったのかが気にかかる。

「ええ、まあ。ナイトホールは広大な土地を所有しているし、そのすべてが耕作されているわけではありませんから。それに、プランテーション・ワイルズと境界を接しているので、まさに理想的なんですよ」

「その土地にあらたなゴルフコースを造成しようと考えたのだね」ドレイトンが言った。

「できれば、あとふたつか三つはほしいと思っている。そうなったら、クラブハウスを拡張し、コンドミニアムを建設することも考えたい」ヘッジズはその案が気に入ったのか、にんまりとした。「ゴルフ好きはコンドミニアムがあると喜ぶのでね」

「お訊きしたいんですが」とセオドシア。「最近、ナイト夫妻となにかやりとりはありませんでしたか？　ご夫妻が怒りなり悪意なりと受け取りそうなものはなかったでしょうか？」

ヘッジズはきょとんとした。それから、その顔に疑心暗鬼の表情がじわじわと広がった。

「ちょっと待ってくれ。あの変人夫妻は、このわたしが息子の死に関与してると思ってるのか？」

ばつの悪そうなドレイトンにかわって、セオドシアが答えた。

「ちょっと小耳にはさんだだけです」

「なんだよ、それは！」ヘッジズは憤慨した声で言った。「わたしはまともなビジネスマンであって、頭のおかしな人殺しなんかじゃない」そう言って、デスクを力いっぱい叩いた。

「それに、わざわざ殺し屋を雇うようなまねもしない。そういうことが訊きたいんだろう？」

「すみません」セオドシアは言った。「でも、お訊きせざるをえなくて」

「わたしだって、ほかの人たちと同じくらいショックを受けてるんだ」ヘッジズは怒りのこもった目をドレイトンに向けた。「ドレイトン、きみはわたしという人間を知っているだろう。オペラ協会の仕事を一緒にやってきた仲じゃないか！」

「申し訳ない。きみの機嫌をそこねるつもりはなかったのだよ」

「だが、実際にやったことは逆じゃないか」ヘッジズは右手をのばし、デスクからスポンジゴムでできた真っ黄色のゴルフボールをつかんだ。それを力いっぱい握りしめながら言った。「ほかの人にも同じように思われていないことを祈るばかりだ。あることないこと噂されるのは避けたい」

「べつにヘッジズさんを疑っているわけではないんです」セオドシアは言った。「確認のためにお訊きしただけで」

ヘッジズはまだ納得していなかった。「本当か？」

「わたしが保証する」ドレイトンが言った。

「それにしても……なんてことだ」ヘッジズは胸に手を置いた。「買収を持ちかけたくらいで疑われるとは」

「そうではないのだよ、本当に」ドレイトンは力強く言った。

「不愉快な思いをさせてしまい、すみません」セオドシアは謝った。「本当に、心からお詫びします」

「ならどうして、あんな質問をした？」ヘッジズはまだそうとうカッカしていた。

「ジョーダン・ナイトの力になろうとしてのことなのだよ」ドレイトンが答えた。

「彼の力になるだって？　どうやって？」

「犯人を見つけるんです」セオドシアは言った。

「まあ、うまくいったほうだな」車に戻るなり、ドレイトンが言った。

「うーん……どうかしら。あなたたちの友情がだめにならなければいいけど」

「少しはひびが入ったかもな」車が走りはじめた。「しかし、無傷の部分もいくらかはあるだろうよ」

「あなたの言うとおりだったかもしれない」セオドシアはスピードをゆるめ、前方を横切るゴルフカートを先に行かせた。乗っていたゴルフ客は、彼女の気遣いにはまるで気づかず、げらげら笑っては冗談を飛ばしている。

「なんのことだね？」

「きのう、もう関わらないほうがいいって言ったでしょ」

「たしかに言ったが……どうした、きみらしくもない。途中で投げ出すような人間じゃないだろうに」

「そうね。でも……ジョーダンとパンドラはあちこちに非難の矛先を向けてるじゃない。だから、アンソン保安官が捜査状況をくわしく語らないのも無理ないわ。あのふたりは、保安官に次から次へとむちゃくちゃな仮説を浴びせているんだと思う」

「保安官は捜査のプロだ。ちゃんと選り分けるだけの能力がそなわっているとも」

「そうかもしれない。でも、保安官に堂々めぐりをさせるばかりで、真犯人にたどり着かなくさせてるだけかもしれない」

「なんだか、ナイト夫妻が真相究明を望んでいないような言い方だな」

「そんなんじゃないってば。ただ、ふたりは悲しみと怒りにとらわれすぎて、藁《わら》をもつかむ心境なんだと思う」車はプランテーション・ワイルズの敷地を出て左に折れ、郡道四号線に入った。

「ナイトホール・ワイナリーは素通りするのだね」ドレイトンが言った。

「そうだわ。アポなしで訪ねてみない？」

「なんのために？　ジョーダン・ナイトにまた質問をするとか？」

「質問というのとはちがうかな。ただ……もう一度、ドルーのことを訊こうと思って。ドラッグについて、どの程度まで知っていたのか、たしかめたいの」

「禁断の扉をあけることになるかもしれんぞ」

「そんなの、すでにあいているわよ」


しかしワイナリーにたどり着いてみると、人の気配はまったくなかった。来客用の駐車スペースには一台の車もなく、試飲室の窓には〝休業〟の表示が出ていた。

「誰もいないようだ」ドレイトンが言った。

「探せば誰かはいるはずよ」

ふたりは車を降り、しばらく立ちつくしていた。暑い陽射しが照りつけ、あるかなきかの風がわずかばかりの涼しさを運んでくる。近くでガチャン、プシュッと音がし、ふたりは思わず目を向けた。作業員ふたりがちょうど、大きな納屋から出てくるところだった。ひとりは年配で、若いほうは二十歳そこそこといったところか。それぞれ、大きな機械のようなものを重そうに運んでいた。なにかのポンプのようだとセオドシアは思った。

「すみません」と声をかけた。「ジョーダン・ナイトさんはおいでになりますか？」

作業員は足をとめ、荷物をおろした。「いないんじゃないかな」年配のほうが答えた。

「パンドラさんのほうは？」ドレイトンが訊いた。

「さあ。おれでよければお答えしますが」

「トム・グレイディさんはいらっしゃる？」セオドシアは訊いた。

作業員ふたりはうなずいた。

「いるはずですよ。少なくとも一時間前にはいましたから」若いほうが言った。見覚えがあると思ったら、このあいだの土曜日、樽のふたをあけた不運な若者だった。この人たちは今回の不可思議な事件にどう関係しているのだろう。

「ちょっとそのへんをぶらぶらしてみるとするか」ドレイトンが言った。「どこかで出くわすかもしれん」

「先にオフィスに行ってみましょうよ」

巨大な納屋に入ったとたん、新鮮でみずみずしいブドウのふくよかな香りに出迎えられた。

「ひじょうに興味深い香りだ」ドレイトンは鼻をくんくんいわせた。「しかし、そうとうきつい」

「ワイナリーのオーナーになれば、この香りがついてまわるんでしょうね」

トム・グレイディのオフィスのドアは閉まっていたので、セオドシアはノックした。出てくる様子はなく、今度は声をかけた。「グレイディさん？　いらっしゃいますか？」それでもなんの反応もない。ドレイトンのほうを見やると、彼は肩をすくめた。

「留守かもしれんな」とドレイトン。「車で街まで行ったかなにかしたのだろう」

「だったらたしかめなくちゃ」セオドシアはドアノブをつかんで押しあけた。ドレイトンの言うとおりだった。オフィス内はがらんとして、デスクは整頓されていた。まったくの無人だ。

「ならば、少し見てまわるか」ドレイトンは言った。「敷地内にいるなら、会えるだろうからね」

醸造エリアに入ると、大きな貯蔵タンクの前を過ぎ、床に雑然と置かれたホースをまたぎ越した。そのまま裏口から外に出た。

「絵のように美しい景色だな」とドレイトン。二日前、セオドシアがうっとり見とれた景色をほれぼれとながめている。「ダニー・ヘッジズがここを買いたいと思うのも無理はない。それに、あのかわいらしいコテージを見たまえ。あそこがオフィスになっているのかね？」

「あれはドルーとターニャが住んでいた家。オフィスがあるのは……」セオドシアは左をしめした。「あっち。試飲室の奥の半分」

「では、そこをのぞいてみるとするか」

ふたりは裏の駐車場を突っ切ると、一台のピックアップ・トラックと紫色の汚れがついたプラスチックの大型容器をまわりこみ、裏からなかに入った。

「ジョーダン」ドレイトンが声をかけた。「いるかね?」そう言って耳を澄ます。「パンドラ?」

ジョーダン・ナイトのオフィスに足を向けたところ、はじめて訪れたときとまったく変わっていないように見えた。同じデスク、同じ椅子、ワインのボトルが大量に並ぶ、同じパーソンズテーブル。

「パーティでもひらいているようなありさまだな」ドレイトンはボトルを見ながら言った。

「いつもこんな状態なんだと思うわ」

「ワインの試飲をしているのか。仕事として」

「そういうこと」

試飲室に入ると、ワインにコルク抜き、ワイングラスが誘惑するように並んでいた。ナイトホール・ワイナリーのロゴが入ったTシャツと帽子のラックもあった。長いマホガニーのカウンターが部屋の端から端までのびていた。

「心が痛むね」ドレイトンは言った。「なにもかもきちんと揃っているのに、お客がひとりもいないとは」

「事件のせいよ。直近の試飲会が大惨事に終わった場所で、ワインの試飲をしたいなんて思う?」

ドレイトンは暗い顔をした。「思わないだろうな」

「それに」とセオドシアはつづけた。「いまは営業を停止してるの。当面のあいだはね。ジョーダンがそう言ってたもの。新聞にもお知らせが出ていたわ」

「だとしても……なんともやりきれんよ」

「わたしがやりきれないと思うのは、事件がどのようにして起こったのか、わたしたちには手がかりひとつつないってこと。もっともそれは、ほかの人も同じだろうけど」

正面のドアから外に出て、ブドウ畑に通じる煉瓦の小道をゆっくりと歩いた。青々とした葉をつけたブドウの蔓が、表面がざらざらした木の支柱に渡した太いワイヤーに巻きついている。熟して、粉を吹いたように見える実は、料理とワインをテーマにしたしゃれた雑誌でよく見る写真と同じだった。

「営業しているときは、このブドウ畑を見てもらうのが、ワイナリー見学ツアーのキモなのだろうな」

「そうね」ふたりは小道をはずれ、ずらりと並ぶブドウの木に沿って、ゆっくりと歩いた。「すごいと思わない?」セオドシアは手を差し出し、くねくねとした蔓から垂れさがるブドウを下から包みこんだ。「この土地に植えられたブドウが、こんなりっぱな実をつけるなんて」

「ブドウははるか昔から、気温が高く、乾燥した土地で栽培されてきた」ドレイトンが言った。「シチリア島、あるいはイタリア本土やギリシャの一部などで」

「そう考えるとすごいことよね」思いもかけずブドウ畑を散策することになったが、楽しく思えてきた。

「聞いた話では」とドレイトン。「ワインはけっきょく〝テロワール〟がすべてだそうだ。要するに、土壌、気候、ブドウ畑が向いている方角といった特徴のことだ。そういうものでワインの味が決まるらしい」

「自分で言っている以上にブドウやワイン造りにくわしいのね。驚いちゃった」

「とんでもない。本をいろいろ読んでいるだけだ。本から学べることはたくさんあるからね」

「そう言われてみれば、お茶についてもっと知りたいと思ったとき、わたしも本で学んだわ」セオドシアはそこでほほえんだ。「あなたに会う前は」

「もっとも、本気で味覚を鍛えたいなら、試飲するのがいちばんだ」

「たしかに、仕事をとおして覚えるのが大事よね」

いつしかふたりはブドウ畑の真ん中あたりまで来ていた。ときどきセミの鳴き声が聞こえ、モンシロチョウがのんびり飛び交っている。

クロウタドリがセオドシアを追い越し、ブドウを支えている太い木の支柱にちょこんととまった。きらきら光る目でセオドシアをじろじろ見ていたかと思うと、身を乗り出し、紫がかった緑色の実をくちばしで器用についばんだ。その様子をうっとりながめていると、近くの葉がざわざわと揺れているのに気がついた。そよ風が吹いてきたのだろうか？　それとも——。

ドレイトンの声がして、セオドシアは思考をさえぎられた。

「そろそろ戻ったほうがよさそうだ。ここにいてもしょうがない」

全部言い終わらないうちに、数列ほど前方から妙な音がしはじめた。コンプレッサーがまわるような、タタタという機械の音だった。

「なにかしら？」音はどんどん大きくなる一方だ。気をつけてと言おうとドレイトンに顔を向けたとたん、後頭部に液体が降りかかった。「ドレイトン！」

彼が戸惑ったようにセオドシアを見つめたそのとき、あたりが厚く白い雲に覆われた。

「何事だね？」ドレイトンはうめいた。

セオドシアは喉の奥が粉っぽくざらざらするのを感じ、なにが起きているのかたちどころに悟った。ドレイトンの手をつかみ、強く引っ張った。

「早く！　ここを出なきゃ！　ブドウ畑に殺虫剤をまいてる！」

ふたりはむせたり、咳きこんだりしながら、腰を低くし、有毒な恐ろしい雲から大急ぎで離れようとした。しかし、噴霧機はすでに猛烈ないきおいで回転しており、細かい霧をあたり一面にまいている。

ドレイトンはハンカチを出して、口を覆った。「どっちに行けばいいのかわからん！」

逃げ道がわからないのはセオドシアも同じだった。厚い灰色の雲にすっぽり覆われていた。どこもかしこも！　足をよろめかせ、つのる恐怖にあらがいながら、上に素早く目をやると、燦々《さんさん》と照りつける太陽がちらりと見えた。それで瞬時にわかった。逃げるなら左だ。「こっちよ！」押し殺した声でドレイトンに言った。「なるべく息をしないで！」

「しないように……してるとも」ドレイトンの声が返ってきた。呼吸が弱々しく、苦しそうだ。

セオドシアは急きたてた。「早く！　走って！」横にずれ、ドレイトンを前にやった。それから彼の腰のあたりに両手をぴったりとつけ、渾身の力をこめて押した。息を詰まらせ、洟をすすり、怒りで体をたぎらせながら、ドレイトンを前へ前へと押しやった。すでにふたりとも、肺に火がついたように息をはあはあいわせていた。セオドシアの目はぐしょぐしょに濡れ、涙の薄い膜のせいで、前がほとんど見えなかった。

追いかけてくる毒から逃れるのは無理だと思いはじめたそのとき、新鮮な空気と広々とした安全な場所に出た。

「大丈夫？　大丈夫？」セオドシアは何度も何度も声をかけた。ドレイトンはもう若くはない。少なくとも、有毒物質のなかを突っ走れるような年齢とはちがう。「息はできる？」

ドレイトンは息こそ苦しそうだったが、セオドシアに向かってうなずいていた。ようやく、息がつけたらしく、あえぎあえぎ言った。「大丈夫だ。本当に」そう言って、震える手をあげた。「救急車を呼ぶようなことはしなくていい」

「呼ぼうなんて考えてなかった。保安官には連絡するつもりだったけど。だって、いまのは誰かがわざとやったことだもの」恐怖は一瞬にして消え、猛烈な怒りが取って代わった。

ふたりは足を引きずるようにしてワイナリーまで戻り、さっきの作業員がいた納屋に向かった。

セオドシアは怒りで上気した顔をゆがめ、つかつかとふたりに歩み寄った。

「噴霧機を作動させたのは、誰？」と怒鳴った。「さっき、わたしたちに農薬を浴びせなかった？」

作業員たちは目を大きくひらき、ぽかんとした表情でセオドシアを見つめた。

「とんでもない」年配のほうが驚きのあまり、しどろもどろになって答えた。「おれたちはずっとここで、ポンプをいじってたよ」

「畑のほうには誰もいないはずです」若いほうが言った。「きょうは農薬をまく日じゃないんで」

「まいた人がいるのよ！」セオドシアは怒鳴り返し、ドレイトンを指差した。真っ青な顔で背中を丸め、まだ口にハンカチを押しつけている。「この人が見えないの？　毒で殺されかけたんだから」

年配の作業員の顔に気遣いと、ある種の恐怖の表情が浮かんだ。「ちがう！　おれたちじゃない！　ふたりともなんにも知らないんだって」

「事故なんかじゃないわ！」セオドシアは言うと、ドレイトンの体を支え、急いで納屋の外に出た。「本当に大丈夫？」

彼は片手をあげた。「大丈夫だ」

「救急治療室に寄りましょう。まだ少し震えてるみたい」

「震えているのは、納屋のなかのふたりのほうだろう」ドレイトンは言った。「きみが死ぬほど怖がらせたのだからね」

「しょうがないわ。わたしたちだって死ぬほど怖い思いをしたんだもの」そう言いながら、助手席側のドアをあけ、ドレイトンが乗りこむのに手を貸した。ドアをいきおいよく閉め、急いで運転席側にまわりこんで、乱暴にドアをあけた。カッカした頭のまま、エンジンをかけてバックし、ギアを入れ替え、茶色い土埃を巻きあげながら走り出した。

「落ち着きたまえ」ドレイトンが声をかけた。「もう大丈夫じゃないか。わたしなら大丈夫だから」

「本当？」

ドレイトンは両手をあげた。「本当だとも」

セオドシアは大きく息をつき、落ち着こうとつとめた。いらだちを抑える効果があるという深呼吸を何度か繰り返す。ぐらぐら煮えくりかえっていた気持ちがコトコト程度にまでトーンダウンすると、ドレイトンのほうを向いた。「ひとつ、はっきりわかったことがあるわ」

ドレイトンは彼女のほうに首を傾けた。「どんなことだね？」

「ナイトホール・ワイナリーはちっともオーガニックじゃないってこと！」

14

いつもは落ち着いた感じのこぢんまりした画廊や、かわいらしいギフトショップ、それに趣のあるカフェが並ぶチャーチ・ストリートだが、今夜はお祭り気分にあふれていた。芸術散歩はいまがたけなわで、もともと狭い通りにはアーティストのブース、食べ物の移動屋台、花立てがびっしり埋まっていた。このイベントのために半ブロックごとに二、三台のフードトラックが集まり、テーブルと椅子のセットが置かれていた。街灯から街灯へと色のついた電球がぶらさがり、二ブロックごとにミュージシャンの一団がいた。

「すごいわ」セオドシアは言った。マックスと腕を組んでぶらぶら歩き、あちこちのブースや音楽、それにお祭りの雰囲気を存分に味わっていた。ここに来る前にシャワーで農薬を洗い流し、ピンクのサンドレスと同色のローヒールのサンダルに着替えてきていた。

「去年より格段にいいね」マックスが言った。

「すべての画廊が見学自由になってるのにくわえ、百組近くのアーティストの作品が展示されてるんだもの。しかも人出は数千人規模におよんでる」

「宣伝すればちゃんと見返りがあるってわかるだろ？」

「そんなの、いまさら言われなくてもわかってるわ」セオドシアはチャールストン屈指の広告代理店で、顧客担当主任として数年働いた経験がある。広告、PR、マスコミ対応、ソーシャルメディアがいかに大事か、よくわかっている。ビジネスやイベントを生かすも殺すも、それ次第と言える。芸術散歩の委員会とボランティアたちはそれをしっかり認識し、最大限の努力をしているようだ。

「で、きょうのダウントン・アビーのお茶会はどうだった?」マックスが訊いた。

「うまくいったわ。満席だったの」

「思ったとおりだ」

「まあ」セオドシアは写真家のブースでちょっと足をとめ、低地地方《ロー・カントリー》の名物であり宝でもあるエンジェル・オークの美しいカラー写真に見入った。「みんな、テーマのあるお茶会が好きなのよ。チョコレートのお茶会やヴィクトリア朝のお茶会、バレンタインデーのお茶会、女王のお茶会などを主催するたび、大勢の人が来てくださるもの」

マックスは彼女をぐっと引き寄せた。「でも、食べ物とお茶だけに引きつけられてるわけじゃないよ。きみが考案するコンセプトも関係してると思わないかい? 食べ物と料理を癒やしの空間と結びつける呪文を編み出してるんだと」

「うん、まあ……そうかな」

「自分の手柄なのにやけに奥ゆかしいじゃないか。きみはいつも、あまり自慢しないんだね」

「もういいから、話題を変えましょうよ、ね？」

「わかった。歩道アートを見ていく？」

「ええ、もちろん」セオドシアは彼にほほえみかけ、並んで歩いた。

「歩道アートっていうのは文字どおりの意味なんだ」マックスはぴたりと足をとめて、指差した。ひげ面の若いアーティストが両手両足をつき、一心不乱に色チョークを動かして、歩道に絵を描いていた。

「あら、すてき」セオドシアはアーティストの才能とともに、その熱中ぶりにも感心した。

「ねえ、見て。レインボウ・ロウを見事に再現してる」レインボウ・ロウというのはイーストベイ・ストリート沿いに建つ由緒ある家々のことで、壁がパステル調のピンク、青、緑、黄色に塗られている。

「こっちにもっといいものがあるよ」彼にうながされ、宝石職人のブースに入ると、ゴールドやシルバーのネックレスがスポットライトを浴びてきらきら光っていた。

「なんてきれいなの」セオドシアはため息をついた。心臓の鼓動が少し速くなった。

「これをごらん」マックスはネックレスに指を引っかけ、黒いビロードの陳列ラックからそっと持ちあげた。

セオドシアは思わずほほえんだ。十四金のゴールドでできた、小さなティーポットだ。ころんとした形がとてもかわいらしく、きらきら光っている。

「これをきみにプレゼントしようと思うんだ」

「あら、だめよ」セオドシアは遠慮した。「そんなことしなくていいの」

「スイートハート、どうしてもそうしたいんだよ」マックスは留め金をはずし、セオドシアの首に手際よくかけた。

「うわあ。本当にありがとう！」小さなネックレスはすべすべしていて、くすぐったく、そしてとてもすてきだった。しかも、小さなティーポットのトップが喉のくぼみにぴったりおさまっている。完璧だわ。

マックスが宝石職人となにやら小声で言葉をかわし、ふたりはふたたび通りを歩きはじめた。人混みをかき分け、急ぐことなく、場の雰囲気とふたりでいる大事な時間を楽しみながら。

「ねえ、見て」セオドシアは言った。「あっちにフードトラックの群れがある」

「そういう言い方でいいんだっけ？」マックスが訊いた。「群れって言ったよね。それはウズラに使うものだとばかり思ってたよ」

「たしか、フードトラックがたくさんあるのも群れというはずよ。生き物じゃないけど」

「それはともかく、どの店に誘ったらいいかな。まだ食べてないよね。食べてないと思って言ってるんだけど」

「そうねえ」セオドシアはさまざまなフードトラックの側面を飾るポスターや看板をながめた。〈クレオール・キッチン〉に〈ジャスパーのバーベキュー〉、〈ウエボス・オン・アース〉、それに〈ミスタ・モラスクの牡蠣フライ〉。どれにしようか考えていると、目の端に映った人の姿が気になった。

そうよね？　そうじゃなかった？

セオドシアは一歩前に進んで、目を細くし、首をあちこちに振り向けた。

「どうしたの？」きょろきょろするセオドシアに気づいて、マックスが声をかけた。

「知ってる人を見かけた気がしたものだから」

「友だち？」

「まあ、そうとも言うわね」彼がまだ怪訝そうな顔をしているので、こうつけくわえた。

「見かけたのはパンドラ・ナイトだったみたい」

「ふうん」

セオドシアは片方の眉をあげた。いまの言い方からすると……つっけんどんで、ちょっと非難するような響きがあって……感心しているわけではなさそうだ。

「きょうの午前中のお葬式を最後に、そんなくだらないこととはきっぱり手を切ったんだとばかり思ってた」マックスは言った。

セオドシアは唇を嚙んだ。「べつにくだらなくなんかないわ」

「ドレイトンから協力を求められたのは知ってるよ。でもさ、警察だか保安官だか知らないけど、現場を管轄している組織にまかせるわけにはいかないのかい？」

「ええ、そうすべきだと思ってる」

マックスは彼女の顔をのぞきこんだ。「でも、実際はちがう」今度は不安で落ち着かない表情に変わった。「頼むから、手に負えない状況に陥っているなんて言わないでくれよ」

「手に負えない状況になんてなってないわ」セオドシアは答えた。これでは、きょうの噴霧機の一件は話さないほうがよさそうだ。昨夜のあれも。だって、打ち明けたりしたら、家まで引っ張っていかれて、冷蔵庫か、そういう動かせないものに手錠でつながれるに決まってるもの。

「つまり、パンドラとは話をしたいだけなんだね？」

セオドシアはほほえんでみせたが、心のなかでは申し訳ない気持ちでいっぱいだった。

「ええ、そういうこと」そう言ってあたりを見まわした。「でも……見当たらないわ。きっと勘違いだったのね」

ほっとしたことに、マックスは話をそれで終わりにしてくれ、ふたりはバスケット入りの牡蠣フライを、それぞれ一個ずつ買った。

「うまい《グッド》」マックスはタルタルソースを顎にしたたらせながら言った。口がいっぱいだったので〝グッド〟は〝グー〟にしか聞こえなかった。

セオドシアがナプキンで顔を拭いてあげると、彼はいびつな笑みを浮かべた。

まったく、もう。そんな笑顔を見せられたらとろけちゃうじゃないの。なにがどうなっているのか、もっと話してあげたくなったが、言葉が出てこなかった。そもそも、話すほどのことはなにもないのだ。このまま放っておいても、アンソン保安官が事件を解決し、犯人を捕まえるかもしれない。そうよ。翼の生えた豚が空に飛び立つような奇跡が起こるんだわ、きっと。

二ブロックほど行くと、おなかも満足し、セオドシアとマックスはターナー画廊に入った。白いスラックスに、襟と袖口が白と淡いピーチ色のシャツというラフな恰好のアンドルー・ターナーが画廊の中央に立ち、入ってくるひとりひとりに愛想よく声をかけていた。うしろの長テーブルには日本の美しい生け花が飾られ、おいしそうな寿司の盛り合わせと日本茶のポットが置いてあった。

ターナーはセオドシアの姿を認めるなり、大きく顔をほころばせた。「あなたに敬意を表して、お茶を出すことにしたんです」

「そのようね」セオドシアは言った。

「お友だちのデレインさんに電話しましたよ」

セオドシアはほほえみ返した。「それは午前中にも聞いたわ」

「とてもすてきな人ですね。しかもすごく明るい」

「いまにわかるよ」マックスは言ったが、さすがに目をぐるりとはさせなかった。

「とにかく」とターナー。「土曜の夜の芸術散歩の舞踏会で、彼女のことをもっと知るのが楽しみでしょうがないんです」

「右に同じ」とセオドシア。

「どういうことです？」

「デレインのほうも、あなたをもっと知りたくてたまらないみたいだから」本当よ。

「あなたが口添えしてくれたんですね？」

「実はそんな必要はなかったの。彼女のほうも第一印象で好感を持ったみたいだから」

「そいつはうれしいな」ターナーは画廊にいる大勢の人々を見まわした。「ここにいるなかでほんの数人でいいから、好感を持ってくれるといいんですけどね」と声を落として言った。

「これまでのところ、売り上げはかんばしくないのかい？」マックスが訊いた。

ターナーは考えこんだ。「出足は本当に鈍かったな。やがて人の数がじょじょに増えて通りが混みはじめ、しまいには店や画廊になだれこむようになったんだ。おかげで、この一時間で版画が二枚と絵が一枚、売れたよ。そうそう、それに絵の収集をやってる夫婦がべつの絵を仮押さえしていったしね」満足そうな顔でそう言った。「きっと買いに戻ってくると思うな」

「だったら、幸先はよさそうね」セオドシアは言った。

「そう思いますよ。しかもまだ最初の夜で、あと三日ある。正直言って、いまは景気がこんな具合だから、画廊を維持し、そこそこの売り上げがあるだけでもありがたいんです」

「ここ数年は、多くの人にとってつらい状態がつづいているものね」

「だからこそ、芸術散歩がこの通りに並ぶ多くの小規模ビジネスにとって千載一遇のチャンスになるよう期待してるんです」

正面の窓から外を見ると、人の数がどんどん増えている。「こんなにたくさんの人を呼びこむなんて、本当にすごいことね」

「ところで」とターナーは言った。「あなたがとても気に入ったリチャード・ジェイムズの絵はまだありますよ」

「でしょうね。でもあの……実はまだちゃんと検討していなくて」

「せっかくなので、もう一度ごらんになればいい。実はですね、あらためて見ると決心がつきやすいんですよ。買うにしろ買わないにしろ。とにかく、ぼくのほうは急かすつもりはありませんから」

「わかった。もう一回、見せてもらうわ」マックスは少し離れた場所にいて、何人かの知り合いと世間話に花を咲かせている。

「シンシア?」ターナーは片手をあげ、全身黒ずくめでクリップボードを手にした、長身で有能そうなブロンド女性に向かって振った。「少しのあいだ、ここを見ていてもらえないか?」

「承知しました」シンシアはうなずいた。髪をねじって頭の上でお団子にし、白い肌がきわだつ真っ赤な口紅を塗った彼女は、威厳のある風貌と北欧の王女のような身のこなしをそなえていた。

「ぼくのアシスタントなんです」ターナーは言った。

デレインがふらりと入ってきて、シンシアを目にすることがないといいけど。デレインはきっと不機嫌になる。自分よりも若くて、美人で、やせている女性がからむと、異常なほどカリカリするのだ。

「シンシアさんはこの画廊に長いの？」セオドシアは訊いた。

「非常勤で二カ月ほどですね」とターナー。「医療品メーカーに勤めているご主人の転勤で、最近こっちに越してきたんですよ」

なるほど、シンシアは結婚しているのね。ひとまず安心。

「こっちです」ターナーは言った。ふたりはそうとう広い奥の部屋に入っていったが、そこは美術品が文字どおり、ぎゅうぎゅうに詰まっていた。彫像や陶器のポットが棚や机の上にびっしり並び、絵は壁にかかっているほか、何十点かが壁に立てかけてあり、さらには百点以上が天井までの高さがある木の収納箱におさまっていた。

「ずいぶんたくさん在庫があるのね」セオドシアは驚いて言った。

「買いこみすぎを控えめに言うとそうなりますね」ターナーはそう言うとため息を洩らした。「でも、すばらしい仕事をしている優秀なアーティストはたくさんいるし、ぼくはよく描けた絵には弱いときてる」彼は壁に立てかけた大きな海景画のほうを頭でしめし、裏側に手をのばした。「ほら」絵を抜き出し、木箱に立てかけた。

おそらく縦横の長さは三フィート×三フィート半。抽象表現主義の作風で、赤、紫、金色の小さな四角をいくつも塗り重ね、それぞれが海、波、空を表現している。

じっと見つめるうち、体の奥でなにかが呼び覚まされる感じがした。いい絵だ。ううん、とてもいい絵だ。

ターナーはにこにこしながら、セオドシアの表情や体の動きを観察していた。

「感想は？　どうするか決めました？」

「隅に赤い丸がついてるわ」セオドシアは急に不安になった。「これって、この絵は売約済という意味なんじゃない？　口頭での交渉が終わっているとか？」

「これに関してはそうじゃないんですよ。あなたのためにキープしてたんです。気が変わったときのために」

「たしかに気が変わってきたわ。正直言って、一秒ごとに好きになっていく感じ」

「よかった。ここの明かりが暗くて申し訳ない。よかったら――」

シンシアがいつの間にかドアのところに来ていた。「アンドルー？　あのちょっと……ジャクソン・ネスターの絵をとても気に入っていたご夫婦がいましがた戻ってきて、買いたいとおっしゃってるんです」そう言って、問いかけるようなまなざしを向けた。

「ちょっと待ってもらってくれ」ターナーは言った。

セオドシアは手を振った。「いいのよ、行って」とうながす。「ビジネスが最優先よ。わたしはどこにも行かないから」

「申し訳ない」ターナーはそう言うと、画廊に急いだ。

結果、セオドシアと油彩画が一対一で向き合うことになった。セオドシアは両腕を広げ、絵をつかんだ。向きをいろいろに変え、自宅の暖炉の上、あるいはダイニングルームに飾ったらどんな感じだろうと想像した。

うんとすてきに見えるはず。ううん、そうじゃない。うんとすばらしく見えるはず。

近くのデスクまで絵を持っていって、重ねた本に立てかけ、デスクランプのスイッチを入れた。

ますますよくなった。どの色もカンバスからにじみ出たような輝きを帯びている。

「いくらかましな明かりを見つけたようですね」真うしろからターナーの声がした。

「買うわ」気がつくと心を決めていた。

「すでにあなたの名前が書いてあるはずですよ。作家のサインとはべつに」

「でもその前に……お金の算段をしないと」

「かまいません。うちの倉庫にしまっておきますから、支払いはいつでもけっこうです。そうじゃなければ、このまま持ち帰ってもらって、分割で払ってもらってもいい。それなら大丈夫ですよね」彼はにっこりとほほえんだ。「どうせ、住んでいるところはわかってますし」

「大丈夫。お金はあるから」セオドシアは〝にこにこ現金払い〟が主義で、それが自慢でもある。請求書はすみやかに払いたいし、ビザカードを限度額いっぱいまで使うなんてとてもじゃないけどできない。そもそも、ほとんど使ったことすらないのだ。まさかのときにそなえてお金を用意しておくべきだと考える人もいれば、ラテを買うのにも嬉々としてカードを使う人もいる。彼女はまさかにそなえる組に属していた。

ターナーが彼女の手から絵を受け取った。「この絵がいいお宅のものになってよかった」そう言いながら、〝売約済〟のラベルがついた戸棚まで持っていき、そこにしまった。「これでよし、と。ちゃんとしまっておきますからね」

「ひょっとして、こちらにドルー・ナイトの作品をなにか展示してないかしら。奥にしまってあるのを見せてもらうのでもいいけど」

ターナーの顔がぱっと明るくなった。「ええ、たしかあるはずです」そう言って、大きな金属のフラットファイルキャビネットの抽斗をあけ、版画やセリグラフの束を無造作にめくった。「んー……ここじゃないな」そう言って考えこんだ。「ひょっとしたらオフィスだったかな」とつぶやくように言った。

向きを変え、ごちゃごちゃした小さなオフィスに姿を消した。セオドシアもあとをついていった。

「すごく散らかっていて申し訳ない」ターナーはそう言って、絵の探索をつづけた。

「わたしのオフィスを見たらいいわ。こっちのほうが比較的ましよ」

「あ、ここにあった」ターナーは風景を描いた小さなスケッチ画を出して、彼女に差し出した。「ドルーのごく最近の作品です」

セオドシアはスケッチ画に見入った。ナイトホール・ワイナリーにある見慣れた寄棟造りの納屋をペンとインクで描いたものだった。背景に見えるのは、なだらかに起伏するブドウ畑だ。画家の鋭い目が愛情こめて描き出したように感じる。「とてもいい絵だわ」

「そう思います？」

「ドルーはイラストレーターとしてやっていけたんじゃないかしら」セオドシアは言った。実際、彼女が一緒に仕事をしたグラフィックデザイナーやイラストレーターのなかには、ドルーほど才能に恵まれていない者もいた。

「これと似たような風景画が、まだ半ダースほどあります。それに水彩画も二点ほど」ターナーはセオドシアの手からスケッチ画を受け取ると、抽斗にするりと戻し、ほかの版画を何枚かどけた。

ターナーが台紙のついたスケッチや版画をおさめた抽斗を整理するあいだ、セオドシアはオフィス内を見まわし、デスクに麗々しく置かれた二本のワインに目をとめた。シャトー・マルゴーとシャトー・ラトゥール。彼女はその二本を指差した。「あなたがこれほどのワイン通とは知らなかったわ。どっちのワインもすごく上等なものよね」たしか、どちらも百ドル以上の値がついているはずだ。あまり古くないものでもそのくらいするのだから、数年たてば〇《ゼロ》がひとつ増えるにちがいない。

ターナーはきょとんとした顔をあげた。「はい？」すぐにセオドシアがなんのことを言っているのか察した。「ああ、あれですか」小さく含み笑いを洩らした。「正直に言いましょう。ええ、たしかに上等なワインが好きです。まあ、買うぞと思うと財布がぶーぶー文句を言いますけど」

「でも、あの二本を手に入れるには、そうとうなお金を払ったんでしょう？」セオドシアはにやにやしながら言った。

「あいにく、味わう機会はないんですよ。今度の舞踏会のオークションに寄付するつもりで買ったんですから」彼は両の眉毛をひょうきんに上下させ、いくらか仰々しい口調でつづけた。「提供は超高級なターナー画廊ってね。イメージ戦略は大事ですから。そうでしょう?」

「芸術散歩にとってはすばらしいことだわ」セオドシアは言った。「でもあなたにとってはたいへんな散財だわね」

数分後、混み合う通りに戻ると、セオドシアはマックス相手に買った絵について熱っぽく語った。

「賢明だと思うよ」マックスは言った。「すぐれた芸術作品は必ず価値が上昇するからね。株式市場は乱高下するし、不動産も変動が激しいが、芸術だけは常に一定の価値をたもてるんだ」

「常に?」

「むむむ……たしかに。近年は、日本の版画とイギリスの磁器など、横ばい状態のものも若干あるみたいだけど、概して手堅い投資だと思うよ」

「でも、あの絵を買うのは、あくまで気に入ったからよ」セオドシアは言った。「十年後に売るのでも、美術館に寄贈するのでも、多額の減税をもくろんでいるのでもないの」

「美術館に寄贈することも視野に入れてるなら、長くは持ちすぎないほうがいい。その抜け穴はいつふさがれてもおかしくないからね」

「ううん。あれはうちのダイニングルームに飾ると決めてるの」

「いろいろなケースを想定してみただけさ」マックスはそう言うと、側面に〈サー・シーフード〉という店名と、笑顔で躍る魚のイラストが描かれた大きな白いフードトラックを指差した。「今夜の仕上げにチャウダーでもどうかな？」

しかしセオドシアは、知った顔があるのに気がついた。群集のなかでぼんやりとしていたが、白いジャケットを着た見覚えのある横顔がちらりと見えた。最近の記憶をスクロールし、頭のなかで警告音が鳴った原因を突きとめようとした。

次の瞬間、思い出した。

日本人のタナカ氏じゃない？

あの人、まだチャールストンにいたの？　たしかジョーダンは、いるはずだと言っていた。それにしても、こんなところでなにをしてるのだろう。芸術散歩を楽しんでるの？　パンドラと一緒に？

それともわたしのあとをつけているとか？

まさか、と自分に言い聞かせる。そんなはずないわ、そうでしょう？　だって、そうだとしたら気味が悪いもの。というか、身の毛がよだつほど恐ろしい。

大きな帽子のお茶会

全員が帽子をかぶって参加するなら、お茶会のほうも少しフォーマル度をアップさせたほうがいいですね。だから使うのは、とっておきのリネンのテーブルクロス、クリスタルのグラス、スターリングシルバーのカトラリー、上等の食器で決まり。ひと皿めから気合いを入れて、ジンジャーと桃のスコーンにクロテッド・クリームをたっぷり添えて。カニサラダを詰めたクロワッサンサンドなら、ふた品めにぴったり。マッシュルームのオーブン焼きとタマネギのタルトでもいいでしょう。デザートにはティーケーキがおすすめ。お茶はスパイスのきいたプラム・ティーとアールグレイをベースにしたフローラル・ティーなどはいかがでしょう。そうそう、お花とBGMも欠かせませんよ。絶対にお忘れなく!

15

セオドシアはマッチを擦《す》り、セッティングを終えたテーブルの中央に置かれた小さなキャンドルに火を灯した。白いリネンのテーブルクロスが目にまぶしく、グラスはきらきら光り、テーブルに並んだピンクと緑を基調としたリモージュの花柄の磁器がいっそう雅《みやび》な雰囲気を出していた。

「この瞬間がいちばん好きだね」ドレイトンはフェンシングの指導者のように直立不動の姿勢で立ち、全テーブルに目をやった。「すべてが美しく、生き生きとしていて、来るべき一日を待っているときが」

「そのあと、お客さまがなだれこんできて、荒らされてしまうから？」セオドシアは言った。ドレイトンがそういうつもりで言ったのではないと思いつつ。

「ちがう、ちがう。そうじゃない。朝、店をあける前のティーショップには、なにか希望のようなものがあふれていると思うのだよ。少しいらいらしたり、気持ちが極度に張りつめたりした状態でやってきたお客さまにとって、われわれが手間暇かけたセッティングは緊張をほぐし、ゆっくり息をつくのにひと役買っているということだ」

「アロマテラピーとしての役割も忘れちゃだめよ」レモンの風味のあるガンパウダー・グリーン、素朴な金雲南茶、あるいは麦芽の香りのアッサム・ティーなど、お茶の香りを吸いこむだけで、ほっとひと息ついて、身も心もほぐれるように感じるものだ。

「つまりわれわれは、ある種の避難場所を創り出しているわけだ。日々の生活からくる緊張をほぐす場をね」

「ちょっと、おふたりさん！」ヘイリーの声が飛んだ。「やることが山ほどあるっていうのに、どうしてぼけっと突っ立ってるの？」

ドレイトンは彼女のほうを振り返った。「山ほどあるのかね？」

ヘイリーはわずかながらたじろいだ。「うん……まあ。あると思うよ。だって、お茶を淹れるとか、いろいろあるじゃない」

「わかっていると思うが、誰もがきみと同じ、せっかちながんばり屋のタイプAというわけではないのだよ」

「あたしってタイプA？」ヘイリーは顔をしかめた。「冗談はよして」そう言ってセオドシアに目を向けた。「ドレイトンはからかってるのよね、ちがう？」

「ええ、ちがうわよ」セオドシアはすました顔で答えた。

「ならいいの。だって、けさ、花市場に寄って、花瓶にいけようとアイリスをたくさん買っちゃったんだもの。で、中国っぽい感じの青と白の花瓶がいいかなと思うんだけど」

「いいのではないかな、ヘイリー」ドレイトンはどうにか笑いをこらえながら言った。

「そうそう、砂糖漬けのフルーツを使ったスコーンとポピーシードのブレッドのほかに、ホワイトチョコチップが入ったマフィンも三回分、焼くことにしたから」そこで肩をすくめた。「今週はずっとテイクアウトの商品が爆発的に売れてるでしょ。まあ、ちょっと驚いたけど、お店にとってはいいことよね。だから、焼き菓子を少しよけいに用意しておくのも悪くないかなって」

「悪くないわよ」セオドシアは言った。

そのとき、裏のドアがあいて、声が聞こえた。「はーい、来ましたよ！」

「ミス・ディンプルだわ」ヘイリーは言った。「もう行かなきゃ。あたしがチキンスープに取りかかってるあいだに、ミス・ディンプルにはフロスティングをつくってもらうつもりなんだ。そうだ、おふたりさん。さっき話した花のこと、忘れないでよ」それだけ言うと、さっさといなくなった。

午前なかば、セオドシアはオフィスにいて、ドレイトンがジョーダン・ナイトから預かった招待客リストにあらためて目をとおしていた。

「トントン」ドレイトンの声がした。

「どうぞ、入って」

「お茶を持ってきたよ」

セオドシアは椅子の背にもたれてほほえんだ。「ありがたいわ。ちょうど一服したいと思ってたところ」

「きみの好きな台湾産烏龍茶だ」彼は小さなティーポットがひとつと、一対のカップとソーサーがのった小さなトレイを置いた。「あと一分ほど蒸らしたほうが、しっかりとした味が出ると思う。そうそう、きみに見せたいものがあってね」そう言うと、上着のポケットから紺青色のフランネルを巻いたらしきものを出し、ゆっくりとほどいた。

「なにが入ってるの？」セオドシアは訊いた。

「イチゴ用フォーク、ひと揃いだ」ドレイトンは変色防止用の布にきれいにおさまった、小さなフォーク六本をセオドシアに見せた。

「まあ」

「ヴィクトリア朝風のデザインになっている。もっとも、二十世紀につくられたもののようだがね」そう言って、デスクに置いた。

「とってもきれい」

「長さは六インチ、かなり細い直線的なデザインで、歯は三本だけ」ドレイトンの説明は、品物の値段をあてるテレビ番組、『ザ・プライス・イズ・ライト』の司会者が、景品を観客に見せびらかすときにそっくりだった。

「どうして歯がそんなに長いの？」セオドシアは答えをよく知っていながら尋ねた。

「それはだね」ドレイトンはよくぞ訊いてくれたとばかりに言った。「水分の多い小さなイチゴを刺して、クリームなり砂糖なりにくぐらせるのに便利なようにだ」

「さすがコレクターね。いろいろと変わったものを見つけてくるんだから」

「わたしがかね？　そっちこそ、古いホテルで使われていた銀器を探しまわっているくせに」

「そういうものが好きなのは認めるわ」セオドシアはつい最近、一九〇〇年代初頭にサンフランシスコのセント・フランシス・ホテルで使用されていたビンテージもののシルバーのティーポットを買ったばかりだった。おそらく、一九〇六年の大地震をもくぐり抜けた品だろう。

ドレイトンはセオドシアがながめていたリストを顎でしめした。「それで……ぴんとくるような人物はいたかね？　前にも目をとおしたはずだが」

セオドシアは首を横に振った。「全然。これまでのところ、さっぱり。誰もぴんとこなかったし、どの名前も、ジョーダンとパンドラが言っていた、ちょっぴりあやしいというだけの人たちとは一致しなかった」

「思うのだがね、どこを探してもだめなのではないかな。もう希望が持てなくなってきたよ」

「わたしに？」

「まさか、とんでもない！」ドレイトンはあわてて説明をつづけた。「セオ、きみはできることはすべてやってくれた。あれだけいろんな方面から調べても、なにひとつ出てこないとはね」

セオドシアはお茶をひとくち飲んで考えこんだ。「殺人事件のなかには、いまだ解決されないままのものがあるわよね。警察ではそういうのをなんて呼んでるんだっけ？　コールド・ケース？」

「今回の事件は冷たく《コールド》なってはおらんよ。まだ温かい状態だ。まあ、いくらかぬるくなったかもしれんが」

「そう言えば」セオドシアは言った。「まだナイト夫妻の物言わぬパートナーから話を聞いてないわ」

「酒の卸売業者だったたな」ドレイトンは人差し指を立てた。「そうするだけの価値があると思うかね？」

「害にはならないでしょ。これまでのところ、空振りつづきなんだから」

「わかった。ジョーダンに電話して、その人物について調べられるか確認してみるよ。名前はアリーなんとかだったかな？」

「アレックスじゃなかった？」

「ああ、そうだ」

「ドレイトン？」ミス・ディンプルのおずおずとした声が彼を呼んだ。

ドレイトンはくるりと向きを変え、眉を吊りあげた。「なんだね？」

ミス・ディンプルがドアのところに現われた。「あなたにお客さまですよ。というか、おふたりを訪ねていらしたのですけど」そう言うとにっこりほほえみ、一歩さがった。「ミス・ジョゼットがおいでです」

ドレイトンはたちまち明るい顔になった。「ミス・ジョゼット！　さあ、入ってくれたまえ」

ミス・ジョゼットはアフリカ系アメリカ人の女性で、年齢は七十代後半と思われるが、六十代前半といってもなんの問題もなくとおるだろう。知性にあふれたアーモンド形の目に、深みのあるマホガニーの色をしたすべすべの肌、そして、芸術家ならではの器用な手先。ドレイトンはことのほか彼女がお気に入りで、それというのも、ふたりともイギリスの詩に関心があるからだ。

ミス・ジョゼットはふたりにあいさつし、持参したスイートグラスのバスケットをドレイトンの手に押しつけた。「その形がご希望だったよね、ちがう？　台座がついて、持ち手が十字に交差してるバスケットだけど」

「そうなのかね？」ドレイトンは言った。スイートグラスのバスケットは低地地方の有名な芸術品と言える。美しいながらも実用的なこのバスケットは、長いスイートグラス、マツ葉、イグサを編みこみ、それを地元産のパルメットヤシの皮でまとめたものだ。これを編む技術はかなりむずかしく、普通は親から子へと伝えられる。

「そのタイプのバスケットをと、わたしがお願いしたの」セオドシアが言った。

「このバスケット一個でいいんだね？」ミス・ジョゼットはセオドシアのほうを向いて言った。「ほかにもほしければ、車のなかに山のようにあるからさ。果物を盛るバスケットが二個に、パンを入れるバスケットもいくつかあるよ」

「きょうはこの一個だけでいいわ」セオドシアはスイートグラスのバスケットがいくつか積んであるあたりを肩ごしにしめした。「ごらんのとおり、まだ在庫が充分あるから。でも、オークションに出すお茶の詰め合わせをつくるのに、もっと大きくて、持ち手のついてるのがほしかったの」

「なんのオークションに出すんだい？」ミス・ジョゼットは訊いた。

「芸術散歩が昨夜から始まったのは知ってるでしょう？」

ミス・ジョゼットはうなずいた。「聞いてるよ、もちろん」

「それでね、土曜の夜、すてきなパーティがひらかれるの。画廊のオーナー全員と、各美術館の関係者を招いてね」

「それにスポンサー企業もだ」とドレイトン。

「とにかく」とセオドシア。「オークションにかける品を寄贈してほしいってことなの」

「芸術のための資金を集めるのが目的なんだよ」ドレイトンが言った。

「あんたたちが関わってるのはそれなんだね」

「そういうこと」

ミス・ジョゼットは鋭いまなざしをセオドシアからドレイトンに向け、またセオドシアに戻した。「どうにも信じられないね。ふたりともなんだか落ち着かないみたいじゃないか」

そう言うと、ドレイトンに一歩近づいた。「とくにあんたは、混乱した気持ちが顔に出てるよ」

「そうかね？」ドレイトンは無表情をよそおうとしたものの、顔をしかめてしまった。

ミス・ジョゼットはセオドシアの顔をしげしげと見つめた。「思うに、あんたはまたもや謎の事件を調べてるんじゃないかな」

ドレイトンは啞然とした。「どうしてわかったのだね？」

「いやだね、まったく」ミス・ジョゼットは辛抱強い声で言った。「あたしのばあさんのアリサ・メイには霊能力があったんだよ。そして、一族で彼女のひらめきを受け継いだのは、このあたしなんだ」

「ひらめき」ドレイトンはゆっくりとした口調で繰り返した。ますます、わけがわからなくなったようだ。

「なんの話かわかってるだろうに」ミス・ジョゼットは顔に手を持っていきかけた。「見とおす能力のことだよ」

「見とおす」ドレイトンは繰り返した。

「未来をね」ジョゼットはあきれ顔でドレイトンを見つめそうになった。

「ううむ、さっぱり話についていけないぞ。未来を見とおすだって？　本当かね？　そんな特殊な才能があると、いままで一度だって話してくれなかったじゃないか」そうとう疑っているような言い方だった。

しかしセオドシアは思わず食いついた。「そうよ。これこそわたしたちが求めていた外部の助けだわ」

「そうなのかね？」ドレイトンがミス・ジョゼットをちらりと見ると、相手は真剣な表情で見つめ返した。彼はセオドシアに目を戻した。「まあ、ためしてみるのもやぶさかではないな。だが、本当に効果があるのかね？」まだ、声に疑問の色がにじんでいた。

ミス・ジョゼットはあいかわらず、薄目で彼をにらんでいる。

「わかった」ドレイトンはすっかり落ち着かなくなって言った。「それで、どのようにしてミス・ジョゼットの驚くべき才能を利用するのだね？　トランプ占いかね？　それとも茶葉を読むのかな？　もしかしてきみには……その、なんだ……われわれ凡人には見えないものが見えるとか？」

「お茶の葉で占おうか」ミス・ジョゼットは言った。「うまく行くはずだよ」

「これと決めている種類はあるのかね？」ドレイトンは訊いた。

「濃いお茶にしておくれ」

ドレイトンは数分で戻った。セイロン・ティーがたっぷり入ったティーポットと、カップとソーサーを三組用意してきていた。そのトレイをセオドシアのデスクに置いた。「わたしが注いでも？」

「ひとつのカップにだけでいいよ」

「それだけでいいのかね？」

「それだけでいいんだよ」

「そうか、わかった」ドレイトンは花柄のティーポットを手に取り、黄金色のお茶をひとつのカップに注いだ。「茶漉しは使わないよ。それでいいね？　茶葉がカップのなかで泳ぐようにしてかまわないのだろう？」

ミス・ジョゼットはうなずいた。「そのとおり」

「それからどうすればいいの？」セオドシアは訊いた。

「お茶を少し飲んでごらん」ミス・ジョゼットは指示した。

「わたしが？」

ミス・ジョゼットはうなずいた。「答えを求めてるのはあんたなんだろ？」

セオドシアは数口含み、それから一インチほどお茶が残るまでゆっくりと飲んだ。

「さて、見てみようか」ミス・ジョゼットがカップのほうに身を乗り出し、ていねいに観察しはじめると、セオドシアとドレイトンはもっとよく見ようと、おそるおそる近づいた。

「わかったよ」しばらくするとミス・ジョゼットが言った。

「なにもかもうまく行きそうかね？」ドレイトンが訊いた。

「うまく行くとは言えないようだね」

「では、なんて？」セオドシアは訊いた。「よくないことが起こりそうなの？」

ミス・ジョゼットは隙のない、きらきらした目をふたりに向けた。「用心に用心を重ねなきゃいけないようだ。あんたたちふたりとも」

「ふたりとも？」とドレイトン。

「ちゃんと気をつけてるわ」とセオドシア。

ミス・ジョゼットは人差し指を立てた。「とくに……」そこで言葉を切った。

「なんだね？」

「チャールストンの外に足を踏み出すときは、とくに」

セオドシアとドレイトンは互いの顔をちらりと見た。

「うぐ」セオドシアは息をのんだ。

「あんたたち、街の外でなにか調べてるんだろ？」ミス・ジョゼットは言ったが、質問したわけではなかった。

「まあ、そうだな」ドレイトンが言った。「実を言うとだね――」

「怖がらせるつもりじゃないんだよ」ミス・ジョゼットはセオドシアに向かって言った。

「だって、あんたもいくらか力を持ってるからね」

「おっしゃる意味がよくわからないわ」セオドシアは言った。

ミス・ジョゼットはおだやかにほほえんだ。「あんたにも若干の霊能力があるってことだよ、ミス・セオ。森や沼地に行くと、木の根だの薬草だの木の皮だのお茶だのの声がいくらかでも聞こえてくるんじゃないかね」

セオドシアはうなずいた。「そうね。たしかに少しわかるわ。タンポポの若葉の声とか」

「いやはや、ミス・ジョゼット」ドレイトンは少し混乱したような声で言った。「きみに予知能力があるとは、まったくの初耳だよ」

ミス・ジョゼットはうなずいたが、まだしっかり集中していた。「探してるのは泥棒かい？」

「というか、人殺しなの」セオドシアは答えた。

「人殺しは泥棒だよ。他人の人生を奪うんだからね」ミス・ジョゼットは横目でドレイトンを見た。「ヤマモモのアロマキャンドルはあるかい？」

彼は顔をしかめた。「たしか店にあったと思うが」

「それを肌身離さず持ってるといい。覚えておきな、ヤマモモのアロマキャンドルが燃えつきると、ポケットに金を詰めこんだ泥棒が現われるから」

「なにがなにやらさっぱりわからん」ドレイトンが言うと、ミス・ジョゼットは涼しい顔でほほえんだ。「あたしが言いたいことはひとつ、自分の直感を信じろってことさ」


「ふう、なんとも奇っ怪だったな」ドレイトンは入り口近くのカウンターに立ち、雲南紅茶の缶を指で軽く叩いていた。

「たしかにめったにない体験だったわ」セオドシアはお茶のおかわりを注ぎながら、店内をひとまわりしてきたところだった。ミス・ディンプルがスコーンをのせた皿やクロテッド・クリームをたっぷり盛りつけたガラスの小皿を、てきぱきと配っている。

「ミス・ジョゼットが茶葉を読めるとは、誰が知っていただろうね」ドレイトンが言った。

「さあ」

「べつに話題を変えるつもりでは……」

「あら、変えようとしてるくせに。ミス・ジョゼットにあんなふうに言われて怖気づいたんでしょ。あなたは理屈をよりどころにする、現実的で筋のとおった考え方をするたちだもの。『スター・トレック』のミスタ・スポックと同じ」

ドレイトンは口を尖らせた。「そのたとえはさっぱりわからんな」

「またそんなことを言って」

「話は変わるが」ドレイトンはエプロンの前ポケットに手を入れ、索引カードを取り出した。「ヘイリーからありがたくも、本日のランチメニューをちょうだいしてね」

「やっぱり話題を変えてる」

ドレイトンはわざとらしく咳払いをした。「チキンと野菜のスープ、クラブラングーンのアジア風コールスロー添え、ブルーチーズとブドウのティーサンドイッチ、それに……」彼は鼻にしわを寄せた。「ヘイリーいわく、テントウムシのティーサンドイッチだそうだ」

「クリームチーズと薄切りにしたチェリートマトを使って、テントウムシの翅《はね》に似せるのよ。覚えてない？　前にもつくったことがあるわ」ヘイリーはいつも、ユニークでオリジナリティあふれる料理を考える。

「なるほど。砂糖漬けのフルーツを使ったスコーンと、ホワイトチョコチップ入りのマフィンも忘れていないだろうね」

「ポピーシードのブレッドもよ」

「そうだ」

セオドシアは商品を陳列しているハイボーイ型チェストに歩み寄った。棚をじっくりながめ、どれを詰め合わせようか検討した。缶入りのお茶は、もちろん、はずせない。それにティーポットも。地元のガレージセールで見つけたティーポットをいくつか、ひそかにキープしているが、同じ通りにある〈キャベッジ・パッチ〉をのぞいて、新しいものを買い求めよう。そのほうがいい。セオドシアはふたたび棚をながめた。真ん前に各種キャンドルがあったことから、ミス・ジョゼットの助言に従おうと思いついた。手をのばし、ヤマモモの香りのキャンドルを手に取った。

「まあ、いい香りだこと」セオドシアが入り口のカウンターまでキャンドルを持っていくと、ミス・ディンプルが言った。

「詰め合わせに入れようと思って」セオドシアは言った。「芸術散歩の舞踏会でおこなわれるオークションに出すの」

「いままでに詰め合わせたバスケットもみんなすてきでしたねえ。落札する人がうらやましいですよ」

「そう？　あなたも値をつけるつもり？」

「もちろんですとも。ドレイトンもでしょう？」

ドレイトンはお茶を量り取るのに忙しかった。「うん？」と上の空で返事をした。「なんだね？」

ミス・ディンプルは盛大に噴き出し、そのせいで小さな体にたっぷりついた贅肉が縦に横にゆさゆさ揺れた。「大忙しのふりをしているドレイトンは本当にすてきだと思いませんか？もうおかしくてたまりませんよ」

「それこそわれらがドレイトンよね」セオドシアは言った。「思いっきり笑わせてくれる」

その後、店内がランチのお客でいっぱいになり、セオドシアがモンクス・コーナーから来たというお茶会のグループにお茶を注いでいると、入り口のドアが乱暴にあいた。そこへ完璧にめかしこんだパンドラ・ナイトがしてやったりという表情を浮かべ、しゃなりしゃなりと入ってきた。タナカ氏と腕を組んで。

16

「パンドラ！」

　セオドシアは思わず息をのんだ。そうするつもりはなかった。かの女性が唐突に、しかも平然と入ってくるとはまったく予想していなかっただけだ。

　パンドラはピーチ色のサンドレスに、つば広の白い帽子をかぶり、アイボリーのアンクルブーツを履いていた。タナカ氏も同様にめかしこんで、あつらえたとおぼしきイタリアンスーツは、ほっそりした腰と上半身にぴったりフィットしていた。

　パンドラは頭をわずかにさげて言った。「まあ、セオドシア。わたしの新しいビジネスパートナーをまだちゃんと紹介していなかったわね。ミチオ・タナカさんよ」彼女は〝新しいビジネスパートナー〟という言葉を平然と口にした。

　どこか釈然としないものを感じながらも、セオドシアは礼儀正しく「はじめまして」とあいさつしながら、笑顔のタナカ氏と握手をした。「ちょっと待ってくださいね……大丈夫、席はあいています」そう言って窓際の小さなテーブルに案内した。ふたりが椅子にすわるのを待ち、「先にお茶をお持ちしましょうか」と尋ねた。

「玉露はありますか?」タナカ氏が訊いた。

「はい、ございます。よろしければ初摘みの煎茶もありますが」

「そのほうがいいですね」

セオドシアは急いでカウンターに戻り、ドレイトンに告げた。「鉄瓶と陶器のカップを出して。日本からのお客さまがいらしたわ」

ドレイトンはちらりと目をやった。「なるほど。パンドラと、あれはたしか……」

「タナカさんよ」

「たしかあの晩……」

「ええ、いたわ。で、いま、パンドラから新しいビジネスパートナーだと紹介されたというわけ」

「なんと!」

「変だと思わない? どういうことか、突きとめなくちゃ」セオドシアは厨房からスコーンを二個取り、手早く盛り合わせをつくった。ドレイトンが煎茶を淹れてくれ、それを持ってテーブルに向かった。

パンドラとタナカ氏は小声でなにやら夢中になって話しこんでいた。しかしセオドシアに気づくと、すぐに黙りこんだ。

「お仕事でお忙しいようですね」セオドシアは声をかけた。とは言うものの、なにをそんなにこそこそしているのかさっぱりわからなかった。さっそうと店に入ってくるなり、全員に聞こえるような声で、自分たちはビジネスパートナーだと堂々と告げたくせに。

「そうなのよ」パンドラの顔が勝ち誇ったように輝いた。「タナカさんとわたしは画期的な合意にいたったのだけどね。彼の会社、ヒガシ・ゴールデン・ブランズにナイトホール・ワイナリーの赤ワインの販売を手がけてもらうことになったの」

「すごいじゃないですか」セオドシアは言った。

「それも半端な量じゃないのよ。おまけに基本的に独占販売だし」

セオドシアは持ってきたお茶とスコーンをテーブルに置いた。「おたくの赤ワインを全部ということですか？」いまひとつ解せなかった。「一本残らず？」

「そうよ」パンドラは言った。

「まあ、本当に独占販売なんですね」ワインを全部ひとつの市場に卸すのは、一般的とは思えない。だいいち、日本にワインを輸出するには法外なコストがかかるはずだ。長くて揺れる旅をへたワインはどんな状態になっていることやら。

「じゃあ、日本では赤ワインが好まれているんですね」セオドシアは言った。

パンドラは忍び笑いを洩らした。「いまはちがうとしても、好みなんかすぐに変えてみせるわ」

「赤ワインはとても人気がありますよ」タナカ氏が妙なイントネーションで口をはさんだ。

「なにしろ、伝統的な日本酒に迫るいきおいですから」

「おふたりとも、がんばってください。いい取引が成立して、よかったですね」セオドシアは急ぎ足でカウンターに引き返しながら、たいした収益の出ていないサウス・カロライナの地味なワイナリーとの独占契約に、タナカ氏がなぜあれほど熱心なのか、気になってしかたなかった。

「いい取引とはなんのことだね？」ドレイトンが訊いた。「きみたちの会話の一部が、思いがけず聞こえてきたものでね」

「パンドラが大きな契約を取りつけたの。タナカ氏がナイトホールのワインを日本で販売するんですって。しかも、赤ワイン限定らしいわ」

ドレイトンは腑に落ちない表情を浮かべた。「ジョーダンは白ワインに情熱を注いでいるはずなのに、どうしてまた赤を？　それに、ジョーダンが地元の業者と結んだ販売契約はどうなる？　さまざまな宿、レストラン、酒屋との契約は？」

「さあ。日本への輸出に全力を傾けなきゃいけないわけだから、契約は無効にするかもね」

「そうは言うが……やはりあまりに変な話だ。ジョーダンがあれだけ苦労したというのに。それに、なぜサウス・カロライナのワインなのだろうな。ナパやソノマのワインにはどう逆立ちしたってかなわないというのに」

セオドシアは肩をすくめた。「少なくとも、熱意のある卸売業者との契約に漕ぎ着けたのは事実よ。それもいままでをはるかに上まわる内容で。あなたも言ってたじゃない……それに、ジョーダンも似たようなことを言ってたわね……いまは悪戦苦闘している最中だって」

「たしかに、きみの言うとおりかもしれん。しかしだね、あまりにひどいと思えてしょうがないのだよ。ジョーダンなどいてもいなくても同じような扱いではないか」

「彼はあなたが思ってるような敏腕ビジネスマンじゃないのかも」

ドレイトンはゆっくりとうなずいた。「そうかもしれん」

「ソフトウェアに関しては有能でも、ワイナリーの経営についてはあまり有能じゃないのよ、きっと」

「あの」ミス・ディンプルの声がした。「おふたりの邪魔をしたくはないんですけど、うちにはモロッコのミント・ティーはありましたっけ？　三番テーブルのおふたりが、お飲みになりたいとおっしゃって」

「もちろん、あるとも」ドレイトンは缶に手をのばした。「ポットで淹れるのでいいのかね？」

「ええ」ミス・ディンプルはそう言うと、ぽっちゃりした肘でセオドシアを軽く押した。「六番テーブルの男の方なんですけどね。あのすてきな日本人の方」

「ええ」セオドシアは言った。

「とても奥ゆかしくて礼儀正しいんですよ。あの方のテーブルにレモンジャムのボウルを置いたら、おじぎをなさったんです。日本ではみんなそうしているんでしょうね」

「そうらしいわ」

「モロッコ・ミント・ティーはすぐできるよ」ドレイトンが言った。「だが、その前に、ハニーハイビスカス・ティーを淹れたこのポットを二番テーブルに持っていってもらいたいのだが」

「ええ、喜んで」ミス・ディンプルは返事をした。

「ねえ、ドレイトン」セオドシアはカウンターに肘をついてもたれ、考えこんでいた。「今夜、オーク・ヒル・ワイナリーに行くつもりに変わりない？　あそこの試飲会に」

「ぜひお供させてくれたまえ」彼は浮かない顔でほほえんだ。「ワイナリーを経営するようなやり手のビジネスウーマンからも学べるものがあると思うからね」そこでセオドシアに向かってゆっくりウィンクした。「ティーショップを経営する女性からもだが」

三十分ほどたった頃、セオドシアが厨房から出ると、パンドラはタナカ氏と握手をし、別れのあいさつをかわしているところだった。

体の向きを変えたパンドラはセオドシアに目をとめ、少しえらそうな仕種で人差し指を立てた。「ちょっと話せるかしら？」

「ええ」セオドシアは言った。

パンドラはほほえんだ。「ふたりきりで」

いったいなんだろうと思いながら、セオドシアは言った。「だったら、奥のオフィスへどうぞ」パンドラを従え、厨房の前を通りすぎ、狭苦しい小部屋に入った。「散らかってるのが気にならないといいけど」

「全然」パンドラは言った。「わたしのオフィスを見たらびっくりするわよ。おぞましい掃きだめみたいな状態だもの。ゴミがぐるぐる渦を巻いてるくらい」

セオドシアは自分のデスクにつき、パンドラはその向かいにある、布を張ったふかふかの椅子に腰をおろした。この店で〝お椅子様〟と呼ばれている椅子だ。

「どうかしました？」セオドシアは訊いた。犯人に関する手がかりをつかんだとか？　あるいは、またもや根拠のない言いがかりを披露するつもり？　でなければ、ビジネスに関する話？

けっきょく、三つともはずれだった。

パンドラは唇を舐めてから話しはじめた。「ジョーダンの依頼で、あなたを面倒な事件に巻きこんじゃったけど、これまでいろいろしてくれて本当にありがたいと思ってるのよ」

「お礼なんて、そんな」セオドシアは言った。「でも、事件の解決という意味ではたいしてお役に立てなくて」

「あら、そんなことないわ。謙遜のしすぎよ。あなたは自分で思っている以上に充分やってくれたもの」

セオドシアは少し身を乗り出した。パンドラがこれだけ月並みな言葉を並べるには、なにかわけがあるにちがいない。

「でも、できることはほぼやりつくしたと思うの」パンドラは首をかしげ、憐れむようにほほえんだ。「それで考えたのだけど……要するに、ここからはアンソン保安官にまかせるべきじゃないかって」

「本気ですか？」セオドシアは自分の耳を疑った。「たしか、保安官は少しも信頼できないとおっしゃっていたのに」信じられない！　そんなてのひらを返すようなことを！

「考えが変わったんでしょうね」パンドラは言った。せわしなくまばたきをし、寂しげな表情を浮かべようとしている。「そうでなければ、ドルーの事件はもう解決しないものとあきらめたのかも」彼女はいまの答えが気に入ったかのように、うなずいた。「ええ、折り合いをつけたといったところね」

でもわたしはちがう、とセオドシアは心のなかで反論した。それにジョーダンも折り合いをつけたとは思えない。

「要するにこういうことですね。いかなるたぐいの調査からも手を引くようにとおっしゃりたいんでしょう？　ちがいますか？」

パンドラはうなずいた。「ええ、そういうこと。でも、セオドシア、あなたには一生、恩に着るわ。ジョーダンも同じ気持ちよ」

「わかりました」セオドシアは歯ぎしりしたくなるのをこらえて言った。「おっしゃるとおりにします」


「ねえ、聞いてくれる？」セオドシアはドレイトンに訴えた。

「なんだね？」ドレイトンはカウンターでてきぱき手を動かし、アイル・オブ・パームから午後のお茶とお菓子を味わいにやってきた女性ばかりのグループに、ココナッツ風味のアイスティーをピッチャーにつくっているところだった。「ヘイリーは砂糖漬けのフルーツ入りのスコーンを何個か取っておいてくれただろうかね」

「きっと取ってあるわよ。それはともかく、聞いて。ニュースがあるの。パンドラについてニュースが」

ドレイトンは顔をあげた。やっと、こっちを見てくれた。「どうかしたのかね？」

「調査活動の任をすべて解かれたわ」

ドレイトンは慎重な手つきで青白柄のティーポットに熱湯を注いでから言った。「なにをばかなことを。まさか本当ではあるまい？」

「それが本当なの」

ドレイトンは顔をしかめた．

「奇妙だな。ジョーダンも同じ意見なのか気になるところだ」

「パンドラの言い方だと、ジョーダンも同意してるみたいなのよね。ふたりで決めたことというふうに言っていたわ」

「本当なのかね？　ふたりで決めたというのは？」

「たぶんちがうと思う」

ドレイトンはティーポットを用意してから言った。「もしかしたら、長い目で見れば、いい決断だったということになるかもしれんな。そもそも、今回の調査はさほどうまく行っていたわけではないのだし」

「ええ、たしかにうまく行ってなかった」セオドシアは認めた。「きょう、自分でもそう思ったもの」

「だったら、わざわざ出向いて、自分の口から伝えてくれたパンドラには感謝しないとな。メールを送るなり、ドアにメモを貼りつけるという方法もあったわけだから」

「だったらどうして、やっかい払いされた気がするのかしら」

「そんな気がするのかね？」

「まあね……なんとなく」

「パンドラはなにもかもいやになったのかもしれん」ドレイトンは言った。「捜査、ジョーダンとの諍い……そういうものから自由になりたかったのかもな」

「ええ、たしかにパンドラはなにもかもいやになったんだと思う。ドルーとは仲が悪かったとなればなおさらだわ」

「だが、パンドラが殺したわけじゃない。絶対にありえない。ちょっと変わった人ではあるが、暴力的なところはいっさいない」

セオドシアは思わず〝でも強欲なところはあるじゃない〟と言い返しそうになったものの、思いとどまった。そのかわりにこう言った。「ええ、彼女が関与してるなんて思ってない。パンドラにとって大事なのはお金みたいだし」

「たしかにそんな感じではあるな。ワイナリーをタナカ氏に売却するようジョーダンを説得することはできなかったものの、日本での販売契約に漕ぎ着けたのだからね」

「つまり、彼女が物事を決めてるのよ。捜査の打ち切りも含めて」

「だが、完全に打ち切ったわけではあるまい。アンソン保安官のほうは引きつづき捜査するのだろう？」

「だと思う。ぜひともつづけてほしいわ」

「やはり、ジョーダンに電話して第四の共同出資者について尋ねたほうがいいかね？」

「ぜひ、そうして。わたしのほうもべつの線から攻めてみる」

「というと？」

セオドシアは言いにくそうな顔をした。「あとで話すわ」


いったん気力を振りしぼれば、あとは簡単だった。セオドシアはアルコール《A》・煙草《T》・火器《F》局のチャールストン支局にいるジャック・オールストンの番号をダイヤルし、彼が電話に出るのを待った。オールストンは数カ月前、セオドシアが巻きこまれた葉巻の密輸事件を担当した。頭は切れるし、決断力はあるし、ＦＢＩ捜査官にうってつけのタイプだ。しかしオールストンはＡＴＦひと筋だった。射貫くような青い目、短く刈りこんだ灰色の髪、高い頬骨をそなえていて、セオドシアもうっとりするほどハンサムだと思った記憶がある。しかもふたりのあいだにはちょっとした……なんて言えばいいの？　好感あるいは緊張感がただよっていた。

「おやおや」オールストンがよく響く低い声で言った。「あなたからまた連絡がないかと思っていたんですよ」

セオドシアも同じことを思っていた。この前、会ったときのオールストンは気さくで、なれなれしいくらいだった。きっとデートに誘ってくるにちがいないとの確信があったが、連絡はなかった。まあ、どっちにしても、断ることになっただろうけど。マックスとの関係が真剣なものになっていたからだ。

「ご用件はなんでしょう？」オールストンは訊いた。「キューバ産の葉巻とフランスのブランデーをたっぷり積んだセミトレーラーが強奪でもされましたか？」

「ワインならどう？」セオドシアは言った。

「ワインの強奪事件か。あまり聞きませんね。かなり上等なワインなんでしょうね」

「それがちがうの」セオドシアはそこでしばらく考えをまとめ、少し不安な気持ちを感じながら質問を口にした。「チャールストン郊外にあるナイトホール・ワイナリーで起こった殺人事件について、なにか聞いてる？」

「いえ。聞いてないとまずいですか？」

「そんなことはないと思う。でも、わたしはちょうど現場に居合わせたものだから、ひどいゴタゴタに引きずりこまれてしまって」

「ちょっとお待ちを」オールストンは言った。「いま、コンピュータで確認しますから。検索をかけてみます」

キーを叩くカチャカチャという音が聞こえ、やがてオールストンの声がした。「あった、これだ。ドルー……」ぼそぼそとした声で読みあげる。「父親の名は……ほお！　この現場に居合わせたですって？」

「ええ、運悪く。ワインを樽から試飲できる、すてきなパーティだったのに」

「そしていまは、樽の上にのせられてにっちもさっちもいかないわけですか」

セオドシアは返事に詰まった。

「申し訳ない」オールストンは言った。「悪い冗談でした。それで、わたしになにか？」

「変な話なんだけどね。自分でもよくわかってないの。殺人事件が発生し、いまのところ容疑者はいない状態……でも、なにか妙なことがおこなわれている気がするの」

「妙というと？」

セオドシアは大きく安堵のため息をついた。ちゃんとまじめに聞いてくれているようだ。

「たぶんそれは、ナイトホール・ワイナリーが日本の卸売業者と海外での独占的販売契約を結んだばかりだからかも」

「それ自体は妙でもなんでもないですね。よくあることです」

「そうね」

「よかったら、わたしがもう少し調べてあげましょうか？　あくまで可能ならばですけどね。なんの約束もできませんが」

「やってもらえるの？」

「だから、そう言ったじゃないですか」

「ありがとう。本当に助かるわ」

「べつにたいしたことじゃないですよ、べっぴんさん。あとでお返ししてもらいますから」オールストンはそう言って、にやけた笑い声を洩らした。

「で、ナイトホール・ワイナリーはどこと販売契約を結んだんです？」オールストンが訊いた。

「日本のヒガシ・ゴールデン・ブランズという会社」

「なるほど。少し調べて、報告しますよ」

「それだけでいいの？」

「ええ。お望みとあればもっと——」

「助かるわ、本当に」セオドシアはあわててさえぎった。

「店の電話番号はわかりますが、携帯電話の番号も教えてもらえると助かりますね。われわれ連邦捜査官は、すべてを把握しておきたい性分なもので」

セオドシアは番号を教えた。

「お願いするわ」

「連絡を絶やさないようにします」オールストンは言った。

それが心配なのよ。

いつの間にかドレイトンが目の前に立っていた。「おーい、セオ。きみがほしがっていた情報を持ってきたぞ」

「お酒の卸売業者ね……経営にタッチしていない共同出資者の」

「そうだ」ドレイトンはデスクに紙を一枚置いた。「アレックス・バーゴイン。面会の段取りもつけた」

「日時は……」

「きょうの午後二時半」

セオドシアは腕時計に目をやった。「それって、あと、二十分後じゃない」

「そのとおり。急がないといかんぞ」

ペットと一緒のお茶会

犬もお茶が好きだってご存じでした？　実はそうなんです。特製の犬用クッキーやごちそうと一緒に出せば大喜びしますよ。飼い主さんにはパンプキンブレッドでつくったエッグサラダのティーサンドイッチを。具はゴートチーズとドライトマトに替えてもおいしいですね。ワンちゃんには犬用クラッカーに缶詰のドッグフードを塗ってあげましょう。食後は甘いものはなしで（理由はおわかりですね）、お茶だけに。飼い主さんにはクランベリーとオレンジのお茶、大事なワンちゃんにはマンチューズ·ブレンドがおすすめ。このマンチューズ·ブレンドは犬用にブレンドされたお茶で、カリフォルニア·ティーハウスのサイトで購入可能。皮膚の状態をよくし、ストレスを軽減し、消化にもいいお茶です。

17

ブロード・ストリートを東へ向かう道は、午後のなかばのわりにすいていた。左折してイーストベイ・ストリートに入り、右に視線を投げると、ウォーターフロント公園とチャールストン港の美しい景色が目に飛びこんできた。絶好のボート日和ということもあり、ヨットや双胴船がおだやかな海をすいすいと渡っていく。最後のヨットを追い越したとき、白い二階建てのフォート・サムター・フェリーが見えた。観光客を満載してサリヴァンズ・アイランドに戻る途中なのだろう。

きょうは、住民と観光客がひとしく愛するチャールストンの好例だった。港から吹き寄せる塩を含んだやわらかな風が午後の気温を適度にさげてくれ、雲ひとつない青空は南国の海を写し取ったかのようで、街全体が陽射しを受けて揺らめいている。

完璧な天候とは裏腹に、セオドシアの心は乱れていた。この一時間ほど、ジョーダン・ナイトと連絡を取ろうとしたが、かなわなかった。日本の業者との取引が成立したことでがっくりきているのだろうか？　それとも満足している？　あるいはしかたないとあきらめているのか。

もうひとつ気になるのは、セオドシアを調査からはずすというパンドラの決定に、ジョーダンも諸手をあげて賛成したのかという点だ。ジョーダン・ナイトとは友人というほどの関係ではないが、いまも彼には強い親近感を抱いている。ドレイトンと親交が深いというのがそのおもな理由だ。ドレイトンはどんな場合でも信頼できる、数少ない人のひとりだ。いざというときにはいつも頼っている。

セオドシアは正面に〈パルメット酒販〉と看板を掲げた、大きなブロック造りの建物の向かいに車をとめた。建物の片側にある三つの搬入口にトラックがバックで近づいていき、オーバーオール姿の作業員たちがクリップボードを手に歩きまわっている。ここはナイト夫妻の物言わぬパートナーであるアレックス・バーゴインのホームオフィスであると同時に、酒類販売ビジネスの拠点でもあるようだ。

ナイト夫妻――おそらくは主要株主となったパンドラの主導だろう――が、自分たちのワインをタナカ氏が経営する外国の会社だけに販売する契約を結んだと知ったとき、バーゴインの物言わぬ姿勢はどの程度貫かれたのだろう。そもそも、彼はその事実を知っているのだろうか。

知っているはずだというのがセオドシアの結論だった。保有している株は少ないとは言え、ビジネス上の主要な決定については彼の承認が必要と思われるからだ。

建物に入ってすぐのところの受付で足をとめ、デスクについていた巨人のような警備員に名前を告げた。相手はうなずくと前かがみになり、貼りつけ式のバッジにセオドシアの名前をたどたどしく手書きした。それをセオドシアに差し出し、低い声で言った。「エレベーターはあちらです」

二階でエレベーターを降りると、質素な廊下がのびていた。屋内屋外兼用の緑色のカーペットに従ってオフィスに入ると、ガラスと真鍮でできた受付デスクにやせぎすのブロンド女性が笑顔ですわっていた。

「いらっしゃいませ」ブロンド女性が言った。一階下にいた首のない巨漢の警備員による無愛想な対応を埋め合わせようと、無理に愛想よくしているように見えた。

「こんにちは」セオドシアは言った。「バーゴインさんと二時半にお約束している者で……セオドシア・ブラウニングといいます」

「はい、ミズ・ブラウニング。お待ちしておりました。バーゴインはただいま電話中ですが、おいでになったことを伝えてきます。どうぞおかけになって、コーヒーでもお飲みになってください。もっと強い飲み物のほうがよろしければ……」

セオドシアは手を振り、黒い革のソファのところに行って、腰をおろした。ふっと息を吐き、向かい側の壁にかかった大きな薄型テレビのほうに目を向けた。音は消してあるが、画面のなかで料理研究家のレイチェル・レイが、視聴者代表のふたりのうちどちらが早くバースデーケーキのフロスティングを完成させられるかというコンテストをやっている。ヘイリーが参加していたら、コンテストにはならないだろう。

参加者が大騒ぎし、そこらじゅうがフロスティングだらけになった頃、受付のブロンド女性が声をかけた。「ミズ・ブラウニング？」

セオドシアは顔を向けた。

「バーゴインの電話が終わりました」受付嬢はデスクからいきおいよく立ちあがり、ぴかぴかの笑顔を振りまきながら、どっしりしたオークのドアをあけた。「意義ある面談になりますように！」

意義ある面談になるかどうかはわからないが、幸運を祈る言葉はいくらでも歓迎だ。バーゴインはワイルドカード的な存在であり、このささやかな話し合いはどちらに転ぶかわからない。わずかなりともヒントをあたえてくれるかもしれないし、だんまりをとおされるかもしれない。

うしろでドアが閉まり、セオドシアはバーゴインの広々としたオフィスに立った。桁外《けた》れに大きなチーク材のデスクが、部屋の大半を占領していた。そのうしろは床から天井まである窓で、そこから緑の土地が見わたせた。その先は、港に通じる道路が迷路をなしていた。板張りの壁、ずらりと並ぶアルコールの瓶、それにひょっとしたら死んだ動物の頭の剝製《はくせい》もいくつかあるのではと思っていた。しかしデスクごしにほほえむバーゴインはいかにも人あたりがよさそうなうえ、両側の壁にはオリジナルの絵が何枚もかかっていた。

「絵に目がとまったようだね」アレックス・バーゴインの太い声が言った。機嫌がよさそうだ。

「ここはまるでプライベートな画廊ですね」セオドシアは言った。

バーゴインはうなずいた。着ているものは、赤いチェックのシャツに色褪せたブルージーンズというラフな恰好で、ウェーブのある黒髪が額に軽くかかっている。見たところ、五十歳前後だろう。しかも、締まったウエストに広い肩幅という見事な体形で、エクササイズに熱心なのがよくわかる。

セオドシアはほほえみながら手を差し出した。「セオドシアです。ようやくお会いできました」

バーゴインは立ちあがり、乾いた手でしっかりと彼女の手を握った。握手に慣れている人ならではの握り方だった。

「本格的なバーとディスコがあると思っていたんだろうね」バーゴインはからかうように言った。「こんな現代アートなんかじゃなく」

セオドシアは思わず笑ってしまった。バーゴインは生まれながらの商売人だ。人から好かれ、まわりの人の気持ちをほぐす才に長けている。

「『サタデー・ナイト・フィーバー』のポスターなら、たいして驚かなかったでしょうけど」

その答えにバーゴインも笑った。心からの気持ちのいい笑い声だった。

「どうぞごらんになって」

自分のコレクションを見てもらいたくてたまらないようだった。どうやら、宝物を人に見せて喜ぶタイプらしい。いわば、ぴかぴかの新しいおもちゃをあたえられた子どもと同じだ。

「所有している作品はどれも、地元のアーティストの手によるものだ。たとえば……ロジャー・トレメイン……ジャック・ブリサード……」

「とてもすばらしいわ」セオドシアは感心した様子で言った。

「この画家は知ってるんじゃないかな」バーゴインはずらりと並んだ額入り作品のうち、いちばん最後の鉛筆画をしめした。

近くのウォーターフロント公園にあるパイナップル噴水を、やわらかで繊細な筆致で描いたものだった。縦に溝のついた側面から水が下の池に流れ落ち、ふたりの子ども——男の子と女の子——がたまった水のなかで水をかけ合って遊んでいる。ふたりのすぐ右では、母親が半円形の生け垣からせり出した大理石の腰かけにすわり、油断のない目で見守っている。心に強く訴える美しい絵だ。下の署名はドルー・ナイトとなっていた。

「すてきな絵ですね」思わずつぶやいていた。バーゴインがわざわざこの絵をデスクのすぐ隣、仕事をしながら見られるであろう場所に飾った理由がわかる気がした。

「そうだろう？　ドルーはたいへんな才能の持ち主だったからね、彼の理不尽な死はいっそう悲劇なんだよ」バーゴインはいったん言葉を切った。「そのことで話をしに来たんだろう？あんたがいくつか質問しに寄るかもしれないと、ジョーダンから聞いてるよ」

「そうなんです」セオドシアは答えながら、パンドラからお払い箱にされたことも聞いているのだろうかと気になった。しかし、そうだとしても、まったく態度には出していなかった。

「ならば、親父の口癖じゃないが、とっととかかろうじゃないか」

またもや商売人らしい物言い。この親しみやすい物腰は演技なのだろうか。それとも南部生まれとして、ごく自然に父親、マーク・トウェイン、『ルーニー・テューンズ』に出てくるニワトリのフォグホーン・レグホーンの言葉を引用しているのだろうか。

バーゴインはセオドシアをこげ茶色の革張りのソファに案内し、自分はデスクに戻って腰をおろした。そして指で尖塔の形をつくり、椅子の背にもたれて彼女が質問するのを待った。

「すでにご存じと思いますが」セオドシアは切り出した。「わたしはジョーダンさんとパンドラさんのご依頼で、いろいろと調べています。ご夫妻が正式な捜査の進展にあまり満足されていないということなので、わたしがドルーさんの死をめぐる状況について、さらなる情報を集めるということになったんです」

バーゴインは無言でうなずいた。

「ドルーさんとはどの程度のおつき合いだったのですか？」

「直接、知ってたわけじゃないよ」バーゴインは答えた。「ときどき、ワイナリーで見かけはしたがね。見てのとおり、彼の作品を何点か購入もしている。いつ見ても温和で……それにちょっとぼんやりしたところがあったな」

「ワイナリーで彼が誰かと一緒にいるのを見かけたことはありませんか？　友だちとか知り合いとか」

「そうだな、ターニャの存在は知ってるんだろう？　みんなターニャのことは知ってるからね。目につかないはずがない」バーゴインは笑った。「訊きたいのは彼女のほかにってことなんだろ。いや、ほかの誰かと一緒のところは見たことがないな。だが、彼とは交友関係が同じだったわけじゃないんでね」

「ドルーさんが困ったことになっているという話をジョーダンさんから聞いたことはないですか？　あるいは誰かとトラブルになっているとか」バーゴインからはたいした情報は得られそうにない気がしてきた。正直に話していないというわけではなさそうで、単にそういう話にうといだけだろう。

「死んだやつを悪く言うのは気が進まないが……」バーゴインはいったん口を閉じた。「その、なんだ、あいつがヤクをやってたのは知ってるよな？」

「ええ。ドルーさんがドラッグの問題を抱えていた話は耳にしてます」

「具体的になにをやってたかは知らないが、ときどきあいつと行き会ったりすると、そこにいないような感じを受けたんだよ。言ってる意味、わかるかな？　ジョーダンはあまり話してくれなかったが、そのことで滅入っているのがわかったよ。この二年で白髪の数がぐんと増えたが、ワイナリーがうまくいってないせいだけじゃないな、あれは」

「理由はいろいろあるんでしょうけどね」セオドシアは言った。

「ああ。暗礁に乗りあげた結婚生活……経営不振のワイナリー……ヤクでラリった息子。よく、毎朝、ベッドから起きられたもんだと感心するよ」

「ナイト夫妻の夫婦間の問題についてもご存じだったんですか？」セオドシアは訊いた。

「わからないほうがおかしいくらいさ。ある日、ようやくジョーダンを問いつめたところ、離婚するつもりだと白状したよ。驚きもしなかったね。パンドラはいつもそばにいないし、いたとしたって、おたがい、めったに口をきかないんだから」

「パンドラさんがヒガシ・ゴールデン・ブランズとまとめた取引についてはどうお感じになっていますか？　あなたには朗報とは言えませんよね。だって……自分のところのワインを市場に出せなくなるんですから」

バーゴインはしばらく考えこんだ。「そうなんだが、共同出資者としては……まあ、持ち株は少ないとは言え、それでもけっこうな額にはなるはずだ。もしかしたら、国内で大量に売れるよりも稼げるんじゃないかな。それはともかく、少なくとも当面のあいだは安定した金が入ってくる。ナイトホールはずっと金食い虫だったんだよ。何カ月かに一回は、つぶさないためにいくらか追加で援助しなきゃならなかった。ジョーダンは〝ナイト・ミュージックの発表までの辛抱だ〟としか言わないしな。だが、まもなく流通できるという段階になっても、状況はほとんど変わってないときた」彼は肩をすくめた。「ワインの銘柄ひとつくらいで、大きく変わることはないってわけだ」

「そうは言っても」とセオドシア。「全部の卵をひとつのかごに入れるな、とことわざにありますけど、それと反対のことをするのがビジネスとして本当にいいんでしょうか？　妙な組み合わせだと思うんです。日本とサウス・カロライナのワインなんて。それに、タナカ氏の側からしても、なぜナイトホールのワインを、と疑問を感じます」

「なかなかおもしろい質問だね」バーゴインはそう答えながら、最上段の抽斗に手をのばし、《世界のワイン》という雑誌の最新号を出した。人差し指をなめてから雑誌をめくり、探していた記事のところで手をとめた。「これを読んでごらん。この雑誌と筆者――マーク・ペンドルトン氏という、ワイン業界に非常にくわしい人物だ――によれば、日本の市場は〝アメリカのワイン業界にとってねらい目である。日本は二〇二〇年までに世界第三位のワイン輸入国になるであろう〟とのことだ」彼はにやりとした。「そういう下地のあるところに乗つかれば、大もうけができるじゃないか」

「雑誌の記事を根拠に、ビジネス上の決定をなさるんですか？」セオドシアは訊いた。

「わたしもワインと酒の業界には長いから、いろいろな変化を目にしてきてる。ひとつ学んだのは、でかい船の前を泳ぐイルカになるほうが、追いつこうと必死に泳ぐ小魚でいるよりもましってことだ」

「おっしゃりたいことはわかります」

「しかもパンドラはきっちりリサーチをしていた」バーゴインはつづけた。「要するに……タナカ氏の申し出は、ナイトホール・ワイナリーが国内で急成長した場合の売り上げを上まわる額を、今後五年にわたって保証するというものだ」

「それはたしかに魅力的ですね」セオドシアの頭に、大好きな警察ドラマで聞いたフレーズが浮かんだ――金の流れを追え。パンドラとバーゴインはお金につられて動いたのだろうか。それとも動いたのは日本人のほう？

でもそれがドルー殺害とどう結びつくのだろう。この事件では〝ドラッグの流れを追え〟とするほうが、方針として格段にふさわしいのでは？　そのほうが事実に即しているのでは？　セオドシアは、あらためてターニャにあたること、と心のなかでメモをした。彼女からはもっと情報が得られるかもしれない。それに、カール・ヴァン・ドゥーセンがひとりでいるところをつかまえなくてはならない。そうすれば、正直に答えてくれる気がする。手がかりといったら、そのふたつだけ。バーゴインとの会話は実際のところ、袋小路になりそうだ。最初のうちこそ実りあるものになりそうに感じたが、いまはなんとも言えない状態だ。

「お時間をいただきありがとうございました」セオドシアはさっと立ちあがって手をのばし、短くバーゴインと握手した。「参考になりました」

「どういたしまして」バーゴインはドアに向かいかけたセオドシアに声をかけた。「役にたててよかったよ——実際はどうかわからないが」

そのとき、それが見えた。ドルーの絵があるのとは反対の壁の隅に立てかけてあるものが。ゴルフクラブだった。

「バーゴインさん、ゴルフをなさるんですか？」セオドシアは振り返って尋ねた。

バーゴインは首を縦に振った。「たいしてうまくはないが、白状するよ。週末に白い小さな球を追いかけるのが実に楽しくてね」

「どちらでプレイされるのかうかがっても？」もっとも、心の奥底では、彼が口をひらく前から答えはわかっていた。

バーゴインは柔和なほほえみを見せた。「最近、プランテーション・ワイルズの会員権を買ったんだよ」

セオドシアはターニャに電話し、折り返し連絡をくれるようメッセージを残した。モデルのターニャは無視を決めこむにちがいない。でも、かまわない。またかけ直すまでのことだ。何度だってかけ直してやる。

カール・ヴァン・ドゥーセンについては話がべつだ。〈スモーリーズ・ビストロ〉に寄れば、レストランが夜の営業に向けて始動する前につかまえられるだろう。

腕時計に目をやり、いまがグッドタイミングだと判断した。時刻は四時ちょっと過ぎ。まわり道して港に向かうルートを取れば、帰り道の途中で寄ったふりができる。天気もいいことだし、ちょっとよけいに走る価値はある。

右折してコンコード・ストリートに入ると、フォート・サムター・フェリーが海事センターからほど近い発着場所に入ってくるところだった。霧笛が響きわたり、船が港に到着すると伝えている。

カルフーン・ストリートに折れ、白い柱が並ぶどっしりした正面のチャールストン郡立図書館の前を通りすぎた。図書館はチャールストンに数多くあるギリシャ復興様式の代表的な例だ。図書館を過ぎるとすぐ、アンソン・ストリートに入り、アンソン保安官はこの通りの由来となった人物の子孫なのだろうかと、ぼんやり考えた。それに、アンソン保安官はナイト夫妻がタナカ氏とかわした契約について、どう考えているのだろうかとも。そもそも、彼はその事実をつかんでいるのだろうか。

混んだ道路は停止と発進の繰り返しで、〈スモーリーズ・ビストロ〉に着いたのはまもなく五時になる頃だった。店の駐車場には車がぽつぽつとしかとまっておらず、まだ書き入れ時になっていないのはあきらかだ。

セオドシアはサングラスをはずし、〈スモーリーズ・ビストロ〉に入った。とたんに、焼きたてのディルブレッド、コーンマフィン、魚のグリルのえもいわれぬ香りの集中攻撃を受けた。おなかが期待にぐーぐー鳴ったが、それには耳をふさいだ。ここには用事があって来たのだ。

数日前にやり合った宿敵の支配人が、ダイニングルームの手前に置かれた銅めっきの受付カウンターに立っていた。女性の給仕係の耳に口をくっつけるようにして、なにやらしゃべっている。給仕係は聞いてはいるものの、仕事の話をするには少々近づきすぎの相手から逃れたくてしょうがないというような顔をしていた。

セオドシアはふたりから数フィート離れたところで、気づいてくれるのを辛抱強く待った。給仕係はようやく同意の印にうなずき、そそくさとダイニングルームに引っこんだ。セオドシアの記憶によればフィリップ・ラスクという名の支配人は、ノートになにか書きこんだ。それから目をあげ、セオドシアに向かって輝くばかりの笑顔を見せた。「いらっしゃいませ」とはずんだ声で言った。「ようこそ〈スモーリーズ〉へ。ご予約はおありですか？」

「ありません」セオドシアは正直に言った。「ディナーをいただきに来たんじゃないんです。こちらの従業員の方にお話があって」

とたんに愛想のいい口調は消え、ラスクは即座に笑顔も礼儀正しい応対も引っこめた。おそらく六フィートは超えていると思われる背をぴんとのばし、セオドシアを見おろした。そして早口で言った。「ディナーのお客さまをお迎えする時間です。どなたであっても、従業員と無駄話をしていただくわけにはまいりません」

セオドシアは声に出さずにうめいた。この人ったら、失礼にもほどがある。ただの意地悪じゃないの。

「話をしたい相手が誰かもお訊きにならないで」セオドシアは、あと少しで爆発しそうな怒りをこらえながら言い返した。癇癪を抑えようとするあまり、顔が赤くなってきたのがわかる。

「そんなことは関係ありませんのでね」ラスクは言い放った。「わたしどもの従業員と連絡をお取りになりたいなら、その者が非番のときにお願いします」

「でも、いまはとくに忙しいわけじゃないでしょう?」

ラスクは深々と息を吐いた。額に稲妻のような形に走っている血管がどくどくいいはじめた。

「堂々めぐりになる前に」セオドシアは言った。「カール・ヴァン・ドゥーセンさんが今夜は勤務しているか教えてもらえませんか」

ラスクはセオドシアの顔をじろじろ見てから、体をうしろにそらした。「話を聞きたい相手はその者ですか?」そう言って目を細め、彼女をにらんだ。「ヴァン・ドゥーセンが殺人事件の容疑者なのはご存じですか？　すでに警察がいろいろ訊きにきていますが」

「正確に言うと、容疑者ではなく目撃者です」セオドシアは言った。「本当に、彼と話をしたいだけなんです。ほんの数分だけ――かまわないでしょう？」

「あなたも彼に質問したいわけだ。捜査に関することを」

「そ……そうですが」

ラスクはうすら笑いを浮かべた。「で、自分をなんだと思っているんです？　ジェシカおばさんだとでも？」

「ねえ、いつまでもここでウィットに富んだやりとりを交わしたいのは山々だけど、知りたいことはひとつだけなの。ヴァン・ドゥーセンさんは店に来てるの？」

「いいえ」ラスクは答えた。「来ておりません」

18

オーク・ヒル・ワイナリーのパーティはナイトホール・ワイナリーで開催されたもののようなしゃれた感じはなかったが、気取らない魅力がそれをおぎなっていた。醸造設備のまわりに広がる芝生の上に何十ものピクニックテーブルが並んでいた。大きな屋根のついたエリアでは、オーク樽のあいだに大きな厚板を渡して、素朴な臨時のバーができていた。

しかもそのバーのすごさといったら！ 見たところ、オーク・ヒル・ワイナリーは十種類のワインを出しているらしく――赤が五種類に白が四種類、残るひとつはスパークリングだ――今夜はその十種類がすべて用意され、自由に試飲できるようになっていた。それだけでは物足りないとばかりに、エプロンと白いコック帽姿の男性ふたりが番をしている大きな屋外用グリルでは、チキンにリブ、それに小さなシシカバブが直火の上でジュージュー、パチパチといい音をさせていた。

お客、グリル、ピクニックテーブル、カントリーウェスタンのバンドを目にしたドレイトンがまず発したのは、「わたしは着飾りすぎてしまったようだ」だった。

「ばか言わないの」セオドシアは彼の腕を軽く叩いた。「とってもすてきよ」このときのド

レイトンはベージュのリネンのジャケットに蝶ネクタイ、黄褐色のスラックスという、いつもの恰好だった。

「ネクタイはやめたほうがいいかね？」

「なんでもかんでも気にするのをやめたほうがいいと思うわ」セオドシアは言うと、彼の肘を強く引き、にぎわいのなかへと連れこんだ。元気いっぱいの踊り子の一団をかき分け、ワインバーに向かった。

ワインを二杯も飲めば、ドレイトンも落ち着くだろう。ううん、三杯必要かもしれない。

「一杯めにはなにを差しあげましょう？」バーテンダーが尋ねた。癖のある黒い髪をし、顔がうっすら赤くなっている。出しているワインを自分でも飲んでいるのだろう。

「まずは白ワインといこうか」ドレイトンが言った。

「わたしも」セオドシアは応じた。

「当ワイナリーのホワイト・シャドウです」バーテンダーはボトルを掲げた。「リンゴと柑橘類の風味のある、キレのいい軽い飲み口が特徴です」そう言って、派手な身振りでふたつのグラスにそれぞれ少しずつ注いだ。「きっとお気に召すと思いますよ」

セオドシアもドレイトンもそろそろと口をつけた。

「おいしいわ」セオドシアは言った。

「とてもすっきりしているな」ドレイトンは言い、グラスをまわしてさらにワインを空気に触れさせた。

「では、たっぷりお注ぎしてよろしいですか？」バーテンダーが言った。

「頼む」

ふたりはワインをちびちび飲みながら、周辺を散策した。オークとパルメットヤシの木で色つきのランプがきらめいていた。いくつかある小さなたき火台のまわりには椅子が三、四脚置いてあり、おしゃべりをするのにうってつけだった。パーティ全体にのんびりとくつろいだ雰囲気が流れている。笑い声が響き、煙が食欲をそそるようにただようなか、数人の若い娘が裸足で歩きまわり、トライカラーのコリー犬が一匹、敷地内をうろうろしていた。

一杯めのワインを味わい、ステーキとタマネギの串焼きをつまむと、ドレイトンはバーカウンターに戻って次はオーク・ヒルの赤ワインを試飲すると意気込んだ。

「実は赤のほうが断然好きでね」ふたりで歩いていきながら、彼はセオドシアにそう打ち明けた。「白ワインはどちらかと言うと……食前酒だと考えている」

「ワイン風味のお茶が本当にあるって知ってた？」

「それはまた少々、突飛にすぎるのではないかね」

「でも本当なの。〈クリスピンズ・ティー〉という会社でつくってるんですって。それに、インターネット上には、ワイン風味のお茶のレシピがこれでもかと紹介されてるし」

「頼むから、わたしには飲ませないでくれたまえ。お茶の世界とワインの世界はきっちりわけておきたいね」

バーカウンターに戻ろうとしたとき、なんとトム・グレイディにばったり出会った。

「グレイディさん！」ここで会うとは意外だったが、考えてみればそう驚くほどのことではない。たしかべつの仕事先を探すことになると、グレイディ本人が言っていたのでは？　そうよ、そうだった。それに、セオドシアがいろいろ調べているのをジョージェット・クロフトが知っていた理由もわかっている。グレイディから聞いたのだ。

セオドシアは急いでふたりを紹介した。

「ほう、無断で船から逃げようというのではないだろうね」ドレイトンは冗談のつもりでそう言ったが、言われたグレイディはかなり気まずそうな表情をした。

「狭い世界なんでね、ワイン業界っていうのは。このあたりにワイナリーはそういくつもないし」

「たしかここから北に行ったところに、あと二、三ほどあったと思いますが」セオドシアは相手に調子を合わせ、目の前のそうとう寡黙な男性からわずかなりとも情報を引き出そうとこころみた。なぜなら、そう、興味があったし、グレイディにはいくらかあやしい点があるからだ。オーク・ヒルの仕事を受けるつもりでいるのか、それともナイトホールの仕事から逃げたいだけなのか、どっちだろう。

「そうだったな」グレイディは言った。「たしかにあのあたりにふたつほどワイナリーがある。スプリング・グローヴ・ワイナリーとチェスターフィールド・セラーズの名前は聞いたことがあるだろう？」

「そこの景気はどうなんでしょうか？」セオドシアは訊いた。サウス・カロライナのワイナリーのうち半分しか生き残れなかったという、ティモシー・ネヴィルの厳しい指摘を思い出した。

グレイディは片手を水平に出し、波打たせるように動かした。彼も実情を熟知しているようだった。

「でも、ジョージェットのところは順調ですね」セオドシアは言った。「ううん、順調以上だわ。いくつかの州でも流通していると本人から教わったもの」

「たしかに」とグレイディ。「あの人はいい商売をしてるし、スパークリングワインに関しちゃ、そうとう熱狂的なファンもついているくらいだ」

ドレイトンはグレイディの顔を食い入るように見つめた。「それできみは単に競合相手を分析しているだけなのかね？　それとも船から逃げ出すつもりなのか？」

グレイディは目を伏せ、つま先を砂にめりこませた。しばらくして口をひらいた。「ああ、たしかに、ここの支配人として迎えてもらえるか、ジョージェットさんと話し合いをしたよ」

「ナイトホール・ワイナリーのほうはどうするのだね？」ドレイトンが訊いた。

「あっちはもうひたすら不振にあえいでるだけだ。ナイトさんはこの半年というもの、すっかり人が変わっちまった。しかも追い討ちをかけるようにドルーが……もうそこらじゅうからタオルが投げこまれたも同然の状態なんだよ」

「事業を築くには時間がかかることくらいわかっているだろうに」

「五年はけっこうな時間だ」グレイディは言った。「少なくともおれには充分長い。〈ナイト・ミュージック〉はトンネルの終わりに見えるひと筋の光だったが、いまとなっちゃ、それもおしまいだ」

セオドシアは眉根を寄せた。「わたしは、すべてがいいほうにまわりはじめてるように思いますけど。パンドラさんが日本での大きな販売契約を結んだばかりです。それだけでナイトホールを軌道に乗せるに充分じゃないでしょうか」

「そりゃ、よかったな」グレイディは言った。「だが、彼女の話は赤ワインの生産のことばかりだ。それに関しちゃ、おれは必要ないんだよ。そもそもの最初から、おれとナイトさんは白のボルドーワイン、それにくわえてスパークリングワインの生産をメインにやってきた」彼はさらに言いにくそうにつづけた。「だが、パンドラさんは日本との取引にばかり目がいっている。そしていつだって、自分の主張をとおすんだよ」

「同感だね」ドレイトンが言った。「なにしろ、とても強引な女性だ」

「だが、ドルーがあんなことになって……」グレイディは悲しそうに頭を振った。「あれですべてがだめになった。おれにとっても、ナイトさんにとっても」それだけ言うと、それとわからぬほどに会釈をして歩き去った。

「すっかり気が滅入っちゃったわ」セオドシアはグレイディのうしろ姿を見送りながら言った。

「だが、あの男の言うとおりだ」ドレイトンは言った。「すでにわれわれは調査の手をいくぶんゆるめている。ドルーの死は本当に気の毒だが、生きているわれわれは前に進むしかないように思う」彼はなにかを考えるような、少しむっつりとした表情になった。「とは言うものの、事件がまだ解決されていないのも残念というほかない」

「そうね」セオドシアは言った。「でも……本当はなにが言いたいの？　パンドラの希望を尊重し、もう事件に関わるべきではないと？」

「そこのところは自分でもよくわからないのだよ」

「それはそうと、グレイディさんは嘘をついているかもしれない」

「なにについてだね？」

「すべてについて。グレイディさんは、ナイトホール・ワイナリーから抜けるために嘘をついているのかもしれない。あるいは、彼が犯人とも考えられる。彼とドルー・ナイトのあいだになにがあったかわかったものじゃないもの」

「頭が混乱してきたよ」ドレイトンは言った。

ドレイトンがふたり分の赤ワインをもらいに行くと、セオドシアはたき火台のひとつに向かった。まわりで若い人たちが大声で笑ったり、冗談を言ったり、キスをしたり、踊ったりするのを見ながら、考え事にふけった。調査の続行についてドレイトンの気持ちが揺れているのはわかっているし、彼女自身にも逃げ出したい気持ちがいくらかある。もう……放っておけばいい。と同時に、心の奥の小さな声が、ここで逃げちゃだめと叱りつけてくる。これまでどんな困難からも逃げたことはないじゃないの、と。

戻ってきたドレイトンは赤ワインのグラスをセオドシアに差し出した。

「ここのパルメット・パッションというワインだ。五種類のブドウをブレンドしてつくっているそうだ」

セオドシアはひとくち飲んだ。「おいしいわ。プラムとサクランボの味がする」

「ナイトホール・ワイナリーで試飲した赤ワインに負けないくらいおいしいかね？」

「ほぼ互角ね」

「すみません」近くで声がした。「ブルスケッタはいかがですか？」

セオドシアが振り返ると、ウェイターがトレイを差し出し、早口で口上をつづけた。

「イチジクとヤギのチーズのブルスケッタに、プラムトマトを使ったソースになります」

セオドシアはウェイターの顔をまじまじと見つめたあげく、ようやく誰かわかった。

「カールなの？」確認するようにゆっくりと言い、今度は少しいきおいこんで言った。「カール・ヴァン・ドゥーセン？」ちょうど話を聞きたかった相手だ！

ヴァン・ドゥーセンは黒い目でセオドシアをしばらく穴があくほど見つめていたが、やがて彼のほうもわかったというようにまばたきした。「あんたのせいであやうく〈スモーリーズ〉をくびになりかけたんですよ！」

「ごめんなさい」セオドシアは言った。「迷惑をかけるつもりはなかったの」

ヴァン・ドゥーセンは少し態度をやわらげた。「まあ、あんたが揉めた支配人は実際、むちゃくちゃいけすかないやつなんだけどね。あれとウマが合うやつはめったにいないよ」

セオドシアとドレイトンはブルスケッタをひとつずつ取り、セオドシアが手短に紹介した。

「ねえ」セオドシアは言った。「ドルーとの関係について、話してくれなかったわね」

「話すようなことはたいしてないからね」

「でも、友だちだったんでしょ。お葬式に来てたくらいなんだから」

ヴァン・ドゥーセンはうなずいた。「たしかにドルーとは仲間だったよ」

「どういう仲間だったの？」飲み仲間？　ドラッグ仲間？

「ただの……仲間だって。友だちだよ」

「親しかったのかね？」ドレイトンが訊いた。

ヴァン・ドゥーセンは一歩うしろにさがり、口をぎゅっと結んだ。「おい、なんだよ、これは？『ロー&オーダー』のまねごとか？」

「笑える」セオドシアは言った。

「とにかく」とヴァン・ドゥーセン。「あいつとは友だちだった。たがいに助け合いもした。ドルーは自分の車を運転していいとまで言ってくれたんだ」

「それはいつのこと？」セオドシアは訊いた。これが所在不明のポルシェの答えかしら。

ヴァン・ドゥーセンはセオドシアをにらんだ。「覚えてないな」

「このあいだの土曜日ということはない？」

彼は肩をすくめた。「さあ……そうかも」

「いまの話、ほかにも知ってる人はいる？　アンソン保安官には話したの？」

ヴァン・ドゥーセンはセオドシアの表情を見るや、全力で異議を申し立てた。

「よく聞きなよ、おばさん。おれはドルーに指一本触れちゃいない。言っただろ、友だちだったんだって！」

「では、誰が殺したと思うのかね？」ドレイトンが訊いた。

ヴァン・ドゥーセンは自分の胸を強く叩いた。「こっちが知りたいくらいだよ！」

「ちょっと失礼」赤と黒のバーバリーのワンピースに十代の少女向きの同色のサンダルという恰好のジョージェット・クロフトが、いつの間にか三人を見つめていた。「あなたはオードブルを配ってなきゃいけないんじゃない？」とヴァン・ドゥーセンに言った。それから鼻にしわを寄せた。「そうでしょ」

ヴァン・ドゥーセンはそろそろとあとずさった。「すみません、マダム」

「マダムと呼ぶのはやめてちょうだい。そんな年寄りじゃないんだから」

「はい、マダム」そう言うなり、ヴァン・ドゥーセンは急ぎ足でいなくなった。

「セオドシア」ジョージェットは今度は満面の笑みになった。「来てくれてありがとう」そう言うと、目をドレイトンのほうにさっと向けた。「で、そちらがかの有名なドレイトンね？」

「お招きに感謝いたします」ドレイトンは言った。「なんともすばらしいパーティですな」

「でしょう?」ジョージェットはセオドシアに視線を戻した。「ところで、例の、コラボ企画について本気で話し合いましょうよ」

「先日のあれですね」セオドシアは言った。「お茶とワインのジョイント試飲会でしたっけ」

「なんだかおもしろそうな話だな」ドレイトンが言った。

「でしょう?」ジョージェットが言った。「おたくのティーショップとうちのワイナリーの顧客層はかなり似てると見てるの。だからこそ、共同で試飲会を開催したら、すばらしいと思いついたってわけ」

「チャリティの一環としてやればいいかもしれん」とドレイトン。「たとえば、ヘリテッジ協会、またはオペラ協会などだ」

「あるいは、儲けるためにやるという手もあるわよ」とジョージェット。

「それもありだ」ドレイトンは笑いそうになるのを必死にこらえながら言った。

「とにかく」とジョージェット。「ふたりに検討してほしいの。数分後にうちの隠し球を味わってもらうけど、そしたら、この提案にもっと乗り気になるはずだから」

「わかりました」セオドシアは言った。

「そうそう」ジョージェットはすでに背を向けていたが、ふたりのほうを振り返った。「ふたりともまだ、例の若者の死に関する手がかりを求めて這いずりまわってるの?」

「這いずりまわるというのはちょっとちがうと思いますけど」セオドシアは言った。「なぜでしょう? なにか教えていただけるんでしょうか」

「そういうわけじゃないけど、容疑者に心あたりがあるものだから」

セオドシアは顔をくもらせた。「それはいったい……」

ジョージェットは指を一本立てた。「それについては、またいずれ」

19

「あの女性が言ったことはなんだったのだろうな？」人混みをかき分けていくジョージェットのうしろ姿を見ながらドレイトンが尋ねた。「彼女は本当になにか知っていると思うかね？」

「というより、誰かを疑っている感じだった」セオドシアは言った。「そうは言っても、わたしたちだってそれぞれ誰かに疑惑の目を向けてるわけだけど」

「まあ、そうだな」

セオドシアはジョージェットの言葉に軽い動揺をおぼえ、ワインをもうひとくち飲んでからあたりを見まわした。そのとき、奇妙な恰好の男の人が、人混みをこそこそ歩く姿が目に入った。

「まいったな」ドレイトンが声を出した。「向こうもこっちに気がついたぞ」

「え？」

「フラッグだよ。ほら、例のライターの」

ぴったりしすぎたカーキ色のスラックスに赤いポロシャツという恰好のフラッグは、混み

合う観光船にいる悪質なウイルスのように動きまわっていた。ビル・グラスが発行する《シューティング・スター》紙の次の号でやり玉にあげる絶好のターゲットを見つけると、背中を叩いたり、ハイタッチしたりしている。

フラッグはセオドシアとドレイトンに見られているのに気づくと、気安い様子で近づいてきた。

「やあ、ドレイトン」フラッグは耳ざわりなしわがれ声で言った。「このあいだのなんたらランチには顔を出せなくてすまなかったな」

「いや、かまわんよ。いくら知名度をあげるためでも、うちの店ではおたくのような、ゴシップ満載の記事はごめんなのでね」

「不愉快そうなポーズの写真をのせる新聞もごめんこうむるわ」セオドシアがつけくわえた。

フラッグはセオドシアににたりと笑いかけた。「あんたがセオドシアだね」背が低く、太りすぎだが、顔はやつれたように細く、片方の目は完全に焦点を合わせることができないようだ。

「あっちへ行きたまえ」ドレイトンが言った。「おたくのゴシップ記事には興味がないんでね」

フラッグはかなりむっとしたように体をそらした。「えらそうに説教するなよ、ふたりとも。《ニューズウィーク》や《タイム》なんかより低俗なゴシップ紙のほうが売れるのには、それなりの訳があるんだ。読者は下世話な記事を読みたがるんだよ。それも喉から手が出るほどな。どのセレブがヤクの問題を抱えてるかとか、誰が映画のセットから蹴り出されたかなんて話は誰だって知りたいはずだろ」そこで片目をつぶってみせた。「地元の話にしたって、誰それがモノにしようとねらってる相手は誰それのご近所さんだなんて情報となると、みんな目の色を変えて読みたがる。あるいはどこそこの金持ちの豪勢な自宅が差し押さえられたとか」

「そこまで俗っぽい話を求めてるのに」セオドシアは言った。「土曜のナイトホールの試飲会の場には居合わせなくて残念だったわね」

フラッグはおなかを蹴られたみたいな顔になった。

「まったくだ」ドレイトンも加勢した。「最高のスクープを逃したわけだからな」

「血のにおいがしなかったの？　それともわたしたち、あなたを買いかぶっていたのかしら？」

フラッグは狼のように歯を剥き出し、目を怒りで燃えたたせた。「だったら教えてやるが、それについては執筆中だ。というか、数人から極秘に話を聞いてるところだ。まあ、楽しみにしていてくれ」彼は素早くあたりを見まわすと、いくらか取り入るような声音でつけくわえた。「いまちょっと時間が取れるなら、おたくらから話を聞くのはやぶさかじゃない。ジョーダン・ナイトとはえらく仲がいいそうだからな」

「そんな気はないわ」セオドシアはフラッグに背を向けながら言った。

ドレイトンは追い払うように手を動かした。「あっちへ行きたまえ。ふたりともそういうことには興味がないのでね」

フラッグがなにか言おうとしたとき、ぶうんという大きな音があたり一面に響きわたった。セオドシアがざっと見まわしたところ、マイクを手にしたジョージェット・クロフトが急ごしらえのステージに立っていた。これから新しいミス・アメリカを発表するとでもいうように、満面の笑みをたたえている。

「三つ数えるまでに、こちらに注目していただけますか」ジョージェットの声が大きく響いた。群集が少しだけ静かになった。「ふたつ数えるまでにご注目をお願いします」おしゃべりはほぼやみ、くすくす笑う声が少しするだけになった。「あとひとつです」群集は完全に静かになった。

「いよいよだ」ドレイトンが小さな声でセオドシアに言った。

「みなさん」ジョージェットのあいさつが始まった。「今夜はおいでいただき、ありがとうございました。地元の名士の方々を大勢お迎えできましたこと、オーク・ヒル・ワイナリーはこのうえなく光栄に感じております。ひとりひとりお名前をお呼びしたいところですが、ひとつくらいは絶対に洩らしてしまうに決まっています」

全員が一斉に笑った。

「今夜、わたくしどもの新製品、極上のシラーをみなさまにご紹介できますこと、心よりうれしく思います」ジョージェットはつづけた。「ええ、まだ味わっていただいてはおりませんが、いま少しお待ちください。ウェイターがみなさまのなかをまわり、少量ではありますが新製品をお配りします。〈パルメット・プレステージ・シラー〉を」

ワインの名が告げられるや、何人ものウェイターがステージの両側から二列になって現われた。彼らはトレイの上でワイングラスをかちゃかちゃいわせながら客のなかに入っていった。ほどなく、黒く長い髪をポニーテールにまとめたウェイターがセオドシアとドレイトンの前で足をとめ、グラスを勧めた。

「ありがとう」セオドシアは言って、ふたりはそれぞれプレステージ・シラーを満たしたワイングラスを受け取った。ワインは赤みがかったオレンジで、銅の色にかなり近く、一般的なシラーのイメージをくつがえす色合いだった。

「みなさん」ふたたびジョージェットの声がした。「目の検査をする必要はありませんからご安心を。お手もとのワインはたしかにシラーですが、わたくしどもが〝白いシラー〟と呼ぶものに独自のひねりをくわえています。〈パルメット・プレステージ〉はここで栽培されたサンジョヴェーゼというブドウと、イタリアから直輸入したカナイオーロという特別なブドウからつくられているのです」

「変わっているな」ドレイトンがつぶやいた。

「わたしが試飲したときは」ジョージェットの話はつづいた。「シナモンとザクロの風味がほどよく感じられました。ワインに一家言あるみなさまのご意見をうかがうのが楽しみでなりません。さあ、どうか……グラスを傾けてくださいませ」

セオドシアはそろそろと口をつけた。ザクロについてはわからないが、ふわっとしたネクタリンのなんとも言えない風味がはっきりと感じられた。「とてもおいしい」とドレイトンに言った。

「変わった味だな」ドレイトンは言った。「だが、きみの言うとおりだ。これはたしかにそうとううまい」


一時間後、数人の友人とあいさつを交わし、ワインをあと何杯か飲み、ハニーソース味のバーベキューリブをいくつか食べたところで、セオドシアとドレイトンは駐車場に向かった。

「なかなか楽しい会だったよ」クレマチスの紫の花をびっしりつけた木のトレリスをくぐり出ながら、ドレイトンが言った。

「おもしろかったわ」セオドシアは言った。

数歩先にある砂利の駐車場は、半分ほどがからになっていた。夜もすっかりふけ、みんな帰ったのだ。それでもまだ、けっこうな数のレクサス、アウディ、それにメルセデスといった車が残っていた。

「高級車がこんなにたくさん」セオドシアは言った。「ジョージェットは招待する人をちゃんと心得てるわね」

「おそらく、ジョーダン以上だろう」ドレイトンは言った。「しかも、高級車に乗る人たちは、〈トレーダー・ジョーズ〉あたりで一本三ドルのワインなど買うはずがないからな」

「それこそジョージェットが成功した秘訣なのかもしれないわ。お金持ちとのつき合いがあることが」

「たしかに、損にはならんだろう」

「でなければ、ワインの値段を高くしたのかもね」

ジープに乗りこみながら、セオドシアはマックスも一緒に来られればよかったのにと思わずにはいられなかった。しょうがない、次の機会を待とう。今週の彼は、芸術散歩にくわえて舞踏会もあって、とにかく手いっぱいなのだ。しかも、あらゆる兆候から見て、芸術散歩はこれまでのところ大成功をおさめている。

左のほうでエンジンが低くとどろき、コオロギとアオガエルが奏でるかすかな夜の音楽をかき消した。大きな声がすると同時にエンジンの回転がさらにあがった。次の瞬間、タイヤが盛大に空回りし、小さな砂利が近くの車に次々と弾き飛ばされたのだろう、降り注ぐ鹿弾のような音がした。

突然、赤いスポーツカーがセオドシアの目の前をよぎっていったかと思うと、派手に横滑りし、タイヤが砂利のなかでなんとか踏ん張ろうと必死の努力をした。ここでもまた、何台もの車に砂利があたり、セオドシアの車のフロントガラスにも小石があたってはね返った。

「愚かな目立ちたがり屋が」ドレイトンが小声でつぶやいた。

しかし、セオドシアの目は、猛スピードで闇に消えていく車の姿をしっかりととらえていた。赤いポルシェ。ドルー・ナイトが乗っていたのと同じ車。

「いまの見た？」彼女は言った。「あの車！」

「見たとも」ドレイトンは言った。「おそらくワインを飲みすぎたばかなやつだろう。ナンバーが見えなくて残念だ」

「ポルシェだったわ！」

走り出したジープのなかで、ドレイトンはセオドシアをじっと見つめた。「それで？」

「ドルー・ナイトのポルシェがなくなっちゃったの。話したわよね？　で、さっき、カール・ヴァン・ドゥーセンがドルーから車を借りたと言ってたでしょ」

「なんとまあ。まさかきみの考えでは……」

「まだなんとも言えない」セオドシアはハンドルをつかむと、駐車場を出て、暗闇にどこまでものびる道路を走りはじめた。バーチュオソ人材派遣のジャネットから聞いたカール・ヴァン・ドゥーセンの話を思い返した——ナイトホールで仕事があった晩、彼の行動には不審な点があったという。ヴァン・ドゥーセンもドラッグをやっていたのだろうか。ドルーがドラッグを買っていることを見抜いたとか？　ドルーが誰から買っているか知っていたとか？　その売人が犯人かもしれない。

これはどうしても、カール・ヴァン・ドゥーセンと差しで話をするしかない。それもできるだけ早く。

「このあたりは真っ暗だな」ドレイトンがつぶやいた。彼は助手席に物音ひとつたてずにじっとすわっていた。「しかも霧が出てきている。場所によっては、道路が見えないくらいだ」

「だんだん運転しづらくなってきたわ」セオドシアは言った。四方八方から闇がじわじわと迫り、ハイビームにしたハロゲンライトだけがどうにか明るさをたもっている。ここはかつて米のプランテーションがあったところで、カロライナ・ゴールドという品種が主要な換金作物として栽培されていた。そのせいで、いまも古い堰《せき》、沼、丘、くねくねとした道路がそこかしこに残っている。

セオドシアは謎解きではなく運転に神経を集中しようとした。しかし、ちょっとした坂をのぼっていると、うしろから明るい光が二本、ぐんぐんと近づいてくるのが見えた。光は彼女の後方で高台のてっぺんに達したのち、ルームミラーから消えた。三十秒後、ふたたびうしろに現われた。今度はさっきよりもいくらか近い。速度計に目をやると、針は時速六十マイル前後を指している。つまり、うしろの飛ばし屋の車は、おそらく時速七十か八十マイルで走っているのだろう。

「なにかあったのかね？」ドレイトンが不穏な雰囲気を察知して訊いた。

「頭のおかしな車がすぐうしろをついてくるの。飛ばし屋みたい」

「前方にも一台いるな」

「あれはさっき、先に駐車場から猛スピードで出ていったポルシェだと思う。運転してるのはたぶん……ヴァン・ドゥーセンよ」

「なるほどな」ドレイトンは首をうしろに向けた。「うしろの車がものすごいスピードで迫ってくるぞ」

「わかってる」セオドシアの心臓が少しドキドキいいはじめた。うしろの飛ばし屋によからぬ意図がないのは勘でわかる。それでも、こんな猛スピードで走りつづけたら、このがらんとした道路を走る車が危険な目に遭いかねない。

「なんてことだ！」ドレイトンがまだ首だけうしろに向けながら叫んだ。「すぐうしろまで迫ってきた！」

わざわざドレイトンに言われるまでもなかった。飛ばし屋との距離はわずか五十ヤード、その距離は急速に縮まりつつある。

「この車を追い越したいんだと思う」セオドシアは言った。車はかなりきつい上り坂に差しかかり、くっきりした黄色いラインが、ここは追い越し禁止だと警告している。

それでも飛ばし屋はスピードを落とすことなく、酷使されたエンジンのぶおーんという音をとどろかせながら、セオドシアの車を追い越していった。

「おおっと！」ドレイトンは反射的にドアハンドルにつかまった。

「もう大丈夫」セオドシアは坂を上りきりながら言った。「いなくなったわ。ずっと先に行っちゃった」セオドシアはブレーキを軽く踏み、両側に湿地帯が広がるゆるやかな坂を下った。「いま頃はほかの車をせっついてるわよ」

「見たまえ！」ドレイトンが前方のカーブを指差した。「あそこにいる。やれやれ……あっちの車も追い越すつもりらしい」

「例のポルシェね」セオドシアは前方に目をこらした。「たしかに、追い越そうとしてるわ」

しかし、さっきの憎き車はポルシェと並ぶや、いきおいよく右にハンドルを切り、ポルシェにまともにぶつかった。ぶつかられたほうは車体が大きく傾いた。

「あの飛ばし屋、わざとぶつけたわ！」セオドシアは甲高い声をあげた。目を疑う光景だった。

テールランプがまぶしく光り、タイヤが不気味なほど甲高い音をたてる。

「いまの見た？」セオドシアは声を荒らげた。「ポルシェにまともにぶつかっていったわ！」

ぶつかられたほうは左右に大きく蛇行し、うしろを激しく振りながらも必死にバランスを取っている。しばらくはそんな状態でなんとか体勢を立て直そうとしていたが、やがて車体が一回はずみ、タイヤが路面から浮いたように見えた。

セオドシアとドレイトンがなすすべなく見守るなか、ぶつかられた車は空中で横転した。つづいて道路の右側から落ち、急な土の斜面を転がっていった。

一方、飛ばし屋の車は道路の向こうに消え去った。

「あんまりだ！」ドレイトンが大声で叫んだ。「道路から突き落とすとは！　きっと沼に落ちたにちがいない」

セオドシアはアクセルを踏みこみ、事故現場に急いだ。乗っていた人は怪我をしているかもしれない。怪我をしたに決まってる！

「ひどすぎる！」ドレイトンが嘆く。「いまのはあきらかに当て逃げ事故だ！」

20

セオドシアは横からぶつけられて沼に落とされた車のもとへ駆けつけようと、車を飛ばした。隣の席でドレイトンがなんだかんだと話しかけてくるが、ろくに聞いていなかった。少しでも早く事故現場に到着しようと必死だった。

運転していた人は死んだのか、身動きできないのか、それとも、沼に車がのみこまれる前に脱出しようと、必死になっているのか。運転していたのはカール・ヴァン・ドゥーセンだったのか。その場合、助手席には誰か乗っていたのだろうか。

十秒後、車はガタガタいいながらとまった。路面に残ったスリップ痕が衝突があったことを物語っているものの、ぶつけられた車はどこにも見あたらない。熱に浮かされて見た夢のなかの幽霊のように、跡形もなく消えていた。

「車はどこだ？」ドレイトンがわめいた。「ぶつかられて、ごろごろ転がった車は？」

セオドシアはハザードランプをつけ、ドアを大きくあけた。「水没したのよ。沼に落ちたはずだから」

「では……これからどうするのだね？」ドレイトンはぞっとした顔でセオドシアを見つめた。

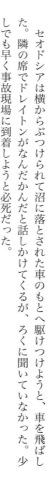

「まさか、きみまで沼にもぐるつもりじゃあるまいな」

「ほかに誰かいる？」セオドシアは言うと、しばらく無言でハンドバッグをあさった。「はい、これ」携帯電話をつかみ、ドレイトンに投げた。「いいから、保安官を呼んで」

ドレイトンはあわてふためき、おぼつかない手つきで電話をいじった。「どうやればいい？番号もわからないのに」

「九一一と押すだけでいいの」

「そうか」

「そしたら助けを寄こすよう伝えて。大勢必要だって言って。それから救急車も！」

セオドシアはそばについて、ちゃんと電話できるかたしかめたりはしなかった。時間を無駄にしている余裕はない。車から飛びおりると、ぬるぬるした斜面を急ぎ足でくだりはじめた。かかとまで泥に埋まりながら一面の葦《あし》のなかに立ち、黒々とした沼を見わたしたところ、車はすぐに見つかった。十五フィートほど離れたところで水に少し浸かっている。明かりはなく、なんの動きも見えなかったが、さっき見かけた赤いポルシェなのはまちがいない。

運転していたのはカール・ヴァン・ドゥーセンだったのだろうか。その答えはすぐそこある。しかし、そのためには……。

カエルやコオロギの大合唱を突いて、吸いこむようなゴボゴボいうおぞましい音があがった。あらためて沼をうかがうと、車が沈みはじめているのに気づき、愕然とした。

大変！

運転手に呼びかけてみようと思いたち、水のなかに足を踏み入れたところ、たちまち真っ黒な塩水に腰まで沈みこんだ。それだけでも耐えられないのに、寒さはさらに難敵だった。骨まで凍え、息は小刻みなあえぎでしか出てこない。サウス・カロライナはどこに行っても暑いとはいえ、沼の下には氷のように冷たい帯水層が広がっており、そのせいで一年をとおして水がとても冷たいのだ。

一歩進むだけで、冷たい水にエネルギーが吸い取られていく。筋肉が抗議するように収縮し、こわばった。

「おーい！」と呼びかけた。「誰かいる？　わたしの声が聞こえる？」

返事はなく、そよ風がガマやイグサを吹き抜けていく音しか聞こえない。

「カール？」もう一度呼びかけた。「がんばって。いま助けを呼んだから」

ドレイトンがちゃんと救急隊を呼んだかたしかめようと引き返しかけたとき、またもゴボゴボという妙な音がした。闇に目をこらすと、車が前に傾き出していた。

まずい！　どうしよう？　このままずるずる水の中に沈んだとしたら……？

セオドシアは一瞬で決断し、すぐさま頭から水にもぐった。フォリー・ビーチで夏を過ごしていたおかげで力強い泳ぎができるようになったし、クロールも上達した。塩を含んだ水に腕を深く沈めては出すを繰り返し、力いっぱいまっすぐに泳いだ。両脚は規則正しく、パワフルなキックを繰り出している。懸命に、そしてできるかぎりのスピードで泳いでいくと、こんがらがった根っことガマが沈みかけた車とセオドシアのあいだに立ちはだかった。セオドシアはありったけの力を振りしぼって茂みを乗り越え、反対側に出た。ここからは歩くか這っていくしかない。

ドロドロの水底に両足がずぼりとはまりこみ、セオドシアは足がかりになるものはないかと水中を探った。根っこ、沈んだ木の幹、前に進むのに使えそうなものならなんでもいい。緑色の浮き草が服にまとわりつき、沼の水は腐った卵のにおいがした。しかも、一歩踏み出して、沼を数インチ進むたび、エネルギーがどんどん吸い取られていくようだ。

埋もれていた根っこにつまずいて転びそうになったが、半分腐ったイトスギの幹になんとかつかまった。ワニやヘビ、その他、黒々としたこの沼に潜んでいる生き物のことは必死で頭から追い払った。

それでも、自分がいまここでひとりぼっちなのを痛いほど感じた。

もちろん、岸にはドレイトンがいるけれど、あまりに距離がありすぎて、セオドシアが水中に没するようなことがあっても、駆けつけたときには手遅れになっているだろう。そもそも、わたしを救助するだけの力が彼にあるだろうか？　ここまで泳いでくるだけの力が。おそらく無理だ。

そう考えたとたん、セオドシアのなかであらたな恐怖が湧き起こった。

だめ、そんなふうに考えちゃ！　恐怖心に負けちゃだめ！

セオドシアは歯を食いしばり、迫りくるパニックの波に必死にあらがった。

わたしならやれる！　やるしかない！　ほかにいないんだから。

よろける足でさらに数歩進み、立ち泳ぎのように手をかいてようやく、沈みかけた車が目の前に現われた。運転席側のウィンドウをこぶしで軽く叩き、なかをのぞきこんだ。

運転席にすわっているのはカール・ヴァン・ドゥーセンと思ってまちがいないだろう。しかし、彼はぬいぐるみのようにハンドルにぐったりもたれ、まったく動かないし、筋肉はぴくりともしない。

気を失っているのかしら？　きっとそうよ。

セオドシアは握りこぶしでウィンドウを強く叩いて、目を覚まさせようとした。しかし、ヴァン・ドゥーセンはあいかわらず、動きもしないし、なにも聞こえない様子で、ハンドルにもたれかかっている。

「カール！」大声で呼びかけた。「カール！」

応答はなかった。水面にまたあぶくが立ち、車の先端がさらに深く沈みこんだ。すでに運転席側のウィンドウの下あたりまで水が来ている。沼の水がじわじわと入りこんで車内に水が充満し、ヴァン・ドゥーセンが溺死するのは時間の問題だった。

「カール！」セオドシアは大声で呼んだ。「目を覚まして！　目を覚ますのよ、カールってば！　あなたをそこから助け出したいの。車はじきに沈んじゃうわ！」

車の側面をあちこちさわり、ドアハンドルはどこかと探ったところ、水が来ているところからかなり下にあるらしい。指がむなしくドアの表面を引っかいた。

どこにあるの？　見つからない……ああ、ここだわ。

しかし、ドアハンドルに触れたとたん、車全体がまた動き、よどんだ水のなかに危険なほど沈みこんだ。

セオドシアはハンドルを握ると、水圧に逆らい、力まかせにドアをあけようとした。だめだ。びくともしない。

片足を側面にかけ、もう一度、ドアハンドルをつかんで、全体重をかけて引いた。「あいてよ!」肩甲骨のあいだに痛みを感じながら、うんうんとうなってドアを引っ張った。

歯がゆいほどのろのろと、ドアがきしみながら動きはじめた。セオドシアは両手でドアハンドルを握り、最後にもう一度引っ張った。突然、ドアのロックがはずれ、セオドシアは背中から沼に倒れこんだ。水中に沈むとあたりは真っ暗でなんの音も聞こえなくなった。手足をばたつかせ、恐怖と絶望感にさいなまれ、肺が灼けるように熱くなるのを感じながら、なんとか体を起こそうとした。ふと気づくと、顔が水面の上にあり、恵みのような空気を思いきり吸いこんだ。

それから躊躇《ちゅうちょ》することなく、ふたたび車に戻り、車内に半分まで体を入れた。「カール、ほら!」彼の肩を引っ張り、目を覚まさせようとした。「早くここを出なきゃ危ないわ」

しかし、押したり揺すったりしたせいで、微妙にたもたれていた車のバランスが崩れたらしい。ゴボゴボという不吉な音が絶えず聞こえるのは、車が少しずつ沈みつづけていることにほかならない!

ここと同じような、底がない、あるいは底があってもずぶずぶした泥や流砂でできている沼にまつわる恐ろしい話を聞いたことがある。人間や動物がうっかり落ちたら最後、ずるずると引きずられ、のみこまれてしまうのだ。

この人を引っ張り出さなくては――いますぐ！

セオドシアは襟《えり》をつかんで引っ張ってみたが、相手は根が生えたように動かない。

「もう、勘弁して！」そう叫んだ瞬間、車が不安定になって、コルクのようにゆらゆらしはじめた。どうにか水面に浮いていられるのは、あとどのくらいだろう？

ヴァン・ドゥーセンの顎の下に手をやり、顔をあげさせた。顔だけでも水の上に出しておけば、溺れるのは防げる。

「セオドシア！」ドレイトンの声が道路のほうから聞こえてきた。か細く、不安に満ちた声だった。

「ここよ！」と叫び返した。「大丈夫！」

「若者の様子はどうだね？」

セオドシアはカールに目をやった。顔に血の気はなく、唇は真っ青、しかも呼吸がとても浅い。

「あまりよくない」そう答えながら、セオドシアは体を激しく震わせた。「全然よくない」

永遠の時が流れたようにも感じたが、実際にはせいぜい五、六分だっただろう。ようやくサイレンの音が通りの先から聞こえてきた。

「やっと来てくれた」セオドシアは小さくつぶやいた。体はすっかり冷え、疲労困憊《こんぱい》していた。震える手でカールの頭が冷たい水に没しないよう支えるには、集中力を総動員しなくてはならなかった。

もうなんの声も聞こえないし、頭のなかで血液がどくどくいう以外、音らしい音も聞こえてこない。心臓の鼓動がしだいに遅くなり、いまやのろのろ程度にまで落ちているうえ、目をあけているのがつらくなってきていた。低体温症になりかけているのがなんとなくわかる。しかし、どうすることもできなかった。

もうくたくた……。

突然、水のはねる大きな音が耳に届いた。

なにかしら?

すぐにピンとひらめいた。助けが来たのでは?

「助けて!」セオドシアはたちまちわれに返り、大声をあげた。「こっちよ!」

さらに水のはねる音がし、男性の声が呼びかけた。「いま行く、あと少しだ」冷静で頼もしい声だ。

さらにうしろでも水のはねる音がした。なにかが水中を近づいてくる。

なんなの?

大きな物体が両脚にごつんとぶつかるのがわかった。つづいて黒くててかてかしたものが水中から現われた。次の瞬間、ウェットスーツ姿のダイバーふたりが、気遣うような表情を浮かべ、彼女の目の前に立っていた。ひとりが彼女の腋の下に手を入れ、そろそろと車から引き出した。もうひとりは車内に体を入れて、カールをつかんだ。

　セオドシアはほっとして身をまかせ、岸まで運ばれていった。


　セオドシアは親切な救急隊員がかけてくれた毛布はありがたく受け取ったが、治療はいっさい断った。

「本当にいいのかね？」ドレイトンがひどくおろおろした様子で訊いた。

「ええ」彼女は答えた。「少し濡れただけだもの」

「助け出されたときのきみは、ずぶ濡れで、歯の根が合わないほど震えていたぞ」

「そうね。でも、だいぶ温まってきたわ」

　ふたりはセオドシアのジープのわきで肩を寄せ合い、熱いコーヒーを飲みながら、周囲で繰り広げられる騒ぎを呆然と見つめていた。ヴァン・ドゥーセンは救出されたのち、担架に寝かされた。いまは酸素の吸入がおこなわれている。アンソン保安官が大股で行ったり来たりを繰り返し、大声で指示を飛ばしている。レッカー車が到着すると、ケーブルがポルシェのところまでのばされ、装着された。それから疑似餌《ぎじえ》に引っかかった魚のように巻き寄せられた。

「あれではもう使い物にならないわね」乾いた地面までたぐり寄せられたポルシェを見て、

セオドシアは言った。

「それはどうでしょうね」さっき毛布とコーヒーを渡してくれた救急隊員が言った。「ガソリンタンクの中身を抜いて、ディストリビューター・キャップを交換するだけで動くようになる場合もありますよ」

「そうは言うが」とドレイトン。「きみだって、あれを事故車だと知らされずに中古で買いたいとは思わんだろう？」

「疵物《きずもの》だものね」セオドシアは言った。

アンソン保安官が獲物をねらうハンターのようにポルシェに近づき、保安官助手たちに車内を徹底的に捜索しろと命じた。

「トランクもですか？」助手のひとりが尋ねた。

保安官はうなずいた。「当然だ」

保安官助手はバールを手にして、トランクのへりに差しこんだ。二秒後、ロックがはずれて大きくあいた。

「あれじゃ車体も手を入れなきゃだめそうだ」救急隊員はひどい状態のポルシェを見て悲しそうな様子だった。

「なにかあります、保安官」保安官助手のひとりが言った。彼はラテックスの手袋をはめた手を差し入れ、拳銃を取り出した。

「見せてみろ」アンソン保安官も両手に手袋をはめ、おそるおそる銃を受け取った。彼は薬室をたしかめてからうなずいた。「うむ、装塡されている」それからスライドを引いて薬室の弾を取り出し、弾倉をはずすと手のなかでまわした。「ドルー・ナイトが撃たれたのと口径が同じだな」

「水浸しの状態でもわかるんですか？」セオドシアは訊いた。

「おれの見たてではそうだ。しかし、条痕検査で確認はする」

「要するにどういうことなのだね？」ドレイトンが訊いた。

「いまぱっと思いついただけだが、こいつがドルー・ナイトを殺すのに使われたのと同じ銃ならば、所有者が犯人ということになるだろうな」

セオドシアは啞然とした。「だったら、事件の動機は？　ドラッグですか？」

アンソン保安官はうなずいた。「おそらくは。若者による殺しは十中八九、ドラッグの売買をめぐるものと考えていい」

「では、そのドラッグはどこに？」ドレイトンが訊いた。「どこに彼の……あれはなんと言うのだったかな……ブツはあるのだね？」

「この男のアパートメントだろう」保安官は言った。「今夜じゅうに捜索隊を派遣するつもりだ。徹底的に捜してやる」

「いまの話に水を差すわけじゃないけど、ポルシェはべつの車に突き落とされたんです」

保安官はセオドシアに目を向けた。「そいつはたしかなのか？」

セオドシアはうなずいた。「ええ。そうなると話は込み入ってきますよね」

「そうかもしれんが」アンソン保安官はふたりのそばを離れながら言った。「そうじゃないかもしれん」

保安官は当て逃げの件は殺人とは無関係とみなすかもしれないが、セオドシアにそんなつもりはなかった。どこからともなく猛スピードで飛び出してきて、ヴァン・ドゥーセンを道路から突き落としたのはいったい誰だろう。

ひょっとしたら——飛躍のしすぎかもしれないが——ジョーダン・ナイトあるいはパンドラということはあるだろうか。

なにかの折にヴァン・ドゥーセンがドルーの死に関与していることを突きとめ——あるいはそう思いこみ——自分たちの手でケリをつけることにしたのだろうか？　ドルーの仇《かたき》をとるために？

セオドシアがきょう突然、クビを言い渡されたのはそのせいだったのだろうか。彼女を事件の調査からはずし、遠ざけるのが目的だったのか。つまり、夫妻はみずから手を汚したということ？

「さてと」ドレイトンの声で考え事が断ち切られた。「そろそろ帰ろう」

「そうね」セオドシアは言った。「わたしたちにはこれ以上、ここでやることはないもの」

「きみは充分やったよ。帰りはわたしが運転しようか？」

「ううん。わたしなら大丈夫」

「大丈夫ではないと思うが」

「本当に大丈夫だって。それに、ちょっと……考え事をしたいし」

道路を四分の一マイルほど行き、またたく光がすべてうしろに消えると、セオドシアはドレイトンに言った。「思うんだけど、ヴァン・ドゥーセンはドルー・ナイトにドラッグを売っていたのかもしれないわね」

「わたしもそう考えている」

「ドルーには支払うお金がなくて、代金がわりにヴァン・ドゥーセンに自分の車を譲ったんじゃないかしら」

ドレイトンは顔をしかめた。「そのあとヴァン・ドゥーセンは態度を一変させ、ドルーを殺したのかね？　それは少々、おかしくないか」

「そうよね。それだと、カールは金の卵を産むガチョウを殺したようなものだもの」

「つまり、なにかべつのことが起こったわけだ」

「いまも起こってるのよ」

ドレイトンは深々と息を吐いた。「本当にさんざんな一週間だったな」そう言って唇をぎゅっと引き結んだ。「実際、いつヨハネの黙示録の四騎士が現われ、大災厄がもたらされてもおかしくないくらいだ」

21

翌朝になっても、ドレイトンはまだ心が乱れていた。テーブルをセッティングしているときには長い白のテーパーキャンドルを倒してしまい、クラウン・デュカルのチンツのティーカップの縁が少し欠けてしまった。

「いかん！」彼は渋い顔で言った。「なんたる失態！」

セオドシアは急ぎ足で無人のティーショップを突っ切り、わずかについた疵を調べた。

「たいしたことないわ」手のなかでカップをあれこれ動かしながら言った。「このくらいなら直せる。樹脂粘土少々とセラミック塗料があれば、新品のようになるわよ」

「しかし、欠けたことは事実で、わたしがぼんやりしていたからだ」

「事故は起こるものよ」

「だが、わたしにかぎってはちがう」

金曜の朝はいまひとつテンションがあがらなかった。ドレイトンはまだ昨夜のカーチェースと沼への転落事故のことばかり考えていた。事故でヴァン・ドゥーセンがあやうく溺れかけた話を聞かされたヘイリーもショックを受けていた。セオドシアも気力がわかず、妙にい

らいらしていた。

自分でもどうしてかわからない。昨夜の一連の出来事はある程度の満足感をもたらしたはずだった。ヴァン・ドゥーセンが多少なりとも痛い目に遭ったからではなく、彼の身柄が確保され、車に拳銃が隠してあったことからドルー殺害への関与がほぼ裏づけられたからだ。事実、アンソン保安官はドルーの事件は解決したといわんばかりの様子だった。つまり、これで一件落着のはずだ。

とは言うものの、セオドシアにはあまりにもきちんとまとまりすぎているように思えた。とくに銃がポルシェのトランクに隠されていた点が気にかかる。

ヴァン・ドゥーセンはドルーを殺したのち、車を奪ったのだろうか？　そうだとして、不利な証拠となる凶器をトランクになど隠しておくものだろうか。

セオドシアはその疑問をじっくり考えながら、壁にかかったブドウの蔓のリースをまっすぐに直した。たしかに、強盗のさなかに自分の財布を落とすような間抜けな銀行強盗もいるし、監視カメラににっこり笑いかけるピストル強盗もいる。ほかにも、ビデオにとらえられた愚かな犯罪行為はいくらでもある。ユーチューブのサイトに行けば、その手の動画でおなかの皮がよじれるほど笑えるくらいだ。

だが、昨夜の事故には不審な点があった。べつの車がヴァン・ドゥーセンの車を道路からはじき飛ばしたのだ。

そういうわけで……疑問はまだ解消されていない。ヴァン・ドゥーセンはドルー・ナイトを殺したのか。だとしたら、動機はなんなのか。

アンソン保安官はドラッグがからんでいると見ているし、同じ考えがセオドシアの頭のなかでも躍っている。ならば、次にすべきは——。

「ねえ！」ヘイリーの声がした。がらんとしたティーショップに出てきた彼女は、手に《ポスト&クーリア》紙を持ち、顔に満面の笑みを浮かべていた。「ふたりのことが新聞にのってるよ！」

「まいったな」ドレイトンは安心できるものがほしいとばかりに、蝶ネクタイに触れ、軽く叩いた。

ヘイリーは新聞の縁から目をのぞかせた。「うーん、とくに名指しはしてないみたい。ゆうべの大事件自体はくわしく書いてあるけど。補足の記事もあるわ」

「だが、セオドシアの名もわたしの名も書いてないのだね？」

「じゃあ言い方を変える」ヘイリーはまだ新聞から目を離さずに言った。「ふたりについて触れてはいるけど、名前は書いてない。うわー、この書き方、まるで映画の『ワイルド・スピード』のワンシーンみたい」

「わたしにも読ませてくれたまえ」ドレイトンはヘイリーの手から新聞を奪い、記事に目を走らせた。読み終えると、目に見えてほっとした表情になった。「ありがたい。われわれのことは負傷したヴァン・ドゥーセンを助けた〝通りすがりのふたり〟としか書いていない」

「よかった」セオドシアは言った。「名前が出ていないことだけど」

「そうかなあ」ヘイリーは小首をかしげ、唇をすぼめてほほえんだ。「あたしはふたりの名前がメディアに出たほうがうれしいのに」

その後、開店し、朝のお客を迎え入れた。金曜はいつも週末の観光客が殺到するが、この日も例外ではなかった。セオドシアは歴史地区に数多くあるB&Bに、インディゴ・ティーショップのポストカードを置いてもらうよう心がけている。そのささやかで簡単な広告活動が実を結んでいるようだ。もちろん、できるかぎりのお返しはするようにしている。B&Bのイベントでケータリングをしたり、朝食用のスコーンやマフィンを提供したり、B&Bの名刺やポストカードをティーショップで配ったり。小規模ビジネスのオーナー同士、持ちつ持たれつというわけだ。

ヘイリーのオリジナル、アーモンド・ジョイ・クッキーはこの日の思わぬヒットとなり、バナナブレッドが僅差でそれにつづいた。もちろん、ドレイトンがセイロン・ティー、シナモン、ハイビスカス、ドライアップルを独自にブレンドしたアップル・ダンディというお茶も人気を博した。もともとこのお茶はクリスマス・シーズン用だったが、お客に好評で、いまでは一年をとおして出している。

十一時をまわる頃にはすべての席が埋まり、どのお客の顔にも満足の表情が浮かんでいた。つまり、ちょっとオフィスに引っこんで、アンソン保安官に電話をかける時間があるということだ。

保安官のオフィスには難なくつながったが、あいにく相手は不在だった。

「いるはずなんですが、見当たらなくて」秘書の声はむっとしているようでもあり、少しうろたえているようにも聞こえた。

「電話をくれるよう伝えてもらえませんか？　実はわたし……あの……昨夜の通りすがりの者です。例の事故の」

「わかりました、伝えます」秘書は言った。

「それとうかがいたいのですが……カール・ヴァン・ドゥーセンは留置場にいるのですか」

「その人ならたしかマーシー医療センターにいますけど、武器を帯びた警備の者が見張っています。もしものことを考えて」

「そうですか」

秘書はいちおう番号を書きとめてくれたが、保安官が本当に折り返してくるかは疑問だった。すでに事件は解決したと考えているなら、これ以上の質問も面倒も望まないはずだ。

急いで店に戻ろうしたところ、携帯電話が鳴った。

「もしもし？」

「昨夜、沼で大騒ぎした話はいつしてくれるつもりだったのかな？」マックスが訊いた。

まずい。「ええと……今夜とか？」

「今夜は寄贈者とディナーなんだ。知ってるはずだろう？」

「電話しようとは思ったのよ」セオドシアは言った。「本当にそのつもりだったの」

「今度はいったいなにに巻きこまれたんだ？」

「巻きこまれたわけじゃないわ。きょうの朝刊の補足記事を読まなかったの？　ドレイトンとわたしは現場を通りがかっただけよ」その言い方がだんだん気に入ってきていた。「つまり、たまたまその場にいただけなの」

するとマックスはあからさまにせせら笑った。

「そもそもきみたちふたりは、オーク・ヒル・ワイナリーまで出かけてなにをしてたのかな？」

「ワインの試飲よ」少なくとも嘘ではない。

「そうじゃないだろ。調査してたに決まってる！」今度は責める口調をひかえることもしなかった。「殺人の容疑者とおぼしき人間を追いかけてたんじゃないか！」

「その相手は、身柄を拘束されてるわ。いまこうして話してるあいだも」セオドシアはそこで少しためらった。「でも、普通の声で話してるのはわたしだけみたい。あなたときたら――」

「わかった、わかったよ。たしかにそのとおりだ」マックスは怒りを少しだけ抑えた。「それで……本当に捕まったのかい？　そのカールなんとかって……」

「カール・ヴァン・ドゥーセン」セオドシアは言った。「ええ、捕まった。いまは病院にいて、武器を持った警備の人が見張ってる」

「そうか、そこに忍びこんだりはしないでくれよ、絶対に！」

「そんなことするわけないじゃない」セオドシアは言った。

「いいや、きみならきっとする」マックスは言った。

セオドシアが厨房をのぞくと、ヘイリーはシェフの仕事とパティシエの仕事で大忙しだった。

「ランチのメニューはなあに？」セオドシアは訊いた。ヴァン・ドゥーセンが殺人事件で果たした真の役割はなにかと考えるのはやめ、目の前の仕事に頭を切り換えようとしたのだ。

「きっと気に入ると思うな」ヘイリーは言った。「カニのキャセロール、手作りのサウザンアイランドドレッシングをかけたベビーリーフのサラダ、特製のチャーチ・ストリート風キッシュ、それからリコッタチーズとオレンジマーマレードをはさんだティーサンドイッチ」

「どれもみんなおいしそう」

「だって、おいしいもの」ヘイリーはつくったドレッシングに素早く木のスプーンをくぐらせ、軽くかき混ぜた。「できあがったらね」

セオドシアはティールームに出ると、いくつかのテーブルの食器をさげて新しいテーブルクロスをかけ、ランチのセッティングにかかった。ドレイトンは入り口近くのカウンターで、ふたりのお客の会計をしながらも、しゅんしゅん沸いているやかん二個と、お茶を蒸らしている途中のポット二個に目を配っていた。

「きょうはどんな内容？」セオドシアは訊いた。「お茶に関してだけど」

「ランチタイムのお客さまには祁門茶、レモンバーベナ、それからスパイスプラム・ティーの三種類を用意する。だが、午後に開催するお茶のブレンドの講習会では、少々はめをはずすことになるだろうな」

「へええ。いいわね。講習会には何人が申しこんだの？」

「十二人いるのだよ。だから、かなり楽しいものになると思う。多すぎはしないが、好みが適度にばらける程度の人数だから、おもしろいブレンドができるだろう」

「でも、あなたのオリジナルブレンドほどはおいしくないでしょうね」

「そうだな」ドレイトンはつぶやくように言った。「だが、誰にだってはじめてはあるのだよ」


十二時ちょうど、ジョーダンとパンドラのナイト夫妻がティーショップに現われた。

ふたりが正面のドアを押して入ってくるのを見たセオドシアは、ふたり揃ってやってきたこともさりながら、仲がよさそうな様子に驚いたが、それをおもてには出さなかった。いや、出すまいとした。そして迎えに出た。

「ジョーダンにパンドラ……ようこそ！」

ジョーダンはせつなそうな笑顔を向けた。「セオドシア。やあ」

「ふたりしてお邪魔したんでびっくりしたでしょう？」パンドラが訊いた。

「ええ……まあ」昨夜のあの一件からこっち、ふたりともアンソン保安官のオフィスの外で待ち、事件の一部始終を聞かせてほしいとうるさくつきまとったにちがいない。

「いやあ、驚いた！」ジョーダンの姿を認めるなりドレイトンが声をあげた。「ちょっと待ってくれたまえ」彼はお客の応対で忙しく、テイクアウトのランチ四人分を箱詰めしていたが、見るからにジョーダンと話がしたくてたまらないようだった。

「少し話せますか」ジョーダンは声を少しひそめてセオドシアに言った。

「ええ、もちろん」セオドシアは言った。「ランチを召しあがりますか、それとも――」

「ランチをお願い」パンドラがきっぱりと答えた。「ランチをいただいて、元気をつけたいの」

セオドシアは隅のテーブルにふたりを案内した。そこなら、こっそり話がしやすい。腰をおろすと、ジョーダンが手をのばしてきて、セオドシアにもすわってほしいという仕種をした。

「でもちょっとだけですよ」セオドシアはそう言って、キャプテンズチェアにするりと腰をおろした。

ジョーダンは両のてのひらをテーブルにぴったりとつけ、大きく息を吸ってから口をひらいた。「セオドシア、なんとお礼を言ったらいいものやら」

セオドシアは首を振った。「わたしはなにも――」

「充分やってくれましたよ。どのようにしたのかはわからないし、どんな魔法を使ったのかもわからないが、事件を解決してくれた。憎きカール・ヴァン・ドゥーセンというやつの逮捕に直接関わったんですからね」

「しかも、あの人はアンソン保安官のレーダーにはまったく引っかかっていなかったのよ」パンドラは怒りで身を震わせていた。

「でも、おふたりもヴァン・ドゥーセンのことはいくらかご存じなんでしょう？」セオドシアは言った。「ドルーさんと親しかったそうですから」

ジョーダンはうなずいた。「たしかに、ワイナリーで一度か二度、見かけたように思いますが、そのときはなんとも思いませんでしたね」

「それに、ヴァン・ドゥーセンは土曜の夜におたくでひらかれた試飲会で働いていましたし」セオドシアは言った。「給仕係として」

ジョーダンの目がうるんだ。「ええ、残念ながら」

「ふたりのあいだになにがあったか、まだわかってないの」パンドラが言った。「でもいずれ真実はあきらかになる。おそらくふたりは激しい口論でもしたんじゃないかしら。なにかで衝突したとか」

「単なる衝突ではなかったと思います」セオドシアはそこでドラッグの話を持ち出そうとしたが、ジョーダンがあわててさえぎった。

「なのにわたしはプランテーション・ワイルズの誰かの仕業と思いこんでいたとは」ジョーダンは悔しそうな顔で言った。

パンドラは自分の胸に手を置いた。「わたしも自分が情けなくて。あの不愉快なジョージエット・クロフトが事件に関与してると信じこんでいたんだもの。けっきょく、ふたりして間違っていたなんてね」

「とにかく」ジョーダンが言った。「あなたへの感謝の気持ちは妻もわたしも同じなんです」

パンドラは目もとをぬぐった。「ここはハグをするべきね」そう言うと、身を乗り出し、両腕をセオドシアにまわしてきつく抱きしめた。

次はジョーダンの番だった。彼はやさしくセオドシアを抱きしめてから言った。「あとはこの悪夢と決別するだけです」

パンドラが音を抑えて洟をかみ、ひとつ小さなしゃっくりをしてからつけくわえた。「さあ、そろそろランチをいただきたいわ」

「そうですね」セオドシアは言った。「こちらで適当に見つくろいましょうか?」

「おまかせするわ」パンドラはまだハンカチをいじっていた。

セオドシアは立ちあがった。「少々お待ちを」まだふたりに訊きたいことはあるが、いまは時も場所もふさわしくない。ジョーダンとパンドラはようやくギスギスしたものが消えたところだし、ずっと大きな苦しみに耐えてきたのだ。だから、あとにしよう。もう少ししたら、ドルーとカール・ヴァン・ドゥーセンとの関係について、いくらか突っこんだ話を聞かせてもらおう。

「ドレイトンにもお礼を言いたいのですが」ジョーダンが言った。「彼の友情には——」なにかこみあげるものがあったのだろう、ジョーダンは言葉を詰まらせた。

「承知しました」セオドシアは言った。

「ジョーダンがあなたと話したいんですって」セオドシアはドレイトンに告げた。「昨夜、ヴァン・ドゥーセンが逮捕されたことでかなり動揺しているけど、事件を解決したのはわたしたちだと思いこんでるみたい」

「わたしたちではないのかね？」ドレイトンは言った。

セオドシアは肩をすくめた。「ちょっとちがうと思う。わたしたちはたまたま出くわしたようなものだから」

「まあ、あまりしゃかりきになって否定するのはやめておこう。ジョーダンが感謝していて、われわれが息子の事件を解決するのにひと役かったと思っているのなら、そう思わせておこうじゃないか」

「わたしもそれでかまわないわ」

セオドシアは厨房に入り、ジョーダンとパンドラに出すセットを手早くつくった。サラダ二種類、薄く切ったキッシュ、ティーサンドイッチをいくつか。それにくわえ、目のごちそうとして、冷蔵庫からエディブルフラワーが入っている箱を出し、二段のトレイに花びらを少し散らした。それを持ってテーブルに行くと、ドレイトンがナイト夫妻と話しこんでいた。

「これから、アンソン保安官に会いに行くんだそうだ」ドレイトンはセオドシアに説明した。「パズルのピースをすべてはめてくれるという話だ」

本当にそうならいいけど、とセオドシアは心のなかで思った。しかし、実際にはこう言った。「それはよかったですね」

「あとで内容をご報告しますよ」ジョーダンが言った。

セオドシアはランチセットをテーブルに置いた。「そうしていただけるとうれしいわ」

しかし本当のところはこう思っていた――わたしのほうが先にアンソン保安官から話を聞くことになるかもしれないけど。

ランチタイムが終わるとすぐ、セオドシアは四つのテーブルを大急ぎで片づけると、ふたつずつくっつけ、ブレンド講習会の参加者が各テーブルに六人ずつすわれるようにした。一方ドレイトンは、ベースとなる紅茶と白茶を何種類か、小さなボウルに量り取っていた。さらに、レモングラス、ハイビスカスの花びら、レモンピール、ワイルドチェリーの樹皮、砕いたドライアップル、それにラベンダーのボウルもそれぞれ用意した。

「材料はこれで充分だと思うかね？」ドレイトンは訊いた。

「いいと思う」セオドシアは答えた。「だって、みなさんの味蕾を混乱させたくはないでしょう？」

ドレイトンは彼女の顔をのぞきこんだ。「ところで、こんなすばらしい金曜だというのに、なんだか浮かない顔をしているな」

「まだ、事件のことをあれこれ考えているせいよ……調査のことを」

「いいかね、ジョーダンとパンドラはきみを時の人だと思っているのだよ。きみがドルー殺害事件を解決したとね！」

「わたしなんか、ほとんど役にたってないわよ」

「いやいや、役にたったとも」ドレイトンは誇らしげな声で言った。「ティドウェル刑事がお茶を飲みにくるときが楽しみだ。一部始終を話してやるとも。刑事さんはきっと、身もだえするほどうらやましがるにちがいない」


ドレイトンが主催するお茶のブレンド講習会は好評のうちに終了した。ティー・ソムリエの見習いたちは白茶にハイビスカスとラベンダーをブレンドし、ブッククラブ・ブレンドというお茶にした。また、コクのあるセイロン・ティーに砕いたドライアップル、柑橘類、それにレモングラスをくわえたものは、オーチャード・ティー・ブレンドと名づけられた。

セオドシアは邪魔にならないところからながめていたが、見るからに落ち着かない様子だった。

「どうかした？」ヘイリーが訊いた。

セオドシアは肩をすくめた。「さあ。なんだか気持ちが落ち着かなくて」まだアンソン保安官から折り返しの電話があると期待していた。それに、ジャック・オールストンのことも忘れていない。彼がヒガシ・ゴールデン・ブランズを調べてくれれば、なにかヒントになるものが出てくるかもしれない。

「やっぱりね」ヘイリーは言った。「完全に上の空って感じだもん」

「ごめんなさい」

「謝らなくたっていいのよ。ぼんやりしたってしかたないもん。変な一週間だったんだから」

セオドシアはうなずいた。「そうだ、わたしだけ早めにあがってもかまわない？　やりたいことがあるの」

「あたしは全然かまわないわよ。このあとは、今夜アンジーのところのパーティに持ってく、デーツとクルミのクッキーを焼くだけだもん。セオも行くんでしょ。フェザーベッド・ハウスに」

「なにがあっても行くわ」


セオドシアがバーチュオソ人材派遣会社に着くと、リンダ・ヘミングズは受付デスクのところで給与小切手に次々とサインしては、封筒に入れていた。

リンダは顔をあげ、セオドシアに気がついた。「会社を経営するって、本当にすてきよね」

「わかるわ」セオドシアは言った。「わたしもこのあいだなんか、四つん這いになって店の棚の補充をしたんだから」

「屈辱的じゃない？」

「それがね」セオドシアは言った。「そういうの、けっこう好きなの」

リンダはうなずいた。「そうやって謙虚さを忘れないでいないとね」そう言うと、とたんに真顔になった。「保安官から聞いたわよ。カール・ヴァン・ドゥーセンを沼に追い落とし、たったひとりで捕まえたんですってね」

「そんな大げさなものじゃないのよ」

「しかも、溺れそうになった彼を助けたんですって？」

「実際は、彼の頭を仰向かせていただけよ」

「そうは言うけど、ドルー・ナイト殺害事件は、あなたの迅速な行動によって解決したそうじゃない」セオドシアがすぐになにも言わずにいると、リンダは顔をくもらせて話をつづけた。「でも、実を言うと、カールのことは本当に申し訳なく思ってる。彼にそんな邪悪な面があったなんて、全然気がつかなかった。つまり、他人を本当に知るのは無理ってことね。心の奥に隠されたものなんかわかりっこないんだわ」

「そうね」

リンダはセオドシアに目を向けた。「それで、なにか問題でも？」

セオドシアは唇を噛んだ。「ちょっと質問させてほしいの。先週の土曜日、おたくのスタッフは何時にワイナリーに到着したの？」

リンダはしばらく考えていた。「たしか五時に点呼をとったはず。そうそう、そうだったわ。着替えと準備に一時間みて、イベントが六時開始だったから。なんでそんなことを？」

「何人かから話を聞いたけど、二時以降にドルーを見かけた人がひとりもいないの」

「どういうこと？」リンダは訊いた。

「カールやほかのウェイターたちが到着したときには、ドルーはもう死んでいたとしたら？そんなことありうるかしら？」アンソン保安官が時系列をチェックしたのは知っている。それでも……。

リンダはがぜん顔を輝かせた。「ありうるわ！　つまりそれって、カールは犯人じゃないかもしれないってこと？」

「たぶん」セオドシアは言った。「そういうことになるわね」


自分の車に戻ると、セオドシアはもう一度、アンソン保安官に電話をかけてみた。するとなんと、今度は本人につながった！

「アンソン保安官ですか？　セオドシア・ブラウニングです。昨夜、お会いしましたよね？わたしはあのときの――」

「ああ」保安官は言った。「覚えてるよ、たしかに。本当にご苦労だった。沼に飛びこみ、あいつの頭を仰向けてやったとは、まったく見あげたものだ。まだ、ちゃんと礼を言ってなかったな」

「ああするのがやっとでしたけど。誰だって同じことをすると思います」セオドシアはいったん口をつぐんだ。「ちょっと気になることがあって……ドルー・ナイトの解剖をおこなった監察医は、死後どれくらいと判断したんでしょう？」

「いまのところ有力なのは、四時間から五時間という説だ」

「それはカール・ヴァン・ドゥーセンがワイナリーに到着した時間と合致するんですか」

「若干ずれてはいるが、ヴァン・ドゥーセンが早めに到着した可能性はあるからな」

「なるほど。それから……ヴァン・ドゥーセンはいまも病院ですか？　意識はまだ戻ってないんでしょうか」

「そうだ。いまのところ、やつから話を聞けずにいる」

「病院で毒物検査のようなものがおこなわれたと思いますが」

「ああ」保安官はゆっくりと言った。

「彼の体内からなんらかの違法薬物は検出されたんでしょうか？」

保安官はしばらく口ごもっていたが、やがて言った。「いや、検出されなかった」

「そうですか」どうしたわけか、その事実はとりたてて意外でもなんでもなかった。「でも、隠し持っていたドラッグは見つかったんでしょう？　車や自宅など、すべて捜索したんですよね？　彼はドラッグの密売をしていたんでしょう？」

電話線の向こうに沈黙がおり、やがてアンソン保安官は答えた。「いまのところドラッグはまったく見つかってない」

「まったく？」ドラッグが手もとにないなんて、ヴァン・ドゥーセンはどんな形でドラッグを売っていたのだろう。不安で背筋がぞくぞくした。「すみません、保安官、昨夜はべつの車がヴァン・ドゥーセンの車を道路から追い落としたのはご存じですよね。あのときは現場が混乱してましたけど、明確に伝わっていますでしょうか？」

またも電話線の向こうで沈黙がおりた。

「アンソン保安官？」セオドシアは呼びかけた。「いま言ったことは聞こえました？」

「ああ」アンソン保安官は言った。「聞こえたとも」


セオドシアはエンジンをかけ、ギアをローに入れたが、すぐにパーキングに戻した。もう一本電話をかけたくなったのだ。きのうの発言のなかで、確認を要するものがもうひとつあった。

「ジョージェット？」ジョージェット・クロフトが電話に出るなり、セオドシアは問いかけた。「あの……ちょっとうかがいたいことがあるんですが」

「ああ、ゆうべはあまりおしゃべりできなくてごめんなさい。いまは、当然のことながら、頭のなかがぐちゃぐちゃな状態よ」そう言ってジョージェットはひとり、くすくす笑った。「うちのワインをちょっとばかり飲みすぎちゃって」

セオドシアはすぐさま本題に入った。「昨夜、ドルー・ナイトを殺した人物に心あたりがあるとおっしゃいましたね」

「わたしが？　そうね、言ったかもしれない。でも、いまとなってはどうでもいいことじゃなくて？　カール・ヴァン・ドゥーセンが逮捕されたんだから」

「それでも、いちおううかがっておきたいんです。だって、あなたはヴァン・ドゥーセンを疑っていなかったわけですから」疑っていたはずがない。なにしろ、ヴァン・ドゥーセンは昨夜、彼女のワイナリーで働いていたのだ。

「そうね。わたしはてっきり、あの不愉快な酒の卸売業者だと思ってた」

「アレックス・バーゴインですね」

「ええ、物言わぬパートナーの。または準パートナーとでも好きなように呼んでくれてかまわないけど」

「それで、あの、なぜ彼を疑っていたんでしょう？」

「下劣な男だから」ジョージジェットは答えた。「過去にもよからぬ取引に少なからず関わっていたから」

「それは噂ですか」セオドシアは訊いた。「それとも、本当に法をおかしたのでしょうか」

「このわたしがちゃんと知ってるのよ！」

「しかも彼は、ライバルのワインを売っている」セオドシアは言った。

「ええ、それもある」

ホワイトチョコレートのお茶会

ダークチョコレートもおいしいけれど、ホワイトチョコには ホワイトチョコならではの味わいがありますね。ひと品めはホワイトチョコのチップが入ったスコーンにして、つづくティーサンドイッチの具はスモークサーモンとクリームチーズ、またはクランベリーとクルミの入ったチキンサラダにするとよさそう。甘いものはホワイトチョコにくぐらせたイチゴ、ホワイトチョコのフロスティングをかけたクッキー、ホワイトチョコのブラウニーなど。バニラキャラメルのようなフレーバー・ティーやミント・ティーがぴったり合います。

22

歴史地区にあまたあるB&Bのなかでも、フェザーベッド・ハウスはセオドシアのいちばんのお気に入りだ。その理由は友人のアンジー・コングドンが経営しているからというだけでなく、チャールストンらしい魅力、品のよさ、優雅さをそなえているからでもある。

今夜は一階から三階までのすべての窓が煌々と輝き、宿の本館の三面にぐるりとめぐらしたポーチを、招待客がそぞろ歩いていた。

セオドシアはステップをあがってポーチを突っ切り、受付エリアに入った。そして、慣れ親しんだこの場所が大きく変わっているのに目をみはった。

今度の壁は淡い黄色に塗られていたが、上からセラックニスを塗ったか、つや出し加工をしてあるのだろう、何十本というキャンドルと頭上のイタリアのシャンデリアからの明かりを受けて、美しい輝きを放っている。磨きあげた木の床には柿色のオリエンタル・カーペットを敷き、あらたに黄色のチンツを張った袖椅子や昔ながらのソファが、ちょっとすわってみてというように置かれていた。

アンジーが言っていたとおり、ガチョウたちもちゃんといた。ガチョウをニードルポイン

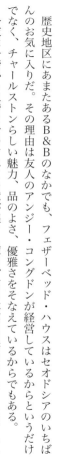

ト刺繍《ししゅう》したクッション、暖炉のそばに番をするように立つ手彫りの木のガチョウ、ガチョウの形をしたブロンズのランプ、それに、白い磁器のガチョウの群れ。

そしてアンジー・コングドンもいた。周囲ではオープン記念のパーティの真っ最中だが、マホガニーの受付デスクでにこにことうなずきながら、お客を迎え入れている。セオドシアはしばらくその場で待った。顔をあげたアンジーはセオドシアに気づき、顔を大きくほころばせた。

アンジーは活発な性格の、小柄でかわいらしい女性だ。以前はシカゴで商品先物ブローカーをしていた。しかし、ストレスのたまる異常とも言える生活にピリオドを打ち、チャールストンでのいくらかゆったりした生活を手に入れた。それでも、アンジーはリンゴの木の剪定をし、ワインとチーズのおしゃれなテーブルをささっと用意し、六つある客室の準備をし、気持ちをこめて愛想よくお客を出迎えるのを、涼しい顔でやってのける。そんなことができるのは、セオドシアが知るかぎりアンジーひとりだけだ。数年前、夫のマークが殺されたとき、アンジーはあれこれ検討したのち、宿の仕事をつづけようと決断した。こうして見るかぎり、彼女はりっぱにやりとげたようだ。

「セオドシア！」アンジーは声を張りあげながら、大急ぎで出てきた。「来てくれて本当にうれしいわ」

抱きしめ合ったとき、一年ほど前は真っ黒に近かったアンジーの髪が、少しずつ明るい色に変わっているのに気がついた。腕がいいと思われる美容師のおかげで、いまはほとんどストロベリーブロンドと言っていい色で、何歳も若く見えるし、前よりも断然しゃれている。

「ドレイトンからさんざん聞かされてたの」セオドシアは言った。「とてもすてきに変わったって。それに、もとのキャリッジハウスに別棟を建てたとも」

「最初に受付エリア、談話室、ダイニングルームをきれいにしたんだけどね」アンジーは言った。「それがすごくうまくいったから、全客室を徹底的に直そうということになったわけ。ペンキ、新しいベッドカバーに敷物、新しい絵ですべてリフレッシュしたの。それから事業計画をじっくり検討した結果、かなり前倒しで進んでるとわかったの。そこで、なじみの建設業者を呼んで、ずっと頭のなかで温めていた別棟の工事にゴーサインを出したのよ」アンジーはにっこりと笑った。「そして六カ月後、それが完成したというわけ」

「早く見たいわ」セオドシアは言った。

「じゃあ、ぐずぐずしていられないわね」

アンジーはセオドシアの手をつかみ、そのまま人混みのなかへと引っ張ると、湯気がもうもうとあがる暖かな厨房に入り、そのまま裏口から外に出た。裏庭はヤシの木が何本か植えられ、石畳のパティオ、バラを這わせた四阿《あずまや》、そして小さな温室をそなえており、ちょっとした公園になっていた。アンジーの夫の死後まもなく火災に見舞われ、古い温室は壊滅的な被害を受けた。そしていま、もとの場所に建つ小さな温室は、しゃれた円柱形で、てっぺんにかわいらしいとんがり屋根がのっている。アンジーが熱心に手入れをした結果、ランとアナナスがサウス・カロライナの暑さと湿気のなかでぐんぐんと育ち、ありし日の夫を偲ぶように香りのよい花を咲かせている。

「前のキャリッジハウスを覚えてる？」アンジーが言った。「みっともないガゼボがすぐそばに建ってたし、変なセメントの張り出し部分があったでしょ」

覚えていた。

「それを全部、取り壊して別棟を建てたの」アンジーは玉縁のついた羽目板壁に傾斜のきつい切妻屋根というコロニアル様式のすてきな建物を手でしめした。「客室を三つと大きなお風呂のついた広いスイートルームをあらたにつくったわ」アンジーは満足そうな笑顔になった。「新しいスイートルームはゴズリング・スイートと名づけたの」

「すばらしい仕事ぶりね」セオドシアは言った。「もう感激しちゃった。ミシュランの星がついてもおかしくないくらい」

「そうなったらいいわね」アンジーは言った。「もちろん、ハロルドもすごく力になってくれたし、テディ・ヴィッカーズにはいまも支配人をやってもらってるわ」

「テディはこれからもずっとここにいるでしょうね。だって、もうここの備えつけ家具も同然の存在だもの」セオドシアはいったん言葉を切った。「でも、ハロルドはちがう。彼との関係は少し真剣なものになってるみたいね」ハロルドはアンジーがここ数カ月ほどつき合っている、新しい恋人だ。

アンジーの顔が赤くなった。「ええ、まあね。ハロルドは感じがよくて、楽しくて、わたしをとても幸せな気分にしてくれる人なの。それに、ものすごく頭がいいし、ビジネスや財務によく通じてるのよ」

「彼がどんなビジネスをしてるのか、よく知らないんだけど」

「ああ、ハロルドは市場調査会社の代表社員なの。データ・メトリックス社。あなたも名前くらいは聞いたことがあるでしょう？」

「あるわ。でも、データ・メトリックス社について知ってることと言っても、新聞のビジネス欄で読んだ程度だわ。ちょっとした要約記事とか、プレスリリースだとか。マーケティングの世界を飛び出してからというもの、そういう情報にはうとくて」

アンジーはまさかというような顔をした。「なにばかなことを言ってるの？　わたしが知るかぎり、あなたはマーケティングをもっとも知りつくしてる人よ。お店で開催している最先端のイベントがそのいい例じゃない。お茶のテイスティングやらミステリなお茶会やらいろいろあるし、それにくわえてウェブサイトも運営してて、〈T・バス〉製品の開発だってやっている。あなたはライバルたちの何マイルも先を行ってるし、ちょっとでも宣伝になる方法を常に考えてる。新聞の料理やワインに関する記事で名前を出してもらう場合もあれば、ラジオやテレビ番組にゲストで出演することだってある」

「お褒めにあずかってうれしいわ」セオドシアは笑いながら言った。「なにかアドバイスが必要なら……」

「訊く相手はわかってる」アンジーは言うと、パティオのほうに目を向けた。何人かがたき火台を囲んでワインを飲んでいる。彼女は声を落とした。「このところ、マスコミによく登場してるみたいね」

「ああ、例の件ね」

「あの青年がワイン樽の中身と一緒に出てきたとき、あなたもナイトホール・ワイナリーにいたと聞いたわ」

「そうなの」

「まさに事件の真っ只中にいたわけね」

「そういう癖はつけたくないと思ってるんだけど……」

アンジーが手をのばしてきて、腕に触れた。「気をつけてよ、ね？　あなたって人は、とんでもないことに巻きこまれやすいんだから」

ここで白《しら》を切ってもしょうがない。「そんなつもりはないけど、実際、そうなっちゃうのよね」

「本当に、くれぐれも慎重にして。あなたになにかあったらいやだもの」

「気をつけるわ。いつだって気をつけてるけど」しかし、自分の言葉が少し空疎に聞こえたのはわかっていた。

セオドシアはその後、十五分ほどいた。近所の友人と世間話をし、アンジーの恋人、ハロルド・アフォルターにあらためて紹介され、彼とマーケティングにまつわる雑談をし、ヘイリーが今夜のために焼いたデーツとクルミのクッキーをつまんだ。

と同時に、家に帰りたい気持ちも強かった。きょうは長い一日で、疲れていた。やわらかなコットンのシーツにくるまれ、夢の世界に行きたくてしょうがなかった。そこで、時間を見計らい、正面の通路をこっそり歩いていった。やわらかな闇のなか、街灯のぼんやりとした明かりに道を照らされながら、セオドシアは自宅に向かった。

アンドルー・ターナーが購入に意欲を燃やしているキングストゥリー屋敷の前を通りかかったとき、セオドシアは自宅の前に車がとまっているのに気がついた。

今度はなんなの？　セオドシアはぎくりとしながら首をかしげた。ふと、昨夜の飛ばし屋のことを、どこからともなく現われ、ヴァン・ドゥーセンを道路から突き落とした車のことを思い出した。あれを運転していた人だろうか？　だとしたら、なぜわたしをつけねらうのだろう。ドルーの事件を調べていたせい？

しかし、近くまで行くと、グリルガードでバンパーを補強し、側面にスポットライトをつけた暗い色の車は、何度となく見た覚えのあるものだと気がついた。

クラウン・ヴィクトリア？　まさか……。

セオドシアは通りに出て、運転席側のウィンドウにそっと近づいた。腰をかがめ、あいたウィンドウからのぞきこむと、バート・ティドウェル刑事のぎょろりとした目が目の前にあった。

「わたしは逮捕されるのかしら？」セオドシアは訊いた。

刑事の口の端が、ほんのちょっとぴくぴく動いた。「いまのところは自宅軟禁ということにしておきましょう」彼はいつものライオンのような低いうなり声で言った。そこでいったん、口をつぐんだ。「なかに入ってもよろしいですかな?」

「ええ、どうぞ」

バート・ティドウェルはぶしつけだが、かなり頭の切れる刑事で、チャールストン警察の殺人課を率いている。大柄で恰幅がよく、見事なまでに大きな頭と、やや出っ張り気味の目をしている。その性格も人並みはずれていて、怒れるハイイログマからちょっと機嫌の悪いセイウチまでの範囲で気分が変化する。今夜は暖かいはずだが、少々くたびれたツイードのジャケットにお揃いのベストという恰好で、ベストは出っ張ったおなかのところがぴんとのびていた。

刑事はセオドシアのあとをついて彼女の家に入り、巨漢のわりには軽い足取りでリビングルーム、ダイニングテーブルと抜け、キッチンに入った。

アール・グレイがベッドから起き出し、好奇心いっぱいにくんくんにおいを嗅いで出迎え、すぐに悠然と寝床に戻った。前にも会った人間だ。大丈夫、危険じゃない。

コンロと反対側の壁の冷蔵庫のあいだにどうにかおさまった刑事は、ざっと見まわして言った。「いい感じですな。落ち着ける」

「少し手を入れないとだめだけど」

「戸棚のことですか」刑事はうなずきながら言った。

「そう、古くてくたびれているでしょ」

「そうは言っても、この家のよさを損なうようなことはしないでもらいたいですな」これがティドウェル刑事という人だ。優秀な警官であると同時に趣味人でもある。『NCIS～ネイビー犯罪捜査班』とホーム&ガーデン・テレビが合体したような感じとでも言おうか。

セオドシアは棚からニルギリの缶を取った。「お茶をお飲みになる？」そう訊いたが、すぐに、もっと強い飲み物のほうがいいと思い直した。「それとも、ワインがいいかしら」

「ワインですか」刑事は言った。「そいつが問題なのではないですか？」

セオドシアは振り返って刑事をじっと見つめた。「どうしてわざわざうちにいらしたの？ だって、友人として訪ねてきたようには思えないもの。それに正直言って、刑事さん、あなたはご近所づき合いをするようなタイプじゃないわ」

「うかがったのは、ミスタ・コナリーからあなたと話をするよう頼まれたからです」刑事は言った。セオドシアとドレイトンはこの数年で刑事と親しくなっていた。彼が担当するいくつかの事件にセオドシアが巻きこまれ――というより、正確に言うなら引きずりこまれたためだ。その結果、刑事はインディゴ・ティーショップに足繁く通うようになった。彼にはお茶の香りに対する鋭い嗅覚がそなわっており、スコーンだったらいくらでも食べられる胃袋の持ち主でもあった。

「ドレイトンが刑事さんに電話したの？ 本当に？」ここは感謝すべきなのか、それとも少しむっとすべきなのか、判断がつかなかった。

刑事はキッチンテーブルにゆっくりと近づき、肉づきのいい指で紫色のスミレの鉢に触れた。「あなたが育てたのですかな？」

「ええ。というか、園芸店で買ってきたあと、わたしが育ててるの」

「庭いじりは」と刑事は言った。「こんなものじゃありません。自分の手を豊かな黒い土壌に差し入れる。生命を手間暇かけて小さな、新しいつぼみにまで育てる」

「あの……」セオドシアは声をかけた。ティドウェル刑事が四つん這いになってツツジを植えたり、雑草を抜いたりしたことがあるとは、どうしても思えない。「ドレイトンから刑事さんに電話があったの？」

「ええ、そうです。しかも、あなたのティー・ブレンダーにして準パートナーの口ぶりでは、きわめて重要なことのようでした。生死に関わるほどの」彼はくるりと向きを変え、セオドシアと向き合った。「そういうわけで……ここにこうしているのです」

「ふたりがそこまでわたしを心配してくれるなんて、涙が出そう」

刑事は首を傾けた。「どうか、軽く考えないでいただきたい。どうやら、またも物騒な殺人事件の調査に巻きこまれているようですが」

セオドシアは足を踏み換えた。「ええ、そうみたい」

刑事はつづけた。「そして、ミスタ・コナリーはわたしの賢明なる助言をあなたが聞き入れることを望んでおられる」

「その助言とは？」

「関わってはなりません」

「さっき、わたしが関わっていると指摘したじゃない。それに、昨夜の件も知ってるんでしょう？　沼に車が落ちた事件よ」

「ええ、その件については あらゆる要素について熟知しております」刑事の目が細くなった。

「わたしの訪問を重く受けとめてはいないようですね？」

「とんでもない」セオドシアは言った。「ものすごく重く受けとめてるわ」

「半拘禁状態に置かれているミスタ・ヴァン・ドゥーセンは犯人と思われているが、あなたはちがうと考えておいでのようですな」質問ではなく、断定する口調だった。

「それはドレイトンから聞いた話？」

刑事のもじゃもじゃの眉の片方が、半インチだけあがった。「彼の推測です」

セオドシアは言葉に詰まった。「ヴァ……ヴァン・ドゥーセンのことはどう考えればいいかわからないの、本当に」

「しかし、彼が犯人であることには疑いを抱いている。あるいは殺人の共犯であることに」

「いくつか疑問に思う点があるとだけ言っておくわ」セオドシアは冷蔵庫をあけ、シャルドネを出した。コルクを抜き、リーデルのワイングラスを二個取ると、それぞれにワインを注いだ。「さあ、どうぞ」そう言ってグラスを差し出した。「お飲みになって」

刑事はグラスを受け取った。「いただきます」

「それで？」セオドシアは訊いた。

「まずはこのおいしいワインを味わい、そのあと、明日の朝いちばんに、アレン・アンソン保安官に電話するようメモします。事件ファイルを見せてもらえるか交渉してみましょう」

「できるの?」セオドシアは言った。その本当の意味は〝わたしのためにやってくれるの?〟だった。

彼女の目をのぞきこんだティドウェル刑事は、それが感謝の気持ちで輝いているのを見てとった。「ミズ・ブラウニング、わたしは一度心に決めたら、なんとしてでもやりとおしますよ」

23

「きょうの営業は一時までうれしいな」ヘイリーが言った。「午後いっぱい好きに使えるもん」

「三人とも、ちょっとは休まなくちゃ」セオドシアは言った。いま彼女は、ハイボーイ型チェストの棚をながめながら、今夜のオークションに出す詰め合わせにはなにを入れるか、いいかげん決めなくてはいけないと考えていた。芸術散歩の舞踏会の主催者からさっき電話があり、残された短い伝言によれば、どうかどうか、午後の早いうちに詰め合わせをバラストーン・ホテルまで届けてくださいとのことだった。

そういうわけで……土曜の朝、店があく前の時間を利用して、ミス・ジョゼットの手によるスイートグラスのバスケットを持って自分の店で買い物をし、最後の最後まで悩んでいた。けっきょく、ティーポットは同じ通りにある〈キャベッジ・パッチ〉で買った新品のピンクと黄色の花柄のものに落ち着いた。それから、ぎゅうぎゅう詰めの棚に目をさまよわせ、クロス&クロムウェル・ティーの缶入りのお茶を三種類選び出し、それをバスケットに放りこんだ。つづいて、瓶入りのデュボス蜂蜜、蜂蜜をすくうためのハニーディッパー、それに

ヘイリー公認のスコーン用ミックス粉ふた袋も選んだ。

バスケットにはまだ余裕があったので、〈T・バス〉製品もいくつか選んだ——カモミール配合のカーマインローション、フットトリートメント、それにバーベナ入りのハンドローション。そうそう、キャンドルを入れるのを忘れるわけにはいかない。ミス・ジョゼットの助言を受け入れたときに、出して自分のデスクに置いていたヤマモモのキャンドルだ。

おかしなものだわ。あの警告が現実のことになるなんて。ドレイトンとふたり、チャールストンの市境を越えてオーク・ヒル・ワイナリーまで出かけたとたん、とんでもない目に遭った。《シューティング・スター》紙のハーヴェイ・フラッグとひと悶着あったうえ、追跡劇に巻きこまれ、その結果、カール・ヴァン・ドゥーセンが逮捕された。

そしていま、セオドシアは正義がなされた満足感にひたるどころか、ヴァン・ドゥーセンが本当に犯人なのかどうか確信が持てずにいる。

ティドウェル刑事がかわりに調べると約束してくれたのは心強い。それにドレイトンの気遣いもありがたかった。けさ、彼がせかせかと出勤してきたときに、お礼もちゃんと言った。しかし彼は手を振ってそれをさえぎり、ぶっきらぼうに「礼などいい」と言うと、すぐさま仕事にかかり、お茶を選んだり、やかんをかけたりしはじめたのだった。

セオドシアがバスケットを運んでいると、ヘイリーがカウンターのところでドレイトンをからかっていた。

「ずいぶんと気前よく、すてきな商品をたくさん選んだわね」ヘイリーは言った。

「すてきな取り合わせだな」ドレイトンが言った。「きっと喜ばれるにちがいない」

「まだ最後の仕上げが残ってるの」セオドシアは言った。「オフィスにカラフルな裁断紙があるから、それを下に敷いて、全部の品を見栄えよく並べ、上にビニールフィルムをかぶせて、大きなピンクのリボンをかけるつもり」

「ふわっとした感じにするんだね」ヘイリーが言った。「そうだ、よかったら、ランチが終わったらすぐ、そのバスケットをバラストーン・ホテルに届けてあげようか？　きょうはできるだけ早く店をあとにしたいんでしょ。家まで走って帰って、シンデレラみたいにめかしこまなきゃいけないんだから」

「ありがとう、ヘイリー。助かるわ」

ヘイリーはドレイトンにちらりと目をやった。「あなたはどうするの、ドレイトン？　やっぱり今夜のために、思いっきりめかしこむわけ？」ドレイトンと友人であるティモシー・ネヴィルは舞踏会にふたりの女性を同伴することになっている。どちらの女性もかなりの高齢とはいえ、裕福な芸術の支援者であるため、ティモシーがドレイトンにどうしてもと言ったのだ。

「タキシードはブラシをかけてあるし、トムマッキャンの靴はぴかぴかになるまで磨いてある」ドレイトンは手首をひねり、年代もののパテック・フィリップの腕時計に目をやった。

「それより、きみこそ準備はいいのかね？　開店まであと五分もないが」

「大丈夫」ヘイリーは大急ぎで厨房に戻りながら言った。「心配いらないわ」

「あなたも今夜の盛大な舞踏会を楽しみにしてるんでしょう?」セオドシアはドレイトンに訊いた。

「ああ、そうだな」ドレイトンは言った。「さぞかし愉快だろうと思うよ。しかもまだ、芸術散歩も続行中だ。屋台やフードトラックがお祭り気分を盛りあげてくれることだろう」

「ええ、そうね」


午前中、インディゴ・ティーショップは猛烈に忙しかった。お客は途切れることなく来店するし、赤と白に塗り分けた観光馬車が店の前にとまっては、さらに多くのお客を吐き出していく。席にすわれなかった人はスコーンとお茶をテイクアウトし、暖かな陽射しのなか、店の外でくつろいでいた。

セオドシアとドレイトンは一心に、そしててきぱきと働いたが、それでもなかなかさばききれなかった。

「忙しすぎて、うっかりサービスの水準を落としてしまいそうだ」ドレイトンが不安を口にした。

「暴走するバッファローの群れにのみこまれたみたいな気分よね」セオドシアは言った。

「ほう」ドレイトンはほほえみ、きょうはじめておどけたところをのぞかせた。「おもしろいことを言うな」

ヘイリーは土曜日にぴったりのメニューを考え出していた——ブルーベリーのスコーン、ヤギのチーズと赤ピーマンのティーサンドイッチ、チキンサラダのティーサンドイッチ、それに彼女が言うところの〝歩きながら食べるカルツォーネ〟。カルツォーネは溶けるチーズ、あめ色に炒めたタマネギ、ソーセージの薄切りを詰めた大きなビスケットのようなもので、ナイフとフォークを使って食べてもいいし、ワックスペーパーに包めば歩きながらでも食べられる。

「みんなもっと、カルツォーネを食べたいと思っているのではないかな」ドレイトンは言った。「本来、ティーショップで出す料理ではないが」

「うちもフードトラックをやってみたらいいかもよ」セオドシアは冗談めかして言った。

「うちがやるなら、お茶とスコーン各種だけのシンプルなものにするのもいい」ドレイトンが応じる。

「名前は〝スコーン・ゾーン〟なんてどう?」

「〝ティー・キャディー〟もいいぞ」ドレイトンの機嫌が完全に復活した。

十二時四十五分、スコーンとサンドイッチがあと少しでなくなりそうという頃、セオドシアはオフィスに引っこみ、ティドウェル刑事に電話をかけた。

あいにく、不在だった。

しょうがない。だったら、ジャック・オールストン捜査官にまたかけてみよう。電話をくれる約束だったが、いまのところ、なんの連絡もない。

電話はむなしく鳴りつづけ、やがて留守番電話に切り替わった。

「こんにちは」よくある不快なビープ音が聞こえたあと、そう吹きこんだ。「セオドシアです。電話してくれるということでしたよね。それで……日本のヒガシ・ゴールデン・ブランズという会社についてなにかわかったか知りたくて。だから……ううん、いいの。電話して。お願いします」

椅子の背にもたれたところへ、ドレイトンがオフィスに顔をのぞかせた。「そろそろ、終わりにしよう」

「終わりにするって……なにを？　お客さまを？　食べるものを出すのを？」

「両方だ。もう冷蔵庫がからっぽだ。ほとんどすべてのものが品切れを起こしている」

「いらした方をお断りせざるをえなかったの？」これはセオドシアがとても恐れる事態のひとつだ。

「ふた組だけだがね。申し訳ない。きみがそういうことをしたくないのはよくわかっているが」

「きょうの場合はしかたないわ」

「とにかく、おもてのドアには鍵をかけたが、数人のお客さまがまだ残っている。だが、あと何分かしたら、さりげなくお帰りいただかなくてはな……」彼はセオドシアの顔にふたたび不安な表情がよぎったのを見て、あわててつけ足した。「わかっているとも、できるだけやんわりとやるから」

「ありがとう」


いつものように、セオドシアは最後まで店に残った。正面のドアの掛け金を二度確認し、すべての器具が消してあるのをたしかめ、それからもう一度、厨房内を点検した。うん、異常なし。家に帰り、パティオでひなたぼっこをし、なにをするでもなくごろごろ過ごすのが楽しみだ。まあ、今夜のパーティの仕度をする時間までのことだけど。

裏のドアをあけ、最後にもう一度、ざっとなかを見まわし、さあ帰ろうというとき……電話が鳴った。

セオドシアは小さく息を吐き、なかに戻って電話をひったくるようにして取った。

「インディゴ・ティーショップです。ご用件をうかがいます」

「ミス・ブラウニング？」電話線の向こう側の声はかすれて小さかった。

「そうですが」セオドシアは答えた。

「セオドシアさん？」今度はあまりに小さく、とても聞き取りにくかった。

「そうです」もう一度言った。「セオドシアです」

つづく十秒間はなにも聞こえず、もう電話を切ろうとしたとき、ささやくような声が言った。「ありがとう」

セオドシアは鋭く息を吸いこんだ。なんなの、このいたずら電話は。

「ありがとうって、なんのことでしょう?」

短く呟きこむのが聞こえ、それから、さきほどよりもさらにかすれて小さな声が言った。

「命を救ってくれたから」

セオドシアは全身が凍りついた。「どなた?」

「ぼくです。カール」

「カール・ヴァン・ドゥーセン?」

「本人です。というか、その残骸です」ヴァン・ドゥーセンは言った。

「カール」セオドシアは急に言葉がうまく出てこなくなった。「なんの用なの?」

「訊いてもらえてよかった。実はどうしてもあなたと話がしたくて」

セオドシアは受話器を強く握りしめた。「いいわ、話して」

「直接会って話したい」ヴァン・ドゥーセンの声は、電波状況の悪いラジオみたいに、はっきりしたかと思うと、聞きとりづらくなったりした。

セオドシアはぽかんとした。「そうは言うけど、あなたはどこだかに拘束されて、武器を持った警備の人に見張られてるんでしょう?」

「マーシー医療センターに」ヴァン・ドゥーセンはしわがれた声で言った。

「とにかく、話がしたい。すごく急を要することなんだ」このときは、彼の言葉はほとんど聞き取れなかった。

「そんなことを言われても……」なんて言っていいのかわからなかった。そもそも、なぜ彼はわたしに会いに来てほしいのだろう？　告白のようなことをするつもりなのかしら？　死が間近に迫り、心の重荷を吐き出したいとか？

電話の向こうで大きな声がすると、ヴァン・ドゥーセンは声を落として告げた。「とにかく来て」

切れたとたん、電話がまた鳴り、セオドシアはすっかり震えあがった。ヴァン・ドゥーセンがかけ直してきたのかと思って受話器を取り、おずおずと言った。「はい？」

「セオドシア！」マックスからだった。

「あら、あなただったの」急に胸が高鳴るのを感じた。

「ほかの人からの電話を待ってたのかな？」彼はからかい半分に言った。

「ううん、そんなんじゃないの」内緒でなにかやろうとしているのを悟られたかしら？　そうではありませんように。

「いちおう、連絡しておこうと思って電話したんだ」マックスは言った。「きみの家への予定到着時刻《ETA》は夜の八時頃になるけど、いいかな？」

「ええ」セオドシアはほっと胸をなでおろした。「文句なしよ。仕度して待ってる」

マーシー医療センターの駐車場に車を乗り入れると、セオドシアは胃がきりきり痛むのを感じた。本当にここに来てよかったの？　こんなことをしていいの？　ヴァン・ドゥーセンと話をするなんて。

もちろん、これらの疑問に対する答えはあくまでノーだ。それでもいま彼女は、駐車場を人目につかぬよう突っ切り、正面玄関に入っていった。いつ何時、警備員が駆け寄ってきて〝とまれ〟と命じられてもおかしくないと思いながら。

しかし、そんな声は聞こえなかった。

そのかわり、受付ロビーの手前に立って、白髪交じりの頭といかめしい顔をした年配の女性が、若くてさわやかなボランティアらしき人に受付の仕事を引き継ぐ様子をじっと見ていた。

「なんてついてるのかしら」セオドシアはひとりつぶやくと、受付に近づいた。

若いボランティアは心のこもった笑みを浮かべて顔をあげた。「どなたかお探しですか」

「ヴァン・ドゥーセンさんを」セオドシアは答えた。

相手は眉根を寄せた。「スペルを教えていただけますか?」彼女は言うと、キーボードのキーをいくつか叩いた。

「V・A・N……」

「そこはわかります」

「D・E・U・S・E・N」

「ありました」ボランティアは画面をじっと見つめながら言った。「お部屋は六三二号室です」

「ありがとう」セオドシアは言うと、質問や注意をされるのを避けるため、急ぎ足でその場をあとにした。エレベーターがずらりと並んだところまで来ると、六階まであがって降りた。大きな悪い家猫がいないか確認する小ネズミのように、息を殺してあたりを見まわした。廊下は驚くほど静かだった。目に入るものは、カタカタと音をさせながら進むカート、ランチのトレイをさげる光景、酸素タンクをうしろに従えて散歩に出かける患者くらいだ。

前をしっかり向き、足音をたてぬように廊下を進み、横目で病室の番号をひとつひとつ確認していった。エレベーターとナースステーションの中間あたりまで来たとき、青い制服姿の男性が反対側から大股でやってくるのが目に入った。

心臓がいきなり胸のなかでティンパニのビートを刻みはじめたのを意識しながら、セオドシアは歩を進めた。お願い。とめないで。

病院の警備員か警察官とおぼしき青い制服の男性は、受付のところで足をとめ、看護師のひとりと雑談を始めた。わきを通りすぎると、ふたりはひそひそ声でなにやら話しては、おかしそうにくすくす笑っていた。看護師がからかうような口調で言った。「あらあ、ジョージったら、そんなナンパ男だなんて知れたら、奥さんはなんて言うかしら」

セオドシアはそのまま歩きつづけ、六三二号室を見つけた。ためらうことなく、ドアを押しあけ、するりとなかに入った。

ブラインドがおりていたので、室内はほの暗かったが、ヴァン・ドゥーセンが病院のベッドに横たわっているのは見えた。眠っているようだった。しかし、ベッドに近づいたところ、もぞもぞと動き出した。それから顔をあげ、「やあ」と言った。意識が朦朧《もうろう》としているような声だった。

セオドシアは少しだけ近づいた。「こんにちは、カール」

ヴァン・ドゥーセンはうーんとひと声うなると、苦労して起きあがった。片肘をついてどうにか体を起こすと、セオドシアを見て、まばたきをした。それでようやく誰かわかったらしい。「来てくれたんだね」か細く弱々しい声だった。「来てくれるとは思わなかった」

「ええ、来たわ」セオドシアは言った。「興味があったから。どうしてほしいのか話してちょうだい」

「あ……あなたに助けてもらいたい」

セオドシアは首を左右に振った。「いまとなってはもう遅いわ」

「助けられるのはあなたしかいないんだ!」彼は切羽詰まった声で訴えた。

「ごめんなさい。お茶がほしければ、淹れてあげられる。弁護士が必要なら……そのときは、電話帳で探して」

「でも、あなたはこの一連の騒動をずっと調べてるじゃないか」

「いまは調べてないの。もう手を引いたのよ」

「でもぼくは無実なんだ! ぼくはドルーを殺してない。前にも言ったろ、あいつは友だちだったんだって!」

「ドルーを殺害した凶器の銃があなたの車のトランクから見つかったのは知ってる? ううん、正確に言うなら、ドルーの車ね。あなたは勝手に使ってたようだけど」

ヴァン・ドゥーセンは不満の声を発し、かぶりを振った。「銃がそこにあったのなら、誰かがわざと置いたんだ。信じてくれ」

「保安官にはそう説明したの？」

「しようとしたさ。でも、誰も耳を貸しちゃくれない」ヴァン・ドゥーセンは苦労して息を吸いこんだ。「どうか助けてほしい……いまはもうあなたしか頼れる人はいないんだ！」

彼を信じていいものか、セオドシアは迷った。しかし心の奥底では彼の訴えに感じるものがあった。この若者が、病院のベッドに拘束されていることに怒りをおぼえた。代理人すらつけてもらえずに。疑わしきは罰せずの精神を適用してくれる者がそばにいない状態で。

「どうかしら」セオドシアは言った。「なにも約束はできないわ。わたしはまだ……うぅん、とりあえず、二、三調べていることがあるとだけ言っておく」

ドアがガチャガチャいう音がした。

「まずい」ヴァン・ドゥーセンはあわてふためいた。「きっと――」

セオドシアはキツネ並みに素早く、白い仕切りのうしろに隠れると、ドアをあけ、浴室に身を滑りこませた。ドアをそっと閉めると、まぶしい蛍光灯のもと、息をわずかにはずませながら、さっきまでいた部屋で警備員がなにやらぼそぼそ言う声に耳を傾けた。

あっちにはもう戻れそうにない。だったら……どうしよう？

目の前のドアをじっと見たのち、押しあけ、隣の病室に出た。

ベッドでクロスワードパズルに興じていた男性が、顔をあげて彼女を見た。風になびいたような灰色の髪、鼻の頭にちょこんとのっかったワイヤー縁の眼鏡。どことなく、アルバート・アインシュタインを思わせる。

「こちらは問題ありませんか？」セオドシアは快活な声で訊いた。「必要なものはありますか？」

男性はゆっくりと首を横に振った。なにもないの意味で。

「そうですか。お邪魔しました」セオドシアはにこやかにほほえんでから、廊下に出た。そして、大きく安堵のため息をつきながらも、次の手をどうするべきかと考えていた。

24

マックスは時間どおりに現われ、ふたりはさっそく芸術散歩の舞踏会に向かった。黒いロングドレスと華奢《きやしや》なサンダルという恰好のセオドシアは気品があり、なにかの彫像のような雰囲気さえただよわせていた。髪はちょっと遊んで、ゆるいお団子にまとめ、母のものだった宝石のついた小さなピンでとめてあった。

だから、マックスのBMWでブロード・ストリートを走っているときは、世界の頂点にいるように感じてもおかしくなかった。

ところが、そんな気分にはなれなかった。

数時間前、思いもかけずカール・ヴァン・ドゥーセンとの対話を果たしたあと、セオドシアはアンソン保安官に連絡を取ろうとした。しかし保安官は不在だった。おまけに、保安官事務所の電話に出た女性からは、土曜の午後に、一般市民が選挙で選ばれた保安官をわずらわせるものではないと、釘を刺されてしまった。

そこで、ティドウェル刑事に連絡を取ろうとした。しかし彼もまたつかまらなかった。おまけに、ジャック・オールストンからも、いまだ連絡がない。おそらく、もう連絡はこない

だろう。

もはや万事休す。さて、どうしよう?

マックスが車を縁石に寄せ、バラストーン・ホテルの正面ドアの前にとめた。パリッとした赤いジャケット姿の駐車係が素早くマックスの側のドアに近づき、べつの駐車係が急ぎ足でセオドシアの側にまわってドアをあけ、降りるのに手を貸した。

「ありがとう」セオドシアは駐車係に小さな声で礼を言った。振り返ると、黒いキャデラック・エスカレードがすぐうしろにぴたりととまり、助手席側からジョージェット・クロフトが現われるところだった。あら、やだ。今夜はあの癖のある女性とはご一緒したくないわ。今夜だけはだめ。

そこへマックスが手を差し出し、セオドシアはホテルのなかへとエスコートされた。ほほえんでいる人々の前を通り、大きな大理石の階段をあがった。

自分とマックスはきっと理想的なカップルに見えることだろう。一分の隙もなく正装で決め、昂奮で顔を輝かせたふたりは、楽しいダンスとオークションの夜に気持ちが飛んでいるように見えるはずだ。

しかしセオドシアはペテン師になった気分だった。きょう、ヴァン・ドゥーセンに会いに行ったと知れたら、マックスはおもしろく思わないに決まっているし、頭から湯気を出して怒るかもしれない。彼だけでなく、知り合いは全員、感心しないだろう——ドレイトン、ヘイリー、ジョーダンとパンドラのナイト夫妻、ティドウェル刑事、それにもちろん、アンソン保安官も。これだって、膨大な反対者のリストのほんの一部だ。

しかし、会いに行った事実は変えられない。この事実が事件に対する答えとまでは言えないが、パズルのほんの小さなピースの可能性はある。というのも、われながらおかしいとは思うが、なぜかカール・ヴァン・ドゥーセンを信じているからだ。彼は無実で、犯人に仕立てあげられたと。

もちろん、重要なのは、誰が彼をはめたかだ。

それに対する答えをセオドシアは持ち合わせていなかった。

そういうわけで、マックスに連れられてグランド・プロムナード舞踏室に入ったときの彼女は、少し困ったような顔になっていた。まわりの人はそれを戸惑っているとか、場合によっては好奇心のあらわれと勘違いしたかもしれない。けれどもセオドシアは、誰がドルー・ナイトを殺し、その罪をカール・ヴァン・ドゥーセンに着せたのか、本気で頭を悩ませていたのだった。

今夜、この場でその難題に対する答えが見つかるだろうか？　まず無理だろう。

オーケストラが魅惑の甘いフォックストロットを奏でるなか、カップルがダンスフロアをくるくると舞い踊る。ダンスフロアの真ん中に描かれた大きなパレットに色とりどりのスポットライトが落ちて、絞り出した絵の具のように見せている。壁際にはイーゼルに飾った油彩画や、大理石の彫刻が並んでいる。舞踏室の一方の端にはバーとちょっとしたカクテルラウンジがしつらえられ、その反対側はオークションへの寄贈品であふれ返っていた。

「感想は？」マックスが訊いた。

「魔法でもかけたみたいにすてき」セオドシアは言った。「あなたとボランティアの人たちは、最高の舞台を創りあげたと思うわ」

マックスは満足そうな笑みを浮かべた。「ぼくもそう思うよ」

マックスが彼女の手を取り、オークションのテーブルのほうに連れていこうとすると、セオドシアは、思わず頬をゆるめ、いそいそとついていった。そして今夜を少しでもいいものにしようと心に決めた。なにもかもわきに置いて、ささやかな楽しみに身をゆだねよう。うん、そうじゃない。たっぷりと楽しもう。

ダンスフロアを歩いていく途中、デレインとアンドルー・ターナーがすぐそばをくるくるまわりながら通りすぎていった。顔を輝かせ、ぴったり体をくっつけ合って踊る姿は、アーサー・マレーのダンス・スタジオでレッスンを受けたばかりに見える。つづいて飲み物を三つ持ったプランテーション・ワイルズのダニー・ヘッジズと、あやうくぶつかりそうになった。ヘッジズはすぐにセオドシアだとわかると、顔をしかめ、そそくさとその場をあとにした。

「おやおや」マックスは言った。「きみはあの男にいったいなにをしたのかな？」

「まあ、ちょっとね」セオドシアは答えた。

「何者なんだい？」

「ドレイトンのお友だち」彼女はそう言い、マックスとふたり、オークションのテーブルに向かった。

「値をつけようと思ってるものがいくつかあるんだ」マックスはセオドシアに話していた。

「どれにするの？」セオドシアはヘッジズとの遭遇を頭から振り払い、マックスと同じ気持ちになろうとしながら訊いた。

彼はにやっとしてみせた。「まずは、きみのティーバスケットをなんとしても落札したいな」

「そんなにおだてられたら、木にのぼっちゃうじゃない。でも、同じものをジャスト二十秒でつくってあげられる。だから、ほかのものにしたほうがいいわ」

「わかった」マックスはそう言うと、お宝の山をながめた。「気球の遊覧飛行に値をつけるのはどうかな」彼は一枚の紙に手をのばして読んだ。「〝絵のように美しい田園地帯を飛ぶ熱気球飛行をペアで。シャンパン一本付き〟だってさ」彼は眉毛を上下させた。「気球に乗ったことはある？」

セオドシアは首を横に振った。「ないわ」

「乗ってみたい？」

「からかってるの？　乗りたいに決まってるでしょ。絶対に楽しいもの」

マックスは入札書に見入った。「どれどれ、最低価格は百五十ドルとあるな。ぼくはいくらにしたらいいかな？　百七十五ドルならどうだろう？」

「とりあえず書いてみたらいいんじゃない？」セオドシアは言った。「でも、本当に落札したいなら、何度か戻ってきて、そのたびにもっと高い値をつけなきゃいけないかもね」

マックスは金額を走り書きした。「これでよし、と。なにか飲み物をもらってくるよ。なにがいい？」

「白ワインにしようかしら」

「ちゃんと記憶したよ。きみはここで待ってる？」

ちょうど、ドレイトンたち一行が、つくり物のブドウの蔓をからませたトレリスの下に置かれた、低いカクテルテーブルを囲んでいるのが目に入った。「あそこにドレイトンがいるから、ちょっと寄ってあいさつしてくる」

「わかった。探しにいくよ」

セオドシアは顔をほころばせているパーティ好きの人々のあいだをかき分けながら、知り合いがいればあいさつし、チャーチ・ストリートのご近所さん数人に声をかけた。

ハーツ・ディザイア宝石店を経営するブルック・カーター・クロケットがつき合ったり別れたりを繰り返している恋人、チャド・ドノヴァンと一緒にいた。彼女はあいさつがわりに、セオドシアをぎゅっと抱きしめた。

「あなたのハンサムな彼氏はどこにいるの？」ブルックは訊いた。淡いブルーのロングドレスがとても似合っている。

セオドシアは手を振ってしめした。「あっちのほうに、飲み物を取りに行ったわ。あなたが豪華なジュエリーをオークションに寄付したって聞いたけど、本当なの？」ブルックはとても繁盛している宝石店を経営しているだけでなく、すぐれたデザイナーでもあるのだ。

「本当なんだ」ドノヴァンが身を乗り出した。「カルセドニーとスターリングシルバーを使ったネックレスでね。とても美しい一品だよ」

「でも、ちょっとばかり重たいの」ブルックは言った。

「それはぜひとも見てみたいわ」セオドシアは言った。「カルセドニーみたいな光沢のある乳白色の宝石は大好きだもの」

「きっと値をつけたくなると思うよ」ドノヴァンがそそのかす。

セオドシアはふたたびドレイトンがいるほうに歩きはじめた。しかし、テーブルにたどり着くと、すわっているのは彼ひとりだった。

「みんなどこに行っちゃったの？」ほんの数分前にはティモシーとヘリテッジ協会に寄贈しているふたりもいたのに。

「社交界の蝶となって、あちこち飛びまわっているらしい」ドレイトンが言った。「それより、本当に知りたいのは、きみがどこに行っていたかだ」彼は声を落とし、非難するような顔をした。「昼間のことだがね」

「聞かないほうがいいわ」

「ほう？」

「まあ、そうはいかないでしょうけど。でも、今夜は聞かないほうがいいと思う」

ドレイトンはすぐさますっとぼけた顔をした。「おやおや、セオドシア、いままではどんなことでもわたしを引っ張りこんだくせに」

セオドシアはにんまりとした。「変なこと言わないで。忘れたの？　そもそも、今度の騒動にわたしを引っ張りこんだのはあなたでしょ！」

セオドシアはマックスの姿を探しながら、ダンスフロアの端を歩いていった。おそらく、美術館か画廊の友だちとばったり出会い、掌中におさめた成功を喜び合っているのだろう。

足をとめ、人混みを見まわすと、またひとり、見知った顔に目がとまった。

「ターニャ？」セオドシアは言った。チャールストンで結婚したい相手ナンバーワンでありながら結婚しようとしないデューク・ブラザーズと腕を組んで近づいてくるあの人は、本当にモデルのターニャ・ウッドソン？　うん、たしかにそうだ。しかも意外にも、彼女はセオドシアと話がしたくてたまらない様子だった。

「カール・ヴァン・ドゥーセンのこと、聞いたわ」ターニャの目は昂奮で輝き、少し息がはずんでいるようでもあった。もっともそれは、一緒にいるブラザーズが銀行の資産家の跡継ぎだからかもしれない。

「逮捕されたわ」セオドシアは言った。「アンソン保安官は殺人容疑で処理したそうよ」

ターニャは顔をくもらせた。「それは保安官の誤解よ。ヴァン・ドゥーセンは人殺しじゃないわ」

「そいつの車から拳銃が見つかったんだよ」ブラザーズが口をはさんだ。

「知ってるってば」ターニャはきつい調子で言い返した。「あたしだって新聞くらい読んでるんだから」それからふたたびセオドシアに向き直った。「カールはドルーの友だちだったの。それに人殺しなんかする人じゃない」

「他人のことはわからないものさ」ブラザーズは言いながら、彼女を引っ張るようにしてその場をあとにした。

ターニャまでもがヴァン・ドゥーセンの無実を信じているとは、おもしろい。もっとも、ドルーとヴァン・ドゥーセンが友だち同士だったのなら、彼女だって彼をよく知っていたはずだ。もしかしたら性格証人として証言してもらえるかも……。

セオドシアはそこで考えるのをやめた。だめ、今夜は。ここには楽しみに来たのであって、それ以上でもそれ以下でもない。

さてと、さっさとマックスを探さなくては。

きっと、またオークションテーブルのところにいるんだわ。気球飛行にもっと高い値をつけようか悩んでるのよ。

しかし、行ってみると、マックスの姿はなかった。

それでもしつこくきょろきょろ見まわしていると、オークションにはほかにも同じくらい豪華な品がいくつかあるのに気がついた。〈ヒューバート&フンボルト〉というオークションハウスから寄付された、アンティークのカルティエの腕時計で、色はローズゴールド。ヒルトン・ヘッドにある贅沢なタウンハウスで一週間過ごす権利。さらにはアップル社のｉＰａｄ。そのすぐ隣に並んでいるのは、アンドルーが寄付したシャトー・ラトゥールだ。入札書をのぞくと、すでに八百ドルの値がついていた。すごい。〈レディ・グッドウッド・イン〉からは、ふたりで過ごすロマンチックな週末が寄付されていた。

オークションの品をながめながらテーブル沿いに数歩進み、自分のティーバスケットの前で足をとめた。じっと見つめるうち、ヤマモモのアロマキャンドルに目が行った。ミス・ジョゼットはこのアロマキャンドルにどんな力があると言っていたんだったかしら？　たしか、泥棒の正体がわかるとかなんとかだったはず。正確な言葉は思い出せないけれど。

ビーズのクラッチバッグのなかで携帯電話が軽やかに鳴り、セオドシアは急いで出して、応答した。「もしもし？」マックスが、彼女を見つけようと電話してきたにちがいない。混み合った舞踏室で居場所を突きとめようというのだろう。

「セオドシア」太くて温かみのある声がした。「ジャック・オールストンです」

「ジャック」本当に電話をくれるとは、ちょっと意外だった。ジャック・オールストンにはもう、期待していなかったのに。

「ヒガシ・ゴールデン・ブランズの件でいくらか情報を入手しました」

「そう」

「ざっくり言えば」とオールストン。「いかがわしい会社です」

セオドシアは違和感をおぼえた。というのもパンドラがその会社を絶賛しているからだ。

「具体的に言うと？」

「ええとですね、一年ほど前ですが、その会社は数百樽のウィスキーを香港に輸出したんです。それがとんでもなく質の悪い代物でね、ブルガリアの蒸留所で二日ばかり寝かせただけ。とにかく、手短に言うと、ヒガシ・ゴールデン・ブランズのそのご友人はそいつを瓶詰めし、ラベルを貼り、日本に送った。そこで、〝サントリー・プレミアム・ウイスキー〟という名のもと、そうとうの高値で販売されたというわけです」

「でも、中身はプレミアムとはほど遠い」セオドシアは言った。

「バッテリー液も同然ですよ。それに、サントリーの製品でないのもたしかです。ともあれ、日本の大企業であるサントリーは、彼らを相手取って訴訟を起こしています」

「訴訟の内容は？」

「基本的には差し止めです。実に日本的だ」

セオドシアは眉根を寄せた。「サントリーという会社名を勝手に使用したからね」

「まあ、もっとはっきり言うなら――」

「偽造」セオドシアは昂奮でかすかにぞくぞくするのを感じた。

「そのとおり」とオールストン。「そういう行為がやたらとはびこっているのが問題になってましてね。とくにアジアで顕著です。それによって不利益をこうむっている大手企業は驚くほど多いんです。コンピュータ会社、スポーツ用品会社……」

「それに酒造メーカー」セオドシアはふと、数フィートほどのところにあるシャトー・ラトウールの瓶に目が吸い寄せられた。

「酒造メーカーも数多くありますね」オールストンが言った。「実際……」

「オールストンさん」セオドシアの頭のなかで、ある考えがゆっくりと形になり、息をするのも苦しくなった。「あとでかけ直します」

「ええ、かまいませんが……」彼はがっかりした声で言った。

「情報のことは感謝してるわ。本当よ。でも、やらなきゃいけないことがあって……」

セオドシアは電話をバッグにしまい、シャトー・ラトゥールのラベルを穴があくほど見つめた。網状の陰影をつけた城の版画をつぶさに調べた。頭のなかでゆっくりと考えをめぐらせるうち、答えがおさまるべき場所にぴったりおさまった。

網状の陰影をつけた版画たち……。この絵は、アンドルー・ターナーが画廊の奥の部屋にしまっていたなかの一枚に驚くほどよく似ている気がする。ドルーの絵を探したとき、彼は何枚かの作品を隠そうとした。何枚かの絵をセオドシアに見せまいとした。

ちがう、何枚かの作品じゃない。一枚だけだ。彼にとって大事なのはその一枚だったのだ。

セオドシアはワインを手に取った。いまや好奇心と決意が白熱した炎のように燃えていた。

自分の推理と直感に従うと決め、そのワインを持ってドレイトンのもとに急いだ。彼はヘリテッジ協会の理事ふたりとテーブルを囲んで談笑中だった。こっちへ来てというように人差し指で合図すると、彼はすぐさま席を立ち、やって来てくれた。

「これを見てどう思う？」セオドシアはシャトー・ラトゥールを差し出した。

「なんだって？」

「あなたの意見が聞きたいの。いいから……見てくれる？」

ドレイトンはタキシードの内ポケットから鼈甲縁の半眼鏡を慎重な手つきで出してかけた。それから、セオドシアからワインを受け取り、ラベルの観察にかかった。

「どう？」セオドシアは訊いた。

ドレイトンは形ばかりの笑みを浮かべた。「これは非常に値の張るシャトー・ラトゥールのようだ」

「本当にそう思う？」セオドシアは興奮がしゅわしゅわと音をたてながら体じゅうをめぐるのを感じた。「ラベルを見て。なにか変だと思わない？」

「さあ。どうしてだね？」彼はセオドシアにうなずいてみせた。「本物ではないと思っているとか？」

「そういうこと」

「そりゃあ、たしかに、味見をしてみなくてはわからんが」

「だったら味見しましょう」

「それはだめだ」ドレイトンはボトルを大事そうに胸に抱きかかえた。「わたしは、このワインに関する含蓄ある意見を言える立場ではないからね。たしかに、折に触れて上等なワインをたしなむことはあるが、だからと言って、ワインの専門家と自称するのはあまりにおこがましい」

「だったら、専門家と言える人に心あたりはない？」セオドシアは訊いた。「ワインについてよく知っている人に知り合いはいないの？　ワイン通と思われる人に？」

ドレイトンは顔をしかめた。「正直なところ、きみがなにを言わんとしているのか、わからないのだが」

「そうでしょうね。こんな藪から棒の話をしてごめんなさい。でも、お願いだから、いまの質問に答えてほしいの」

「そうだな、ティモシー・ネヴィルなら上等のワインについてくわしいと思う。ビンテージのフランス産ワインがぎっしり詰まった、見事なセラーを持っていることだし」

セオドシアはあたりを見まわした。「で、ティモシーはまだいるかしら？」

「もちろんだとも」

「いまはどこに？」

ドレイトンは舞踏室内を見まわした。「たしか……ふむ、ほんの数分前には見かけたのだが」

「見つけて」セオドシアはもどかしそうに彼の袖を引いた。「それもいますぐ」

「どうして？　いったいなにをたくらんでいるのだね？」

「お願いだから、黙ってわたしの言うとおりにして、ドレイトン。説明してる時間はないの」

　ティモシーはバーのところにいた。前にあるカウンターには古風なカクテルが置いてあった。

「セオドシア！」ティモシーはうれしそうな声を出した。「また会えてうれしいよ。先日のすばらしいお茶会は実に楽しかった。さっきドレイトンにも話したのだが――」

　セオドシアはドレイトンの手からシャトー・ラトゥールを奪い、ティモシーに押しつけた。

「これは八四年もののシャトー・ラトゥールでしょうか？」

　ティモシーは目をしばたたいた。「うーむ……」

「ティモシー」セオドシアは言った。「そのワインをよく見て、どこかおかしいところがないか教えてください」

「おかしいところ」ティモシーは繰り返し、半眼気味の目でセオドシアを見つめた。「きみは、おかしい点があると考えているわけだな？」

「ええ。でも、あなたのほうがくわしいので、意見を聞かせてほしいの」

　ティモシーはワインを反対の手に持ち替えた。「そうだな……」そう言うと、いつもの癖で顔をしかめた。「まずは、ラベルが少しばかりちがうようだ」

「ラベルが？」ドレイトンが言った。「本当かね？」

　ティモシーは当惑した表情になった。「彼女に訊かれたから、答えただけだ」

「きみが気にしているのはラベルなのかね？」ドレイトンは言った。「いいからセオ、いますぐそいつをもとの場所に戻したほうがいい。今夜のオークションの目玉のひとつじゃないか」

セオドシアはカウンターごしにワインオープナーをつかんだ。「いい案がある。ワインが本物かためしてみればいいわ。このワインをあけて、味見すればいいのよ」

「セオドシア！」ドレイトンの声が飛んだ。「そのワインはきみのものではないのだぞ。そんなことをする権利はない！」

「いいから黙って！」セオドシアはボトルにコルク抜きを突き刺し、三回まわして強く引いた。コルクはポンッという威勢のいい音をたてて抜けた。

「いったい何事だい？」マックスが突然現われ、輪にくわわった。

「セオドシアがこのシャトー・ラトゥールを味見すると言うのだよ」ドレイトンがこわばった声で答えた。

「セオがオークションで落札したの？　本当に？」マックスは期待に満ちた目でセオドシアを見つめた。「まさか、値をつける時間はもう終わっちゃったわけじゃないよね？」

「ああ、まだ終わっていないとも」ドレイトンが言った。「セオはそいつを失敬してきたのだ」

「なんだって？」マックスが声をあげ、セオドシアはワインをたっぷり注いだグラスをティモシーに差し出した。

「さあ、どうぞ」セオドシアはティモシーの顔をじっと見つめた。「味見してみて」そう言って、ワイングラスを彼のほうに押しやった。

ティモシーは肩をすくめた。「よかろう」グラスを手にし、しばらくながめたのち、少し口に含んだ。

「どう？」セオドシアはそわそわしすぎて、つま先立ちで踊っているよう気がした。「どう思います？」

ティモシーは今度はもう少し長く口をつけ、ワインを口のなかで転がした。それから無表情にセオドシアを見つめた。「本当にわたしの意見が聞きたいのだな？」

「もちろん！」

ティモシーは唇をゆがめた。「こいつは安物だ」

ドレイトンはあえぐような声を盛大に洩らした。「なんだって？　それはシャトー・ラトゥールではないと言うのかね？」

「残念ながら、そうだ」ティモシーは答えた。「まったくの別物だ」

「だって、このワインは偽物だもの」セオドシアはワインをしっかりと抱えた。「ナイトホール・ワイナリーで数カ月ほど寝かせただけの代物。だからパンドラは赤ワインだけを生産したがったの。だから、あんなに急いでヒガシ・ゴールデン・ブランズのタナカ氏と契約を結ぼうとしたの」

マックスの顔が真っ青になった。「なにを言ってる？　いったいなんの話だ？」

「ヒガシ・ゴールデン・ブランズは、日本のワイン市場に安物のワインを売りつけるつもりだってこと」セオドシアは言った。

ドレイトンは呆気にとられた顔になった。「そんなはずはないぞ。ジョーダン・ナイトがそんな不正に手を染めたりするものか！」あまりにきつい口調になり、数人が彼のほうを振り返った。

「ジョーダンはなにも知らないと思う」セオドシアは言った。

「だったら、誰が知っている？」ドレイトンは唾を飛ばしながら訊いた。「パンドラのほかに？」

「アンドルー・ターナー」セオドシアは答えた。「彼は偽のラベルをつくる画家と、それにおそらく印刷業者を抱えていた」セオドシアは全員に見えるよう、ワインを高く掲げた。

「思うに、ドルーはなにかの折に、ターナーの計画に気がついたのよ。そしてたぶん、やめさせようとした。だからターナーはドルーを殺したんだわ」

「ターナーが！」ドレイトンが大声を出した。

「ええ、そう」とセオドシア。「彼が偽造ワイン計画の黒幕のひとりなのはまちがいないわ」

ドレイトンが突然、腕をあげて指差した。「ちがう、そうじゃなくて……やつがあそこに！」

混み合う舞踏室の反対側に目を向けた四人は、アンドルー・ターナーが警戒心もあらわに自分たちのほうを見ているのに気がついた。

やがて状況がわかりはじめたのだろう、ターナーは事態を一瞬にして悟り、顔色を変え、口をきゅっと引き結んだ。そしてくるりと向きを変えると、アニメ『ロードランナー』のキャラクターのようないきおいで駆け出した。

「あいつをとめないと！」マックスが叫んだ。

「追いかけるわよ！」セオドシアも叫んだ。

ダンスフロアの反対側では、デートの相手が背を向けて人混みに消えていくのを見たデレインが、すがるように呼びとめた。「ねえ……待って！」

25

アンドルー・ターナーは頭を低くし、ゴールラインを目指す花形ランニングバックのように人混みに猛然と突っこんだ。

セオドシアはターナーが突如として逃げたのを見てあわててしまい、ワインを持つ手がおろそかになった。ワインは手から滑り落ち、床にぶつかって小型の爆弾みたいに粉々になった。ガラスの破片とワインがあたり一面に飛び散り、まわりの人がみんな振り返って呆然と見つめている。

「追いかけ――」セオドシアは言いかけた。

「だめだ、よせ！」マックスが彼女の腕をつかんだ。がっちりと。追跡劇など絶対にさせるものか、とばかりに。

「聞いて、マックス！」セオドシアは大声で訴えた。「あの人はドルー・ナイトを殺した犯人なのよ！」

マックスは、セオドシアをきつくつかんだまま放そうとしなかったが、彼女はお願いだから行かせてと目で訴えた。

「わかった、わかったよ」マックスは折れた。「でも、ふたりで慎重にいこうな」

「警察に連絡して！」セオドシアは首だけをうしろに向け、ドレイトンとティモシーに大声で言った。「ティドウェル刑事に話をしてちょうだい……それにアンソン保安官にも！」

ドレイトンは駆け出したセオドシアとマックスに向かって、不服そうにうなずいた。

ターナーが突っ切ったあとのダンスフロアは混乱状態だった。男性ふたりと白いドレス姿の女性ひとりが怒りに声を震わせながら、床から体を起こそうとしていた。

セオドシアとマックスはフルスピードで舞踏室のドアまで行くと、そこを抜け、ほぼ無人状態の廊下に躍り出た。前方から、大理石の階段を駆けおりていくターナーの足音が聞こえてくる。敵のほうが一歩先んじてはいるが、本気で走れば……もしかしたら……。

幅のある階段を転がるようにおり、ホテルの豪華なロビーにおり立った。一瞬だけ足をとめ、チェックインカウンター、コンシェルジェのデスク、正面扉、革のソファと鉢植えが置かれた一角へと目を走らせ、ターナーがどの方向に行ったか見きわめようとした。

「どっちだろう？」マックスが言った。「見当はつく？」

「あなたは正面から出て。わたしは裏から出る」セオドシアは言った。

「わかった。でも、気をつけて！　慎重に頼むよ！」

セオドシアは小走りでロビーに入り、ターナーは裏口から駆け足で出ていったのか、それとも目くらましのつもりでエレベーターに飛び乗り、上のどこかの階に逃げたのかと思案した。

そのとき、聞こえた。怒っていると同時に、あきらかに動揺した様子で怒鳴る声が。「ちょっと、あんた、頭がどうかしてんじゃないのか？　なんてことをしてくれたんだ！」

セオドシアはくるりと向きを変えると、右のほう、両側に店が並ぶ長い廊下を走り出した。まっすぐ前方に、毛足の長いカーペットに高そうなスーツケースが何個も散らばっていた。荷物運び用の真鍮のカートもひっくり返っていて、ベルボーイが怒りくるったようにわめき、げんこつを振りまわしている。

決まり！　ターナーは絶対にここを通ってる！

廊下を追いかけ、角を曲がると、ちょうどターナーが真鍮と木でできた重厚なドアを抜け、ホテルの高級フレンチレストラン〈セリーズ〉のなかに消えるところだった。

獲物を追うハンターのように、セオドシアもターナーを追って〈セリーズ〉に入った。受付カウンターをあわててかわし、タキシードに身を包んだ給仕係の一団に突っこんだ。

「ちょっとお待ちを、マダム！」きりりとした受付係が呼びとめたが、セオドシアはターナーにつづいて、滑るようにして角を曲がった。

セオドシアのペースはまったく乱れなかった。ディナー中のテーブルのわきを次から次へと通りすぎ、お客のほうは、ふだんはとても静かで上品なレストランで繰り広げられる追跡劇を呆然とながめていた。

前を走るターナーは、振り返ってセオドシアが追ってくるのに気づき、テーブルをまわりこんだ。これで逃げ切れたと思った瞬間、四人連れのテーブルのわきでサラダをあえていたウェイターにまともにぶつかった。大きなガラスのボウルがぐらぐらと揺れたかと思うと、床に転がり落ち、中身のベビーリーフがぶちまけられた。色のついたヴィネグレットソースが入ったクリスタルのディスペンサーも数個、床に叩きつけられた。

セオドシアは十ドルのルッコラで足を滑らせそうになりながらも、さらにあとを追っていくと、厨房に通じるスウィングドアを力まかせに押しあける彼の姿が目に入った。

セオドシアもつづいて厨房に入った。怒鳴り声がするので――フランス語らしきものもあれば、スペイン語もあった――ターナーがここに飛びこんだのはまちがいない。

ビーフブイヨンとフランス風オニオンスープが大釜のなかでぐつぐついっているコンロのわきを走りすぎた。巨大な直火グリルではおいしそうなステーキ肉や厚切り肉がジュージューと音をさせている。染みのついた白いコックコート姿の男性数人と女性ふたりが、いきおいよく駆けていくセオドシアを呆気にとられた様子で見ていた。顔の大部分とシャツの一部がクレームフレーシュにまみれたウェイターが、なりふりかまわぬターナーにぶつかられたのだろう、よろよろと立ちあがるところだった。

むっとするほどの暑さ、湯気、大パニックの向こうに、ターナーの姿が見えた。彼はつるつるの床で足を滑らせ、転んで膝をしたたかに打った。しかし、次の瞬間には立ちあがり、非常口に向かって駆け出した。ドアにかかったかんぬきにまともにぶつかり、アラームが鳴り響いた。ビービーとけたたましく、頭がどうにかなりそうだ。

セオドシアは閉まりかけたドアにいきおいよくぶつかりながらも、そこを突っ切り、彼を追いかけた。

裏の路地に出ると、生ゴミの悪臭が鼻のなかに充満した。うっ。

右に、つづいて左に目をやると、ターナーがかかとをうしろに蹴りあげるようにして、細い路地を一目散に走っていくのが見えた。

首だけうしろに向けた彼は、あせったように顔をゆがめた。すぐさま左腕をのばし、走りながらゴミの缶をひっくり返しはじめた。

セオドシアはオリンピックの障害物レースの選手のように、倒れたブリキの缶を飛び越えては走り、飛び越えては走りを繰り返した。

「とまりなさい！」彼の背中に向かって呼びかけた。

ターナーはとまらなかった。それどころか、混み合った道路に飛び出し、アート作品の屋台やらフードトラックやら、道行く何百人という芸術愛好家やらで飽和寸前のなかに突っこんだ。

セオドシアも数秒遅れて路地を出た。一瞬足をとめ、空気を肺いっぱいに吸いこみ、ターナーはどっちに逃げたのだろうと考えた。右を見ても左を見ても、チャーチ・ストリートはお祭り気分がたけなわだった。見物客でごった返し、まぶしい光があふれ、路上ミュージシャンたちが演奏している——そして、誰ひとり、いまなにが起こっているのか気づいていない！

空が紫黒色に染まりはじめるなか、左に目をやると、マックスが足を引きずりながらやってくるのが見え、セオドシアは呆然とした。顔が真っ赤で、見るからに疲れきっている。

「ターナーを見なかった？」セオドシアは訊いた。「どっちに行ったかわかる？」

「あっちだ！」マックスはがむしゃらに手を振り動かした。「ぼくは逆方向に走ってたんだけど、あきらめて引き返してきたら、ちょうどあいつが路地から出てきて、あっちに行くのが見えたんだ」彼は息を切らしながらそれだけ言うと、急に体をふたつに折った。「でも、ぼくはもう……」疲れ果て、息も絶え絶えだった。

しかし、セオドシアはまだ大丈夫だった。この数年というもの、俊足の愛犬アール・グレイとともにホワイト・ポイント庭園を一周し、裏の路地をくねくねと走り、暗い裏庭を走りまわってきたのだ。足には自信があるし、鍛えた筋肉は張りがあって、いい状態をたもっている。全速力でも二十分は走れるだろう。ジョギング程度なら一時間はいける。そういうわけで、規則正しく鼓動を刻む心臓の奥底でも、体を形成する細胞のひとつひとつのなかでも、自分ならあの人殺しを追いつめられるとわかっていた。

セオドシアは追跡を再開した。

すでにそのブロックのなかばまで進んでいたターナーの足取りがあやしくなりはじめた。セオドシアの五十ないし六十歩ほど先だろうか、右に左によろめきながら芸術散歩の人混みを縫っていく。ばてて、息が切れているのは誰の目にもあきらかだが、いきなり額入りカラー写真を展示したブースを突っ切ったかと思うと、〈ゾルバズ・ジャイロ〉のフードトラックをすんでのところでかわし、陶器のマグやボウルでいっぱいのテントにあやうく突っこみかけた。

彼はケトルコーンの屋台のそばで一瞬足をとめ、息をととのえた。目立ちにくいようにと黒い上着を剝ぎ取るようにして脱ぎ、あちこち見まわして、逃げ道はないかと必死に探している。

とうとう追いつめた、とセオドシアは心のなかでつぶやいた。ターナーは退路を断たれつつあり、本人もそれを自覚している。息をととのえようと足をとめるたび、あるいはうしろを振り返るたび、パニックでしだいに顔が憔悴し、げっそりしてきていた。

ターナーはどこに逃げるつもりだろう。あと数ブロック走って、ゲイトウェイ遊歩道に向かう？　だったら、もう袋のネズミだ！　あそこは生け垣と錬鉄のフェンスにふさがれているから、いずれ逃げ道を失う。ドレイトンが九一一に連絡してくれたから、チャールストン警察のパトカーがこっちに向かっているところだろう。そうでなくても、マックスが通報している。だから、セオドシアとしてはこのままターナーを追いつづければ……。

なんなの？　あの人、いったいなにをするつもり？

ターナーは出し抜けに赤い大型フードトラックの後部ドアに駆け寄った。車体の側面には赤と黄色で〈バウザーのホットドッグ〉と店名が書いてある。

ターナーは後部ドアをぐいと引き、素早くなかに入った。いくらか抵抗されたのだろう、いきなりホットドッグ用のバンズがのった大きなトレイが飛んできて、血のように見えるが、実際には深紅色のケチャップが降り注いだ。つづいて、マスタードの染みが点々とするエプロンをかけた経営者が、ぶつぶつ言いながら転がり出た。

まずい！　あのトラックで逃げられたら、捕まえられなくなる！

しばらくなかでガチャガチャ派手な音がしていたが、フードトラックのエンジンに命が吹きこまれ、空ぶかしの音が響きわたった。

ギアがギシギシいうのが聞こえ、セオドシアはフードトラックの後部ドアに駆け寄った。ドアが勝手にあき、ターナーはどこにギアを入れたらいいのかわからないらしく、あちこち入れ替えながら、悪態をつく声が聞こえた。

フードトラックががくんといって発進すると、セオドシアは後部バンパーに片足をかけ、ドアをがっちりつかんだ。

〈バウザーのホットドッグ〉は一気にスピードをあげ、チャーチ・ストリートをあっちにぶつかり、こっちにぶつかりしながら走っていき、セオドシアは振り落とされまいと必死でしがみついた。

歩行者が足をとめ、蛇行するフードトラックを口をあんぐりあけて見ている。車がそこそこのスピードに達したとき、スピーカーが『ポンとイタチが逃げました』のメロディをやかましく流しはじめた。

ターナーは駐車している車に次々とぶつかり、対向車の横腹をこすり、乗合馬車にあやうく衝突しそうになりながら、チャーチ・ストリートを強引に走りつづけた。その間セオドシアは死にものぐるいでつかまりつつ、なんとかなかに乗りこもうとあれこれこころみていた。

甲高いブレーキの音が響き、つづいて、オレンジ色のセーフティコーンが五個、立てつづけにセオドシアの頭をかすめていった。彼女はいましかないと判断し、力を振りしぼって、車内に乗りこんだ。

トラックの揺れに応じて前後左右に振られながらも、どうにかゴムマットの上でバランスを取り、息をととのえようとした。なんとかこのフードトラックをとめなくてはならない。死人が出る前に道路わきに寄るよう仕向けなくては。

でも、そんなこと、どうやればいいの?

セオドシアはトラック内を見まわし、武器になるものはないかと探した。戸棚、脂がこびりついたフラットグリル、ピクルス、生のタマネギ、刻んだオリーブが入ったアルミの容器、ホットドッグがどっさり入ったアイスボックス。しかし、抑止力になりそうなものはひとつもない。

セオドシアは一縷《いちる》の望みをかけて、戸棚を乱暴にあけた。大きな鉄のフライパンがフックにかかっていた。

しょうがない。これでもないよりましだわ。

右手にフライパンを持ち、もう片方の手で体を支えながら、足音をしのばせ、ゆっくりと前方に進んだ。

セオドシアが乗りこんでいるのに気づいていたにせよ、ターナーはそんな素振りはまったく見せなかった。歩行者をよけ、エンジンを吹かすことに全神経を集中させているようだ。あいかわらず、サイレンの音は聞こえてこない。セオドシアはパトカーが一台も追跡してこないのを不審に思った。黒いフォーマルドレス姿の女性が、疾走するフードトラックにしがみついていたのに、誰も通報していないなんて。もっとも、明日までにはこの一部始終がユーチューブにアップロードされているだろう——ネットで大きな話題になるにちがいない！

腰を落とし、そろりそろりと前方に向かった。ゴムマットが吸収してくれるので、足音はまったくしない。

ようやく運転席のすぐうしろに忍び寄ると、いったん動きをとめ、大きく息を吸った。それからフライパンを高々と持ちあげ、「無謀運転はこれまでよ！」と叫び、フライパンをターナーの頭頂部に振りおろした。

ゴンッ！

ターナーの全身が電気を流されたみたいに反応した。体が前に倒れ、両手がハンドルから離れた。頭ががくんと横に倒れ、白目を剝き、右脚がアクセルを踏んだまま硬直した。

いけない！

「思ったとおりにはいかないものね」セオドシアはつぶやくと、トラックが赤信号を無視して突っこむ直前、倒れこむようにしてハンドルを握った。とっさの判断でターナーの脚を蹴ってどかし、意識のない体を運転席側のドアに押しつけた。それからブレーキを強く踏み、運を天にまかせた。

タイヤが鳴り、歩行者が悲鳴をあげながら右往左往し、対向車がクラクションを鳴らす。危なっかしくハンドルを切ると、スピードがいくらか落ちたが、それでもまだべつのフードトラック——側面にコーンに盛った巨大アイスクリームの絵が描いてある——にまっすぐ向かっていた。

危ない！　このままだとぶつかっちゃう！　あのトラックにまともにぶつかったら、ホットドッグ風味のアイスクリームができちゃうわ！

そのとき、セオドシアのためだけに神の摂理がはたらいたかのように、目の前に街灯の柱が現われた。

これだわ！

もう一度ハンドルを乱暴に切り、フードトラックを柱のほうに向けた。そして、しっかり身がまえて突っこんだ。

ガチャン！

金属同士がこすれる不快な摩擦音があがり、トラックが死にゆく恐竜のようにぶるっと大きく震えた。街灯の柱がギシギシいいながら、妙な角度に折れ曲がった。セオドシアは完全に踏ん張りがきかなくなり、あっちこっちに投げ出された。最後にうしろに飛ばされ、ゴムマットを敷いた床に落下した。

ドスン！

「きゃあ！」

それで……終わりだった。もうトラックは走っていないし、衝突することもなくなった。

とにかく、とまってくれた！

息をはずませ、しきりにまばたきしながら、セオドシアは暴走がようやく終わったのが信じられずにいた。髪の毛は怒りに燃えたメドゥーサのように縮れてもつれ合い、ドレスはもう使いものにならない状態だった。セオドシアはうめき声を洩らすと、体じゅう打ち身とあざだらけだろうなと思いながら、体を起こし、よろける足でフードトラックのなかを歩いていった。まだジュージューいっているグリルの前を通りすぎ、油まみれのタマネギをそろそろとまたぎ越した。後部ドアを蹴ってあけ、よろよろと外に出たそのとき、スピーカーから最後にもう一度、『ポンとイタチが逃げました』のメロディが弱々しく流れ、ぷつんと切れた。

アイスクリームのトラックの持ち主は血走った目と縮れた髪をした浅黒い男性だったが、彼は彼女のもとに歩み寄り、腕を大きく振り動かしながらわめいた。

「あんた、どうかしてんじゃないか？　もうちょっとでおれにぶつかるところだったんだぞ。ぶつかるところだったんだ！」そんな調子でわあわあわめき、噴出したアドレナリンのせいでせわしなく動きまわっている。

セオドシアは片手をあげ、うんざりしたように相手を振り払った。「でも、ぶつからなかったじゃない。トラックは無事。あなたも無事」

アイスクリーム販売の男性はちょっと考えたのち、たしかに自分もトラックも無傷だと気がついた。彼は震えながら息を吸いこむと、少し落ち着いたらしく、手の甲で口もとをぬぐった。それからセオドシアをまじまじと見つめて言った。

「ところであんた、ロッキーロード・アイスでも食べるかい？」

26

総動員した警察官と、ティドウェル刑事のぶっきらぼうな命令により、ようやく現場の後始末がおこなわれた。こぼれた食べ物をすべて片づけるには、膨大な時間とエネルギーが必要になるだろう。ドレイトンが言うところの〝破壊の跡〟はゆうに五ブロックもつづいていた。

しかし、アンドルー・ターナーは逮捕されたものの、その夜はまだ終わっていなかった。セオドシア、ドレイトン、マックス、そしてティモシーの四人は人知れずインディゴ・ティーショップに引っこんでいた。ドレイトンとティモシーは、マックスとセオドシアが追跡を開始した時点で芸術散歩の舞踏会を断念していた。かくして、セオドシアとドレイトンはティーショップのドアをあけ、全員でこの奇妙な事件について話し合い、高ぶった気持ちを静めようとしていた。

「カモミールとディンブラを淹れたよ」ドレイトンはカウンターのなかでお茶を淹れていた。

「そんな手間をかけなくてもよかったのに、ドレイトン」マックスが言った。

「こうしたかったのだよ」ドレイトンは言った。「忙しく、なにかしていたくてね。でない

と落ち着かなくて、どうにかなってしまいそうだ」

「それは困るわ」セオドシアは言った。ロングドレスを見おろすと、全体的にひどいありさまだった。脂が飛び散り、ケチャップとマスタードがペーズリー柄を描いている。裾は一ダースもの怒れるウォンバットに引っかかれたみたいにぼろぼろだ。デレインはどう思うだろう？　このドレス、返品はきくかしら？　おまけに、きょうのダンスの相手が殺人事件の容疑者だとわかったら、デレインは半狂乱になるにちがいない。そっちのほうが大問題だ。

正面のドアを荒々しくノックする音が聞こえ、にぎやかなおしゃべりは一瞬にして中断した。

「いったい誰だろう？」マックスが言った。

「お客さまだろうか」ドレイトンがドアのほうに歩いていった。「まあ……たしかめるにはこうするしかあるまい」そう言って、ドアをあけた。

アンソン保安官が戸口に立ち、ウサギの穴をのぞきこむかのようになかの様子をうかがった。それから、かぶっていた制帽をさっと脱いだ。「ティドウェル刑事から、みなさんはこちらだろうと聞いたもので」

「お入りください」ドレイトンは言った。「さあ、どうぞご一緒に《ジョイン・ザ・パーティ》」

「パーティと言えるかどうか」マックスが言った。

「お茶を一杯いかがですか、保安官？」セオドシアは訊いた。

「お茶？」保安官の口調は、ストリキニーネと言うのと同じだった。

「お口に合わないとはかぎりませんからね」ドレイトンはカップに注ぎ、アンソン保安官に渡した。「どうぞ、完璧な淹れ具合ですよ」

保安官は持っていたダッフルバッグをおろし、おそるおそるひとくち含んだ。「悪くない」

「それはちがいますな」ドレイトンは言った。「ここでは〝うまい〟と言うべきです」

「なにか知らせに来てくださったんですか、保安官?」セオドシアは訊いた。わざわざここまで出向いてきたのには、それなりの理由があるはずだ。

アンソン保安官はうなずき、一歩前に進んだ。「まずはいちばん重要な知らせからだ。アンドルー・ターナーはすべて自供した。ドルー・ナイトを殺害したこと、ワイナリーで殺虫剤を噴霧させたこと、ヴァン・ドゥーセンの車に銃を隠したこと。それから、部下がパンドラ・ナイトも拘束した。ドルー・ナイト殺害にはいっさい関与していないと主張しているがな。それに、アンドルー・ターナーが犯人だとはまったく思わなかったとも言っている」

「でも、偽造には関わっていたはずだわ」セオドシアは言った。「絶対に」

アンソン保安官はうなずいた。「うむ、それについては全面的に自供した。画廊の経営に行き詰まったターナーから偽造ワインの製造計画を持ちかけられたんだそうだ。そしてふたりしてそれをタナカ氏に売りこんだ」

「その逆かもしれないわね」セオドシアは言った。

「言い出しっぺが誰かはわからんかもしれんな」そう言ったのはティモシー・ネヴィルだった。

「とにかく」保安官は話をつづけた。「パンドラは金がほしいあまり、その愚かな計画に乗ったというわけだ」

「しかし、金なら充分あるではないか」ドレイトンが言った。

「いくらでもほしいものなのよ」セオドシアは言った。

マックスがかぶりを振った。「彼女の言い分を信じるんですか？」

アンソンは大きな胸を親指でとんとん叩いた。「パンドラが偽造ワインの一件に積極的に関わったかという点については、そうだろうなと思う。だが、人殺しではありえない」

「わたしも同意見よ」セオドシアは言った。「けっきょく、パンドラとジョーダンはドルーの死をきっかけに、元の鞘《さや》におさまったんだし。パンドラは超一流の策略家かもしれないけど、人殺しとは思えない」

マグノリア墓地で耳にしたパンドラとターナーのやりとりがまざまざとよみがえる。あのときパンドラは「そんなことしないでしょうね」というようなことを言い、それに対しターナーは「するわけないだろ」と答えていた。

いま思えばあれは、ターナーが言ったような、ドルーの絵をめぐる会話ではなかった。パンドラはドルーを殺したのかとターナーを問いつめていたのだ。パンドラはターナーを信頼しすぎていた。それに、欲が深すぎた。

「ターナーにくらべたら」とマックス。「パンドラのほうがまだましだったということだね」

「ましとは言え、それでも悪党に変わりはないわ」セオドシアは言った。

ドレイトンはうなずいた。「まったくだ」そう言うと、青白柄のティーポットを掲げた。「ほかにおいしいお茶がほしい人は？」

「ぼくは少しばかり強いものが飲みたいな」マックスが言った。「今夜はナイトキャップが必要になりそうだよ」

「そう言えば……」アンソン保安官が床に無造作に置かれたダッフルバッグに手を入れ、ワインを一本出した。

「どれどれ」マックスはラベルに目をこらした。「なんと！　シャトー・ラトゥールじゃないか！」

「また偽物か」ドレイトンが鼻で笑った。「もう、そういうのはたくさんではないかね？」

「そう早合点しなさんな」アンソン保安官は言った。「このワインはターナー画廊の奥の部屋にあったものだ。ついでに言うと、そこでは偽造用のラベルも山のように見つかった」

「つまり……このワインは本物かもしれないと？」マックスが言った。

「いつも言ってるように」とセオドシア。「たしかめる方法はひとつしかないわ」

すぐさまワインオープナーが出てきて、栓が抜かれた。セオドシアはワイングラスを並べ、慎重な手つきで注いだ。

ドレイトンはグラスのなかでワインをまわし、いのいちばんに少し口に含んだ。顔をしかめ、鼻にしわを寄せながらワインを味わう。「なんとなんと……かなりいいもののようだ。ティモシー？　ワインにくわしいきみの意見を聞かせてくれないか？」

ティモシーはグラスに鼻を近づけ、香りを深々と吸いこんだ。それからグラスを傾け、ひとくち飲んだ。

「どうですか？」マックスが訊いた。

ティモシーの目が輝いた。「ほう、たしかにこれはかなりの上物だ。もちろん、息をさせてやる必要はあるが、充分に空気を含ませてやれば、ひじょうにすばらしい味になるだろうよ」

アンソン保安官がにやりとした。「そうでないと困るんだ。こいつは偽ラベルをつくるのに参考にしたワインだとにらんでるんでね」

「つまり、本当に本物だとおっしゃるの？」セオドシアは言った。

「そうとも」

マックスがセオドシアを引き寄せ、抱きしめた。「本物なんだよ」と耳もとでささやく。

「では、乾杯といくか」ティモシーが言った。

「きみと同じで」

ドレイトンがワイングラスを掲げ、いたずらっぽくほほえんだ。「解明した謎に！」

全員がグラスを触れ合わせながら、同じ言葉を唱和した。「解明した謎に！」

マンゴーの冷製スープ

＊用意するもの（4人分）＊

マンゴー……2個

砂糖……¼カップ

レモン……1個

生クリーム（またはハーフ&ハーフ）……1½カップ

＊作り方＊

1　マンゴーは皮を剥いて種を取り、実を刻む。レモンは皮をすりおろし、果汁を搾る。

2　マンゴー、レモン汁、レモンの皮のすりおろし、砂糖、生クリームをミキサーまたはフードプロセッサーにかけ、なめらかになるまで攪拌する。

3　冷やしてから盛りつける。

※米国の1カップは約240ml

たっぷり野菜のティーサンドイッチ

＊用意するもの（8個分）＊

キュウリ（小）……1本

赤ピーマン……½個

ワケギの小口切り……¼カップ

パセリのみじん切り……大さじ1

クリームチーズ（226g入り）……1箱

マヨネーズ……大さじ1

塩……適宜

薄く切ったライ麦パン…… 16枚

＊作り方＊

1 キュウリは皮を剥き、種を取ってさいの目切り、赤ピーマンは小さめのさいの目切りにする。クリームチーズはやわらかくしておく。

2 パン以外の材料をボウルに入れ、しっかりと混ぜ合わせる。

3 パンの半分に**2**を塗り、残りのパンでサンドし、対角線で三角に切る。

＊作り方＊

1　バターは冷やし、小さく刻んでおく。

2　大きめのボウルで小麦粉、砂糖、ベーキングパウダー、塩を混ぜ合わせ、**1**のバターを入れる。全体がさらさらになるまで、スケッパーまたはナイフでバターを切り混ぜる。

3　**2**に牛乳をくわえて混ぜ、ひとまとめにする。うまくまとまらないときには、牛乳を少しだけ足す。

4　小麦粉を薄く振った台に**3**の生地をのせ、25×30cm、厚さ10cmになるよう、ていねいにのばす。

5　**4**の半分の面積にイチゴジャムを塗り、ジャムを塗っていないほうをかぶせるようにして折る。

6　8等分し、縁をつまんで閉じ合わせる。油を引いた天板に並べ、220℃のオーブンで15分、全体がうっすらキツネ色になるまで焼く。

イチゴのジャムスコーン

＊用意するもの（8個分）＊

小麦粉……6カップ

砂糖……1カップ

ベーキングパウダー……¼カップ

塩……小さじ¼

バター（113g入り）……3本

牛乳……1½カップ

イチゴジャム……1カップ

＊作り方＊

1　ティーバッグに熱湯をかけてお茶を淹れ、そのまま3分待つ。

2　ティーバッグを取り出し、蜂蜜とココナッツミルクをくわえてよく混ぜ、常温になるまで冷ます。

3　砕いた氷を入れたグラスに**2**を注ぎ入れ、くし形に切ったレモンを添える。

ドレイトン特製
ココナッツ風味のアイスティー

＊用意するもの（2杯分）＊

熱湯……カップ2

ジャスミン・ティー、
その他のフルーティーなお茶のティーバッグ……2個

蜂蜜……大さじ1

ココナッツミルク（無糖）……カップ1

くし形に切ったレモン

✳作り方✳

1　バターは冷やして細かく刻んでおく。

2　ボウルに中力粉、砂糖、ベーキングパウダー、塩を入れて混ぜ合わせ、そこに**1**のバターをフォークまたはスケッパーで切るように混ぜていき、なめらかにする。

3　**2**にヘビークリームをくわえて混ぜ、さらにアプリコットをくわえる。

4　薄く小麦粉を振った台で**3**の生地を5、6回こね、ひとまとめにし、厚さ4cmの円形にのばす。

5　**4**を16個の三角形に切り分け、油を引いた天板に並べ、上から砂糖（分量外）を散らす。190℃のオーブンで16〜20分焼く。

アプリコットのスコーン

＊用意するもの（16個分）＊

中力粉……2カップ

砂糖……⅓カップ

ベーキングパウダー……大さじ1

塩……小さじ¼

バター……大さじ5

ヘビークリーム……2カップ

アプリコット（刻んだもの）……1カップ

＊作り方＊

1　食パンはクッキーの型抜きを使い、1枚につき3つ、丸くくり貫き、それぞれにクリームチーズを塗る。

2　チェリートマトは半分に切り、**1**のパンにテントウムシの羽のように置く。

3　テントウムシが葉っぱにとまっているように、パセリの葉をトマトの下に敷く。

4　黒オリーブを半分に切り、そのうちの18個をとっておき、残りを細かく刻む。

5　半分にした黒オリーブをトマトの羽の前に置いてテントウムシの頭に見立て、細かく刻んだ黒オリーブをトマトの羽の上に散らして、黒い水玉模様に見立てる。全部で18個の小さな（そしてとってもかわいい）サンドイッチができあがる。

テントウムシのティーサンドイッチ

＊用意するもの（18個分）＊

食パン……6枚

クリームチーズ

チェリートマト……18個

イタリアンパセリの葉……18枚

黒オリーブ（種抜き）……18個

チャーチ・ストリート風キッシュ

＊用意するもの（4人分）＊

牛乳……2カップ

卵……4個

ビスケット用ミックス粉……¾カップ

バター……¼カップ

すりおろしたパルメザンチーズ……1カップ

冷凍ブロッコリー……280g

ハムの角切り……1カップ

チェダーチーズ……225g

＊作り方＊

1 冷凍ブロッコリーは解凍し、水気をしぼっておく。外径25cmのキッシュ皿の内側に油を引く。

2 大きなボウルで牛乳、卵、ミックス粉、バター、パルメザンチーズを泡立て器でよく混ぜる。このとき少しダマが残ってもよい。

3 **2**にブロッコリー、ハム、チェダーチーズをくわえ、キッシュ皿に流し入れる。

4 190℃のオーブンで50分、卵が固まり、上面がキツネ色になるまで焼く。

手早くできるカニのキャセロール

＊用意するもの（4人分）＊

牛乳……1カップ

塗るタイプのチーズ（226g入り）……1箱

バター……½カップ

ピメントの水煮（113g入り）……1瓶

エッグヌードル（茹でたもの）……1½カップ

カニ缶（170g入り）……1缶

パン粉……¼カップ

＊作り方＊

1　塗るタイプのチーズはこまかく刻み、バターは室温でやわらかくする。ピメントとカニ缶は汁気を切っておく。容量1.8リットルのキャセロール皿の内側に油を引いておく。

2　パン粉以外の材料をボウルで混ぜ合わせ、キャセロール皿に移し、上からパン粉を散らす。

3　**2**をふたをせずにオーブンに入れ、175℃で30分焼く。

ブルーチーズとブドウのティーサンドイッチ

✳用意するもの（16個分）✳

プンパーニッケル・パン……4枚

ブルーチーズ……ひと切れ

種なしの赤いブドウ……1房

✳作り方✳

1 ブルーチーズはやわらかくしておく。ブドウはスライスする。

2 パンの耳を落とし、1枚を4等分し、それぞれに室温でやわらかくしたブルーチーズを塗る。

3 **2**の上にスライスした赤いブドウをのせる。

リコッタ・オレンジ・ティーサンドイッチ

＊用意するもの（12個分）＊

リコッタチーズ……1パック

食パンまたは全粒粉パン……6枚

オレンジマーマレード……1瓶

＊作り方＊

1　3枚のパンにリコッタチーズを塗り、その上にオレンジマーマレードを塗る。

2　残りのパンを**1**にかぶせ、耳を落とし、4等分する。

＊作り方＊

1　バターは冷やして細かく刻んでおく。

2　大きなボウルに小麦粉、砂糖、ベーキングパウダー、塩を混ぜ合わせ、そこに**1**のバターを切り混ぜ、全体をさらさらにする。

3　べつのボウルでヘビークリームと卵を混ぜ合わせ、それを**2**にくわえて混ぜ（このときはまだまとまっていなくてよい）、ココナッツ、アーモンド、チョコチップもくわえる。

4　薄く小麦粉を振った台に**3**の生地を置き、厚さが2.5cm程度になるまでのばす。

5　**4**をクッキーの型抜きで12〜14個ほどくり貫く。またはくし形に切ってもよい。

6　油を引いた天板に**5**を並べ、200℃のオーブンで16〜18分、全体がキツネ色になるまで焼く。

アーモンド・ジョイ・スコーン

＊用意するもの（12～14個分）＊

小麦粉……2カップ

砂糖……¼カップ

ベーキングパウダー……小さじ2

塩……小さじ½

バター……1本

ココナッツの細切り（糖分添加タイプ）……¾カップ

ロースト済みのスライスアーモンド……¾カップ

チョコチップ（ミルクまたはセミスイート）……¾カップ

ヘビークリーム……¾カップ

卵（大）……1個

＊作り方＊

1　クリームチーズは室温でやわらかくしておく。カニ缶は汁気を切って、身をほぐしておく。ワケギは小口切り。

2　ワンタンの皮以外の材料をボウルで充分、なじむまで混ぜ合わせる。

3　ワンタンの皮を並べ、それぞれの中央に**2**の具を小さじ1ずつ置いていく。

4　ワンタンの皮のへりを水で湿らせ、三角形になるよう半分に折り、へりを押さえて閉じ合わせる。

5　油を引いた天板に**4**のラングーンを並べ、220℃のオーブンで12〜14分、全体がキツネ色になるまで焼く。

6　好みで甘酢だれを添えて出す。

ベークド・クラブラングーン

＊用意するもの＊

クリームチーズ(453g入り)……1箱

カニ缶……1個

ワケギ……2個

ウスターソース……小さじ2

醤油……小さじ½

ワンタンの皮……1袋

✳作り方✳

1　クリームチーズは室温でやわらかくしておき、ボウルでなめらかになるまで練る。

2　**1**に割りほぐした卵をひとつずつくわえ、くわえるたびによく混ぜ合わせる。

3　**2**に牛乳、オレンジジュース、メープルシロップ、オレンジの皮のすりおろしをくわえ、充分に混ぜ合わせる。

4　ほぐしたパンを油を引いた容量120ccのココット皿またはカスタードカップ4個に均等に入れ、**3**の卵液を注ぎ入れる。

5　**4**のココット皿を天板に並べ、175℃のオーブンで30分焼く。全体がふくらんで、竹串を刺してもなにもついてこなければできあがり。

ヘイリー特製
フレンチトーストのキャセロール

＊用意するもの（4人分）＊

クリームチーズ……115g

卵……4個

牛乳……⅔カップ

オレンジジュース……⅓カップ

メープルシロップ……¼カップ

オレンジの皮のすりおろし……小さじ½

パンをほぐしたもの……3カップ

column and recipe illustration by GOTO Takashi
artwork by KAMIMURA Tatsuya (l'autonomie!)

訳者あとがき

みなさんはワインはお好きですか？　わたし自身はけっしてくわしいほうではないですが、それでも、たまに飲むと、ほかのお酒とはちがう、ふわふわとした酔いが心地よく感じます。上等な赤ワインはコクがあってまろやかで、とても幸せな気分になれるし、暑い日にきりりと冷えた白ワインをいただくのも、おつなものですよね。でも、おいしいワインを楽しむ席で事件が起こったら……？

〈お茶と探偵〉シリーズ第十五作となる『プラム・ティーは偽りの乾杯』では、ワイナリーの試飲パーティで起こった奇妙な殺人事件にセオドシアがいどみます。

セオドシアはドレイトンに誘われ、チャールストン近郊にあるナイトホール・ワイナリーでの試飲パーティに出かけます。緑豊かな美しい会場、弦楽四重奏団による生演奏、行き交う大勢のセレブたち、おいしい料理の数々、クリスタルのグラスで供されるワイン。ため息が出るほど豪華なパーティです。しかし、オーナーのジョーダン・ナイトがワイナリーの命運を懸けた新作ワインを発表しようとしたときに悲劇は起こります。ステージ上に置いた樽から、赤ワインとともに男性の死体が出てきたのです。

亡くなったのはジョーダン・ナイトの息子、ドルーでした。当日はパーティの裏方として働いていたはずですが、準備やらなにやらで忙しかったせいで、ワイナリーの関係者は誰も殺害されるまでの彼の行動をつかんでいません。地元の保安官事務所が捜査にあたりますが、物証、目撃証言ともに乏しく、これといった容疑者も浮かんでこないありさまです。業を煮やしたジョーダン・ナイトは、ドレイトンを通じてセオドシアに調査を依頼するのでした。恋人のマックスからは危ないことはしないようにと強く言われているセオドシアですが、憔悴しきった様子のジョーダンに同情し、けっきょく依頼を引き受けることに。

ライバルのワイナリーのオーナーや土地の買収をもくろむゴルフ場関係者など、ジョーダンやその妻のパンドラに言われるまま、あやしい人物を調べてみるものの、真相はまったく見えてきません。しかも、ジョーダンもパンドラもビジネスや家庭の問題についてはなかなか本当のことを話してくれず、セオドシアはいらいらをつのらせます。めったに弱音を吐かない彼女も、もうこの事件は解決できないかも、とあきらめかけるのですが……。

今回はお茶とワイン、ふたつの世界を同時に楽しめる内容となりました。調査をしてまわるセオドシアと一緒にワインの製造現場を見学し、ブドウ畑をめぐり、ライバルのワイナリーに潜入するうち、読者のみなさんもワインが飲みたくてたまらなくなるのではないでしょうか。「お茶の世界とワインの世界はきっちりわけておきたい」とドレイトンは言いますが、すでに両者はクロスオーバーしているようです。ちょっと調べるだけで紅茶とワインを使ったワインカクテルのレシピはたくさん出てきますし、紅茶のスパークリングワインもすでに商品化されているそうです。

もうひとつの読みどころはダウントン・アビーのお茶会でしょう。『ダウントン・アビー』は一九一〇〜一九二〇年代の貴族とその使用人を史実を織り交ぜながら描いたイギリスのテレビドラマで、日本でも人気がありますね。読者のみなさんのなかにもファンの方が多いのではないでしょうか。アメリカでも、テレビ界のアカデミー賞と言われるエミー賞を何度も受賞し、また、ファッションブランド、〈ラルフ・ローレン〉の二〇一二年秋冬コレクションにも影響をあたえたほどの人気ぶりです。流行に敏感なローラさんがこれを取り入れないわけがありませんね。そして、ヘイリーがつくるダウントン・アビー風のメニューといったら！　サーモンのサンドイッチやキュウリのスープ、クランペットあたりは定番ですが、ダークチョコレートのカップケーキにフロスティングでヘリンボーンの柄を描くなんて、どうしてそんなすてきなアイデアを思いつくんでしょう。

個人的にとてもうれしかったのは、アンジー・コングドンが経営するB&B、フェザーベッド・ハウスがりっぱに再建したことです。シリーズ第八作の『ロンジン・ティーと天使のいる庭』で火災に見舞われたフェザーベッド・ハウスですが、壁を塗り替え、寝具と敷物を新しくし、壊滅的な被害を受けた温室を建て替え、おまけにあらたな別棟まで建てて、いままでに増して魅力的な宿になったようです。それにアンジー自身にもすてきな変化があったようですよ。事件に直接関係なくても、こういった描写はシリーズ読者にとって本当にうれしいものです。

ここで次作の"*Ming Tea Murder*"について簡単にご紹介しますね。ギブズ美術館で十八世紀の中国のティーハウスをテーマにした展覧会が開催されることになり、セオドシアはそのオープニング・パーティに出かけます。しかし、そこで寄贈者のひとりが殺害されているのを発見。しかも、容疑者として恋人のマックスの名前が浮上し……。

いつも以上にドキドキする話になりそうですね。楽しみにお待ちください。

二〇一六年五月

コージーブックス

お茶《ちゃ》と探偵《たんてい》⑮
プラム・ティーは偽《いつわ》りの乾杯《かんぱい》

著者　ローラ・チャイルズ
訳者　東野《ひがしの》さやか

2016年　5月20日　初版第1刷発行

発行人　成瀬雅人
発行所　株式会社　原書房
〒160-0022 東京都新宿区新宿1-25-13
電話・代表　03-3354-0685
振替・00150-6-151594
http://www.harashobo.co.jp
ブックデザイン　atmosphere ltd.
印刷所　中央精版印刷株式会社

落丁・乱丁本はお取り替えいたします。
定価は、カバーに表示してあります。
 ISBN978-4-562-06052-8 Printed in Japan